Sang de glace

DU MÊME AUTEUR

AUX EDITIONS HARLEQUIN

DANS LA COLLECTION BEST-SELLERS

Trauma (N° 130)

Si tu te souviens (N° 169)

SHARON SALA

Sang de glace

BEST SELLERS

éditions Harlequin

Cet ouvrage a été publié en langue anglaise
sous le titre :
SNOWFALL

Traduction française de
FRANÇOIS DELPEUCH

83-85, boulevard Vincent-Auriol, 75013 PARIS — Tél. : 01 42 16 63 63
Service Lectrices — Tél. : 01 45 82 47 47
ISBN 2-280-08647-6 — ISSN 1248-511X

Nous ne choisissons pas notre famille, seulement les amis que nous voulons garder.

J'en ai eu beaucoup tout au long de ma vie, d'éphémères et de constants, qui m'ont moins soutenue que tenu compagnie contre les proverbiaux vents et marées.

Je ne peux pas tous vous citer ici, mais vous vous reconnaîtrez. Je chéris la place que j'occupe dans votre existence. Vous m'avez accordé sans compter votre présence et votre temps…

Qu'en retour je ne faillirai pas à vous rendre la pareille, tel est mon unique espoir.

1.

« Tu seras châtiée. »

Caitlin Bennett prit une profonde inspiration tout en parcourant des yeux la lettre qu'elle tenait d'une main tremblante. Si elle l'avait déjà lue et relue, l'avertissement qu'elle contenait ne changeait pas pour autant… C'était la dernière en date d'une série de missives haineuses qu'elle recevait depuis six mois ; chacune d'elles était pire que la précédente.

Quand la première était arrivée, elle n'y avait vu que l'expression du mécontentement de quelque fan. Après tout, elle était C. D. Bennett, auteur de romans policiers à succès, et elle avait déjà reçu bien d'autres courriers bizarres dans sa carrière. Néanmoins, lorsque lui parvint la deuxième lettre, puis la troisième, l'une comme l'autre porteuse du même message vindicatif, elle avait commencé à se sentir nerveuse. Des personnalités publiques avaient été tuées après avoir été moins menacées que ça…

Préférant pécher par excès de précaution, elle avait contacté Boran Fiorello, inspecteur au 45e district — un vieil ami de sa famille. Il lui accorda la plus grande attention, mais les lettres ne lui parurent pas réellement inquiétantes. Maintenant qu'elle y repensait, Caitlin pouvait comprendre sa réaction.

Les trois premiers courriers pouvaient se prévaloir d'une certaine ambiguïté. Ils se résumaient à un chapelet de critiques assez anodines ; pas étonnant que Fiorello n'ait pas été impressionné par leur teneur… Il l'avait d'ailleurs congédiée avec une tape sur l'épaule et la promesse de l'emmener dîner au restaurant un jour prochain.

Cependant les lettres avaient continué à arriver, de plus en plus comminatoires — et angoissantes. Persuadée que Fiorello prendrait ces nouveaux envois plus au sérieux, elle l'avait rappelé. Sa réponse fut brève, presque désinvolte. Selon lui, aucune loi n'interdisait qu'on n'aime pas ses livres, ni qu'on le lui signifie ; à moins d'avoir été physiquement menacée — ce qui n'était pas le cas —, elle n'avait aucune raison de se faire du souci. Peu désireuse d'essuyer une autre humiliation, elle avait renoncé à le convaincre du bien-fondé de ses craintes, alors même que la véhémence des messages s'aggravait.

Elle en avait aujourd'hui reçu plus de deux douzaines, et tous provenaient à l'évidence de la même personne. Le dernier était arrivé le matin même. Il était écrit au feutre sur du papier blanc, dans une encre rouge qui attirait l'œil, comme l'avait assurément voulu son auteur. Mais c'étaient les gouttes de sang parfaitement imitées, au bas de chaque mot, qui donnaient des frissons à Caitlin. Les lettres paraissaient laisser échapper des ruisselets et ceux-ci formaient une mare écarlate là où aurait normalement dû se trouver la signature. Le tout constituait un modèle d'agression visuelle…

Caitlin en était terrorisée — plus qu'elle ne l'avait été de toute sa vie — et pourtant ce n'étaient que de simples mots… Jamais elle n'avait été abordée dans la rue, menacée au téléphone ni mise en danger de quelque manière que ce soit.

Une pendulette posée sur son bureau se mit à sonner. Le carillon la fit sursauter. Surprise par l'heure, elle déposa la lettre dans le dossier où étaient rangées les autres, puis se hâta de gagner sa chambre.

Dans moins d'une heure, une voiture viendrait la chercher pour la conduire aux studios de la DBC. Kenny Leibowitz, son attaché de presse, lui avait recommandé une apparition dans l'émission *Live with Lowell* afin de promouvoir *Sur le fil,* son dernier ouvrage. Si les obligations publicitaires de son métier l'assommaient, elle les assumait malgré tout. Passer à la télévision était la plus terrible de ces corvées, en particulier sur le réseau de la DBC…

Tout en se maquillant, elle envisagea le déroulement de l'émission. Immanquablement, l'animateur de *Live with Lowell* signalerait que son père était Devlin Bennett, lequel, entre autres, avait fondé la Devlin Broadcasting Company. Après quoi il s'estimerait obligé de rappeler qu'en mourant ce dernier lui avait légué tous ses millions et ses avoirs, dont la DBC. Passer à la télévision impliquait ainsi pour Caitlin de supporter les piques rappelant qu'elle était propriétaire de la chaîne et insinuant qu'elle ne devait sa renommée qu'à son seul argent. Il ne semblait guère importer à ce beau parleur de Lowell que chaque édition de ses livres se vende à 85 %, ce qui était en soi phénoménal. Non : il ne cherchait qu'à amuser le public. Si elle n'appréciait pas ses fourberies, elle y répondait quand même avec esprit et courtoisie, rendant coup pour coup. Cela dit, l'animateur appréciait cette joute verbale — autant que les formes de son invitée. Il ignorait que Caitlin se recroquevillait en elle-même à chacune de ses questions et qu'elle aurait nettement préféré être chez elle à regarder des cassettes de vieux films tout en savourant son en-cas préféré : un sandwich au beurre de cacahouète garni de pickles à l'aneth...

Beaucoup trop de gens dans le monde la considéraient comme une pauvre petite fille riche jouant à l'écrivain. Bien que son père fût mort depuis plus de cinq ans, elle avait dû se résigner à toujours vivre dans son ombre. Comme souvent par le passé, elle se prit à souhaiter avoir un homme dans sa vie — voire des enfants... Elle n'était pas seulement effrayée ; elle était seule. Mais les souhaits, elle le savait, étaient impuissants à changer la réalité...

Une fois maquillée, elle farfouilla dans sa penderie et attrapa la première tenue chaude de couleur noire qui lui tomba sous la main. Le métier d'écrivain présentait tout de même un avantage, songea-t-elle. Personne n'exigeait de vous d'être jolie. Avoir l'air intelligent suffisait.

Quand la voiture arriva enfin, elle était prête à partir.

Caitlin esquissa ce qu'elle espérait être un sourire indulgent et retint un grimace. Seigneur, pensa-t-elle, où allait-on chercher ces gens-là ? Ron Lowell était certes un homme séduisant, mais son cerveau semblait bloqué sur la fonction Retour. Voilà quatre fois en quatre ans qu'il la recevait pour la promotion d'un de ses livres et il entamait toujours l'entretien de la même façon.

— Peu importe comment vous m'appelez, du moment que vous achetez mes ouvrages, répliqua-t-elle.

Le public rugit, et le visage de Ron Lowell rayonna de satisfaction : l'entretien démarrait sur les chapeaux de roues. Il s'empara du livre et se mit à le feuilleter, feignant de le parcourir des yeux alors que son attention était nettement fixée sur le renflement des seins de Caitlin sous sa robe noire en tricot.

— Ce nouvel opus a pour titre *Sur le fil*. Parlez-nous-en un peu.

Caitlin se pencha en avant.

— C'est une énigme criminelle, Ron.

Il sourit : elle lui avait habilement tendu la perche.

— En d'autres termes, vous ne nous révélerez aucun détail croustillant ?

Une nouvelle salve de rires étouffés s'éleva du public. Les réactions de l'auditoire ravissaient Lowell, bien qu'il n'eût d'yeux que pour son invitée.

— Je n'ai pas dit ça, repartit Caitlin. O.K. : imaginez une magnifique auberge dans les Adirondacks, remplie de gens venus passer là un week-end de détente. Une tempête hivernale précoce lâche soudain soixante centimètres de neige sur les montagnes, rendant les routes impraticables et bloquant tout le monde sur place. Les lignes sont coupées l'une après l'autre. Plus de téléphone. Plus d'électricité. Plus aucun lien avec le monde extérieur. Et voilà que des gens se mettent à mourir… et pas de mort naturelle.

— *Oooh,* je saisis, dit Lowell. Le fil du titre… c'est le fil du rasoir.

Puis il se mit à tricoter des sourcils en mimant l'effroi.

— Et je suppose que le meurtrier doit être un des vacanciers, vu que personne ne peut plus rentrer dans l'auberge ni en sortir. Exact ?

Caitlin se contenta de sourire.

Lowell l'imita.

— Je sais. Je sais. Je n'ai qu'à lire le roman, n'est-ce pas ?

— Ah, mais je vois que cette tête bien faite est aussi une tête bien remplie, le complimenta Caitlin, déclenchant les rires du public.

Quelques minutes plus tard, ils étaient interrompus par la publicité et Caitlin se leva pour partir. Lowell se redressa à son tour pour lui serrer la main, qu'il tint dans la sienne un peu plus longtemps que nécessaire.

— Et si nous dînions ensemble après l'émission ?

Caitlin sourit tout en extirpant ses doigts de la poigne de Lowell.

— Ce serait avec plaisir, Ron, mais une autre fois, d'accord ? Je suis *vraiment* sur le fil pour mon prochain bouquin, et le travail m'appelle. Merci pour ce merveilleux entretien. J'espère que le livre vous plaira.

Elle était si affable qu'il ne se rendit pas compte qu'elle venait de l'éconduire. Quand elle fut enfin sortie du plateau, la nervosité lui tordait le ventre.

— Chère Caitlin ! Tu as été fantastique, comme toujours.

Caitlin fusilla Kenny du regard tandis qu'il l'aidait à enfiler son manteau.

— La prochaine fois, j'aimerais que tu me demandes mon avis avant de prévoir ce genre d'interview. J'ai besoin de m'y préparer plus longuement.

Kenny l'embrassa sur la joue avant de lui adresser un clin d'œil.

— Bien sûr, répondit-il tout ajustant son manteau sur ses épaules. Le fond de l'air est aussi froid qu'un téton de sorcière, ce soir. On dirait même qu'il risque de neiger.

Caitlin frissonna à cette nouvelle. Elle détestait l'hiver. Si elle n'avait pas eu à respecter les rendez-vous en ville que lui avait pris son attaché de presse, elle serait descendue dans le Sud depuis des semaines.

Comme elle entreprenait de boutonner son manteau, Kenny lui prit la main.

— Laisse-moi m'occuper de ça, très chère, lui dit-il. Tes doigts sont presque bleus. Tu n'as donc pas pris de gants ?

— Je crois que je les ai laissés dans la voiture.

— Pauvre bébé, murmura-t-il tout en boutonnant son manteau.

Puis il prit sa main entre les siennes, sous prétexte de les réchauffer.

En vérité, il souhaitait prolonger ce contact, et Caitlin le savait très bien. Voilà quelque temps déjà qu'il lui faisait des avances discrètes — des avances qu'elle avait le plus grand mal à repousser sans nuire à leurs relations de travail.

— Je n'ai plus froid aux doigts maintenant, merci, articula-t-elle avant d'enfoncer les mains dans ses poches tandis qu'un des producteurs de la chaîne les guidait à travers le labyrinthe des coulisses jusqu'à une porte de sortie.

La limousine les attendait juste devant le perron donnant sur la ruelle. Kenny ouvrit la portière avant que le chauffeur ait pu descendre de voiture. Caitlin pénétra dans le véhicule et s'installa avec soulagement dans son habitacle tendu de cuir luxueux, où régnait une tiédeur émolliente.

— *Oooh,* c'est si bon d'être au chaud…, soupira-t-elle. Pourquoi diable les studios de télévision sont-ils toujours aussi froids ?

— Par économie, mon amie, repartit Kenny en venant se coller contre elle. Tiens, mets tes gants. Je ne veux pas que ma meilleure pouliche tombe malade.

Caitlin glissa ses doigts dans la peau de veau douce et veloutée et s'abstint de relever l'appellation de « meilleure pouliche ».

Ils se coulèrent ensuite dans le trafic et, comme ils traversaient en silence les rues encombrées, Caitlin se remit à penser aux lettres.

Au fond d'elle-même, elle aurait souhaité en parler à quelqu'un. Elle n'avait, hélas, que très peu d'amis proches. Choisir pour confident une personne qui n'irait pas aussitôt tout divulguer aux journaux était une précaution qu'elle avait su très tôt devoir prendre. Elle jeta un coup d'œil à Kenny, se demandant comment il prendrait la chose, puis elle repoussa cette idée. Il serait tout à fait capable d'utiliser les lettres comme une sorte d'accroche sordide pour augmenter le tirage de ses livres. Elle voyait ça d'ici : « Qui veut la peau de C. D. Bennett ? L'écrivain de romans policiers menacée de mort… »

Elle soupira de nouveau. Kenny se pencha vers elle et lui prit le menton dans le creux de la main.

— Qu'est-ce qui te tracasse, ma douce ? Et ne va pas me répondre « rien », je te connais trop bien.

Comme Caitlin ne disait mot, il se fit plus insistant.

— Tu peux me faire confiance.

Elle sourit.

— Tout va bien, Kenny, à part que j'ai froid et que je suis fatiguée.

— Tu veux un peu de compagnie, ce soir ?

Caitlin sentit son sourire devenir aussi froid que ses mains. Certains hommes étaient vraiment bouchés ! Combien de fois devrait-elle lui dire « non » avant qu'il capte le message ?

— Merci, mais je préfère passer une soirée tranquille toute seule chez moi.

Les yeux de Leibowitz étincelèrent de frustration muette.

— A ta guise, ma belle… Enfin, tu te sentiras peut-être mieux demain matin.

Il regarda par la vitre : la limousine ralentissait.

— Nous voici arrivés, dirait-on.

Le chauffeur sortit de la voiture et vint leur ouvrir la portière. Kenny descendit le premier, puis donna le bras à Caitlin comme celle-ci émergeait à son tour de l'habitacle.

— Bonne nuit, lui chuchota-t-il avant de l'embrasser sur la joue.

Caitlin le salua de la main et, sitôt que le chauffeur lui eut ouvert la porte de son immeuble, se précipita à l'intérieur du bâtiment. Le vigile en faction derrière son bureau leva les yeux sur elle et lui sourit.

— Bonsoir, mademoiselle Bennett.

— Bonsoir, Mike. Comment va la famille ?

Mike Mazurka sourit jusqu'aux oreilles.

— Bien, bien. Mon benjamin, Tom, vient juste d'avoir son premier enfant. Je suis encore une fois grand-père. Vous vous imaginez un peu ?

Caitlin s'esclaffa.

— Ça vous en fait combien ?

— Sept. Quand on aime, on ne compte pas…

Elle le salua de la main tout en se dirigeant vers les ascenseurs. Dès qu'elle fut à l'intérieur de la cabine et qu'elle eut glissé sa carte magnétique dans l'encoche, l'appréhension l'envahit de nouveau. Elle ne se sentirait en sécurité qu'une fois enfermée dans son appartement… même si cet ascenseur l'emmenait directement à son logement en terrasse, sans s'arrêter à aucun autre étage.

Elle en sortit promptement et franchit d'un pas vif le vestibule qui le séparait de sa porte. Un rapide tour de clé dans la serrure et elle fut enfin chez elle. Elle s'empressa de refermer le battant derrière elle et de tirer le verrou. Puis elle s'effondra de soulagement contre la porte, le cœur battant la chamade, la peau moite de sueur.

Le temps passant, son attitude la dégoûta.

— Pas question de continuer à vivre ainsi, marmonna-t-elle tout en se rendant dans sa chambre pour se changer — non sans allumer toutes les lampes sur son chemin.

Mais à qui se confier ? Rappeler Fiorello ? Non. La première fois, il ne l'avait pas crue et, la seconde, il lui avait presque témoigné de l'indifférence. Elle n'était pas d'humeur à subir encore une fois ses sarcasmes...

Tout en se préparant à se coucher, elle en vint à se convaincre que des mesures devaient être prises, et que la décision devait venir d'elle.

« Encore un roman gagnant signé Bennett », claironnait le titre.

Il ricana. De toute façon, Bennett était née gagnante...

Une bourrasque ébranla les fenêtres, lui rappelant le froid mordant qui régnait à l'extérieur. Bah ! Il n'avait pas peur d'attraper mal. La rage qui brûlait ses entrailles lui tiendrait chaud...

Son ventre gargouilla. Il n'avait pas mangé depuis midi et il était minuit passé de quelques minutes. Techniquement, on était déjà le lendemain, mais c'était maintenant qu'il avait faim et le petit déjeuner lui paraissait bien trop loin.

Dans son travail, des repas dignes de ce nom étaient un luxe rare. La moitié du temps il mangeait sur le pouce et, quand il réussissait à s'asseoir à une table, il y avait toujours quelque chose ou quelqu'un pour venir le déranger. Seigneur... Ce boulot ne lui convenait pas. Il n'était pas fait pour se plier ainsi constamment aux quatre volontés d'autrui. Il aurait dû être chef, non un subordonné corvéable à merci.

Il fixa le mur des yeux, passant en revue articles et photographies. « Caitlin Doyle Bennett... » Que diable cherchait-elle donc en monopolisant ainsi les devantures des librairies ? Jamais de toute sa vie elle n'avait manqué d'argent. Elle n'avait aucune idée des tourments qu'on pouvait endurer lorsque manger et se loger étaient un problème quotidien. Si elle avait eu ne fût-ce qu'un soupçon de morale, se dit-il, elle aurait laissé la voie libre à ceux qui étaient plus méritants qu'elle !

Son estomac gronda une nouvelle fois, interrompant sa méditation. Toutefois, quand il eut ouvert la porte du réfrigérateur, la vue de la nourriture lui souleva le cœur. Il claqua la porte en se renfrognant. Il ne voulait pas manger. Il voulait oublier, et le meilleur moyen d'y parvenir était de boire un coup. Le bar à l'angle de la rue ne fermerait pas avant deux heures. Oui, voilà ce qu'il lui fallait : un verre ou deux, avec peut-être quelques bretzels ou des cacahouètes, et un brin de conversation.

Il s'empara de son manteau et en tapota les poches pour s'assurer que ses clés s'y trouvaient bien. Dans la gauche il perçut le tintement des clés, dans la droite il sentit la forme de son cran d'arrêt. Le couteau était un souvenir d'enfance dont il avait toujours rechigné à se défaire. Dans sa jeunesse, l'arme lui avait plus d'une fois épargné de sévères corrections et, maintenant qu'il était adulte, il était rassuré de l'avoir sur lui pour se défendre.

Il quitta son appartement du quatrième étage et emprunta l'escalier pour descendre dans la rue. Une fois dehors, le vent cinglant lui coupa d'abord la respiration, puis il commença à s'y accoutumer en marchant, et à en aimer la fraîcheur purifiante.

En dépit de l'heure avancée et du froid, le bar était bondé. Il y pénétra en souriant et, comme on l'appelait par son nom, il hocha la tête et esquissa un salut de la main avant de prendre place à un des tabourets du comptoir pour passer commande.

— On dirait bien que je ne suis pas le seul con gelé de la ville, déclara-t-il tout en prenant une poignée de bretzels dans la coupelle la plus proche.

Le barman éclata de rire.

— Le froid est toujours bon pour les affaires, répliqua-t-il. Qu'est-ce que ce sera ?

— Une petite mousse, peut-être ?

— Quel genre ?

— N'importe lequel, pourvu qu'elle soit sombre et douce.

Quelques instants plus tard, le barman déposait devant lui un grand verre rempli du liquide brun avec lequel il aimait d'ordinaire faire descendre les bretzels. Le breuvage à la fraîcheur mordante avait des arômes de levure, de houblon et une saveur merveilleusement tonique. Il en savoura le parfum presque autant que le goût tandis qu'il coulait le long de sa gorge. Heureux d'être venu là, il se pencha en avant, s'accouda au bar et ferma les yeux pour mieux s'imprégner de l'atmosphère de camaraderie anonyme de l'établissement. En cet instant, il aurait facilement pu se croire entouré d'une foule d'amis…

Une heure s'était écoulée quand il se leva pour repartir. Il jeta une poignée de billets sur le comptoir puis quitta le bar en saluant la compagnie. Une fois sur le trottoir, le froid piqua ses yeux, lui arrachant des larmes. La température était encore descendue durant le bref laps de temps qu'il avait passé à l'abri. Il se hâta d'enfiler ses gants et de remonter le col de son manteau pour s'en protéger les oreilles.

Il marqua une halte pour regarder le ciel et regretta de ne pouvoir voir les étoiles. Dans une cité de la taille de New York, la nuit, au-delà de la clarté des lampadaires, n'était qu'un gouffre obscur… Il fut envahi par une bouffée de nostalgie en repensant à la maison de sa mère, dans la banlieue de Toledo. Ne souhaitant pas aller se coucher avec de vieux fantômes, il prit la direction opposée à celle de son appartement, dans l'espoir que la marche allégerait son humeur.

Bien que la circulation sur la chaussée restât plutôt encombrée, les trottoirs étaient presque déserts. Au bout d'un moment, il en eut assez de cligner des yeux sous la clarté des phares venant vers lui et prit la première à gauche. La rue dans laquelle il venait de s'engager étant à l'abri du vent, les gaz d'échappement semblaient y stagner, comme figés dans l'air froid. Il plissa le nez de dégoût. De temps à autre, dans les vitrines des boutiques, son reflet lui rappelait que, s'il n'était pas né riche, il ne pouvait pas se plaindre de son physique. Il était d'une taille supérieure à la moyenne, puissamment bâti et doté d'un charme réel. Avec un peu de chance, il lui restait encore cinquante bonnes années à vivre en ce bas monde…

Il déambula ainsi sans but, savourant le dynamisme de sa foulée et la certitude d'être l'Homme, l'animal suprême de la création.

Les vitrines qu'il dépassait étaient illuminées et décorées, quoique les magasins fussent tous fermés. Ce spectacle lui évoqua ce jour de son enfance où sa mère l'avait emmené en ville pour y admirer les décorations de Noël.

« Regarde celle-là, Buddy. N'est-elle pas sublime ? »

Cette réminiscence le fit sourire. Sa mère avait toujours raffolé des superlatifs. Il la plaisantait souvent à ce sujet. Aujourd'hui, il aurait donné n'importe quoi pour qu'elle lui soit rendue. La perdre à cause du cancer avait été dur, mais se perdre soi-même avait été encore plus dur. Elle était la seule personne qui le surnommait Buddy et il regrettait de ne plus s'entendre appeler ainsi. Tout le monde à part elle lui donnait un autre nom, mais en son cœur, il serait toujours Buddy.

Egaré dans sa songerie, il allait dépasser une librairie quand il prit soudain conscience de ce qu'il avait sous les yeux. La présentation raffinée des exemplaires de la dernière œuvre de C. D. Bennett bouleversa ses pensées. Il se mit à trembler et ses poings se serrèrent malgré lui. N'y avait-il donc pas un seul endroit dans cette fichue ville où on ne lui léchait pas les pieds ? hurla-t-il en lui-même.

Il demeura ainsi immobile un long moment. Quand il s'ébranla de nouveau, il était frigorifié. Cependant, tandis qu'il s'éloignait de la devanture, la rage bouillonnait dans sa poitrine. Baissant le menton pour protéger sa gorge du froid, il rebroussa chemin pour regagner ses pénates. Ce ne fut qu'en entendant des voix féminines et le tintement d'un rire haut perché qu'il émergea enfin de ses divagations.

Sur le perron d'un immeuble en brique, de l'autre côté de la rue, deux femmes s'embrassaient en se souhaitant une bonne nuit. Voyant qu'une d'entre elles descendait les marches, il se réfugia dans l'obscurité. Il n'avait aucun désir de parler ni même d'échanger un simple salut.

Il regarda la femme marcher dans sa direction. Comme elle passait sous un lampadaire, il put distinguer clairement son visage. Elle avançait la tête droite et les épaules dégagées, vivante allégorie de l'insouciance ; d'épais cheveux raides couleur chocolat encadraient ses traits juvéniles et fins.

Buddy, qui lui trouvait un air familier, la dévisagea intensément. Ne l'avait-il pas déjà rencontrée dans le cadre de son travail ? Ce ne fut que lorsqu'elle passa sous le second lampadaire qu'il eut comme une illumination : elle ressemblait tellement à Caitlin Bennett qu'elle aurait pu être sa sœur jumelle.

Le souffle coupé, il la vit s'approcher. De la bile lui monta à la bouche, aussi amère que ses pensées. Sans réfléchir, il sortit de l'ombre et saisit la jeune femme à la gorge. Il n'avait rien contre elle sinon qu'elle ressemblait à l'objet de sa hantise — et toutes présentations lui semblaient superflues, vu qu'il avait résolu de la tuer.

Etouffant ses cris, il serra les doigts autour de son cou et la traîna hors de la lumière jusque dans la pénombre de la ruelle. A environ vingt mètres de la rue, il s'arrêta et la lâcha par terre.

Le larynx écrasé, elle demeura étendue sur le dos telle une petite poupée cassée, trop choquée pour bouger. Un mince filet de sang perlait au coin d'un de ses yeux, là où la bague de Buddy avait entaillé sa chair. Les yeux écarquillés par la terreur, elle luttait en vain pour retrouver son souffle. Le voyant baisser la fermeture à glissière de son pantalon, elle ferma les paupières et souhaita mourir.

Ce fut une agression sauvage et Buddy en sortit grandement purifié. Plus sa victime saignait, plus sa propre souffrance diminuait. Quand il en eut fini, il était euphorique. Il se redressa en chancelant et inspira profondément pour alimenter en oxygène son corps chargé d'adrénaline. Il avait l'esprit ailleurs et les muscles singulièrement détendus. Elle était morte maintenant, mais il n'arrivait toujours pas à se détacher d'elle…

Il la contempla de nouveau, comme s'il la voyait pour la première fois, puis sourit de satisfaction : il lui avait ôté son air hautain. Cependant, plus il la dévisageait, plus il se rembrunissait. Les yeux noirs de la jeune femme, encore luisants de larmes, restaient grands ouverts et paraissaient le considérer avec une expression de reproche.

— Ne me regarde pas comme ça, dit-il d'une voix sèche.

Dans un dernier accès de violence, il sortit son cran d'arrêt et tailla une croix dans le visage de sa victime. La chair se détacha sous la lame et les traits de la jeune femme, tels les quartiers d'une pêche, s'ouvrirent en quatre parties nettement découpées. Buddy essuya ensuite son couteau sur le manteau de sa victime, puis en replia soigneusement la lame avant de s'éloigner d'un pas nonchalant.

Une heure plus tard, il était de retour chez lui. Plus tard encore, il rêva de Noël, de sa mère remuant les haricots en sauce devant la cuisinière, et il sourit dans son sommeil.

Ce ne fut que le lendemain matin qu'on découvrit le corps de Donna Dorian. Lorsque la police arriva enfin sur les lieux, la neige s'était mise à tomber.

2.

— Par les cloches de l'enfer, ça neige pour de bon, grogna Sal Amato tout en extirpant son imposante carcasse du siège passager tandis que son coéquipier, Paulie Hahn, coupait le contact avant de sortir à son tour.

Deux véhicules de patrouille se trouvaient déjà sur place et, malgré l'heure matinale, une foule commençait à se rassembler derrière les rubans jaunes délimitant le lieu du crime.

Hahn contourna la voiture tout en remontant le col de sa veste et en enfilant ses gants et grimaça en apercevant le corps allongé un peu plus loin dans la ruelle. Un patrouilleur en uniforme souleva le ruban sous lequel ils se glissaient.

— Vous parlez d'un début de service, marmonna-t-il.

Amato enfonça un peu plus son chapeau sur sa tête presque chauve et jeta un nouveau coup d'œil dans la ruelle. Même à cette distance, il devinait que le spectacle était peu ragoûtant.

— Vous, au moins, vous êtes encore en vie, Knipski. La victime a-t-elle été identifiée ?

— Ouais. Son sac à main était à environ trois mètres de son corps. Elle s'appelle Donna Dorian. Sa mère a signalé sa disparition ce matin. D'après elle, sa fille serait allée hier soir au cinéma avec une amie, et ne serait pas rentrée à la maison.

Elle a pensé qu'elle avait passé la nuit chez cette amie, mais quand elle a téléphoné chez cette dernière, avant de partir au travail, elle a appris que sa fille et elle s'étaient séparées peu après 1 heure du matin. C'est alors qu'elle nous a appelés.

— Qui a découvert le corps ?

— Un type qui faisait son jogging.

L'officier pivota sur lui-même pour examiner la foule et tendit le doigt.

— Tenez, c'est lui, là-bas. Le mec en survêtement rouge et noir qui vomit dans le caniveau.

— Bon, merci, dit Amato. Viens, Paulie.

— J'ai presque envie d'imiter ce gars, repartit ce dernier.

— Hum… nous allons attendre qu'il ait fini de se vider l'estomac avant d'aller lui poser quelques questions.

— Bonne idée…

Sentant son nez couler, Paulie sortit son mouchoir de sa poche. Il avait la gorge douloureuse et la tête dans le coton. Il se moucha, puis rabaissa le bord de son chapeau pour se protéger les yeux des flocons de neige. Maudite grippe ! Ce n'était pas encore Noël et il était déjà malade…

Quand ils eurent atteint le corps, il regretta de ne pas s'être fait porter pâle ce matin-là comme sa femme le lui avait conseillé.

— Doux Jésus, murmura-t-il avant de se signer et d'inspirer profondément une goulée d'air froid. Sal, depuis combien de temps on fait équipe, tous les deux ?

Amato fronça les sourcils.

— Depuis ma deuxième année dans les rangs des inspecteurs, soit dix-sept ans et des poussières, je crois. Pourquoi ?

Paulie désigna le cadavre d'un air dégoûté.

— Dans le temps, on se contentait de se tirer dessus. Tu sais… une mort propre, quoi. Quelques balles. Des trous bien nets. Pan, t'es mort. Alors pourquoi diable ces saloperies de mutilations ? Faut être sacrément pervers pour éprouver le besoin de commettre ce genre d'horreur ! La tuer ne lui a donc pas suffi ?

Il baissa les yeux sur ce qui restait du visage de la jeune femme et eut envie de pleurer.

— Nom d'un chien, il n'avait pas besoin de la massacrer ainsi.

Amato se renfrogna de plus belle.

— Elle devait être déjà morte à ce moment-là.

— Qu'est-ce qui te fait penser ça ?

— Les entailles sont régulières et propres. Tu vois ce que je veux dire… Elle ne s'est pas débattue.

Paulie ressortit son mouchoir pour se dégager le nez, puis fit signe à un autre patrouilleur d'approcher.

— Quelqu'un a appelé le médecin légiste ?

— Oui, monsieur, répondit le policier, elle est en route.

— Voilà Neil et Kowalski, remarqua Paulie.

Amato se tourna et salua les nouveaux venus d'un hochement de tête.

Le sourire qu'arborait l'inspecteur Trudy Kowalski s'effaça bientôt.

— Oh, bon sang, murmura-t-elle en détournant les yeux. J'espère qu'elle avait des papiers sur elle, parce que autrement ça ne va pas être facile de l'identifier.

— Le meurtrier est du genre prévenant. Il a eu la gentillesse de nous laisser son sac à main, dit Amato.

J. R. Neil, le coéquipier de Trudy, demeurait immobile, le regard fixé sur le cadavre.

— A l'évidence, le mobile n'était pas l'argent, déclara-t-il. Son agresseur a dû agir sous le coup de la fureur… Sait-on si elle avait un petit ami ou un mari ?

— On vient juste d'arriver, grommela Amato. Mais puisque tu es si disposé à nous aider, je te signale que le type qui a découvert le corps est toujours là. C'est le gars en survêt' qui dégobille au bout de l'allée. Va donc recueillir son témoignage, veux-tu ? Et pendant que tu y es, prends Roussette avec toi et allez faire la tournée des appart' dont les fenêtres donnent sur cette allée et de ceux qui se trouvent de l'autre côté de la rue. Peut-être qu'un des habitants du quartier a entendu ou vu quelque chose cette nuit.

Trudy Kowalski rejeta en arrière sa chevelure aux boucles cuivrées et adressa un clin d'œil à Amato.

— Tu es simplement jaloux parce que j'ai des cheveux et pas toi, rétorqua-t-elle avant de pousser du coude son coéquipier. Allez, J. R., tu te charges de Mister Gerbe pendant que j'inspecte les appartements au-dessus de la ruelle. Comme ça, Amato et Hahn pourront jouer les importants quand la légiste se pointera.

Neil sourit aux deux inspecteurs plus âgés, puis s'en fut avec sa coéquipière. Il s'esclaffa à un propos qu'elle lui tint avant de la laisser au bout de la ruelle.

Amato fronça les sourcils en les regardant s'éloigner. Il aimait bien Kowalski. Elle était petite, trapue et d'un caractère aussi ardent que la couleur de ses cheveux, et elle se donnait à fond dans son boulot. Quant à Neil, en toute honnêteté… Il était loin de l'apprécier autant. Mais bon, pouvait-on raisonnablement aimer un homme grand, beau et ayant encore tous ses cheveux ?

Une bourrasque de vent s'abattit soudain du ciel, balayant la neige telle de la fumée échappée d'une cheminée. Paulie se moucha encore une fois comme Amato s'accroupissait près du corps en prenant soin de ne rien déranger avant l'arrivée des gars du labo.

— Vu le froid qu'il fait, je parie qu'ils ont envoyé la nouvelle assistante du légiste, dit-il.

— Je ne tiendrai pas ce pari, dit Paulie. Parce que je crois que tu as raison.

Il reporta son attention sur le cadavre, estima que la victime devait avoir l'âge de sa propre fille, puis releva les yeux sur Amato.

— Tu sais ce qui me gêne toujours ?

— Non, quoi ? demanda Sal.

— Qu'on ne puisse pas les couvrir. Cette gamine est nue de la tête à la taille et son visage est en lambeaux. Bon Dieu… On devrait au moins avoir le droit de jeter sur eux un bout de couverture.

Amato se redressa et tapa sur le dos de son coéquipier.

— Oui, mais on risquerait de gâcher les indices qui nous permettraient d'arrêter le fils de garce qui lui a fait ça.

Paulie soupira.

— Je sais. Je réfléchissais tout haut, c'est tout. Cela dit, pour ce qui est des indices… ça va être coton des les dénicher avec cette neige et le reste.

— Ouais, acquiesça Sal avant de se tourner vers l'extrémité de la ruelle en entendant une sirène. Voilà le légiste, on dirait.

Avisant une grande Noire efflanquée qui, après être sortie du break, alla hisser hors du coffre de la voiture une grosse mallette noire, il se mit à sourire de toutes ses dents.

— Pari gagné, dit-il. C'est Booker.

— Bonjour, messieurs, les salua Angela Booker d'une voix traînante.

Elle déposa sa mallette par terre et l'ouvrit. Sal avait déjà vu des milliers de fois le contenu de mallettes semblables, et chaque fois ça lui rappelait la panoplie de petit chimiste qu'il avait jadis reçue à Noël — du genre pleine d'instruments et d'ustensiles dont il ne saurait jamais comment se servir.

— Vous n'avez rien de corsé à boire là-dedans ? s'enquit-il tout en la regardant échanger ses gants de conduite contre des gants chirurgicaux.

— Fichez-moi le camp, Amato. J'ai les hormones en pétard et je ne suis pas d'humeur.

Les deux inspecteurs se sourirent mutuellement et retournèrent au bout de l'allée. Il était temps qu'ils se mettent au boulot pour lequel ils étaient payés.

Cependant le rêve avait été trop réaliste pour qu'elle ait envie de se rendormir. Elle projeta donc ses jambes hors du lit et se leva, bien qu'il ne fût — s'avisa-t-elle en grimaçant — que 6 heures et quart du matin.

Lorsqu'elle ressortit de la salle de bains, elle était tout à fait réveillée. Ayant enfilé ses chaussons préférés et son plus vieux peignoir, elle se passa les doigts dans les cheveux et gagna la cuisine. Puisqu'elle était debout, elle pouvait aussi bien entamer dès maintenant sa journée…

Par la fenêtre de la cuisine, elle vit la neige qui tombait en tourbillonnant vers la rue en contrebas. Heureuse que son travail ne l'oblige pas à quitter l'atmosphère tiède et familière de son logis, elle se rendit dans son bureau et alluma son ordinateur. Laissant la machine démarrer, elle retourna dans la cuisine et se mit à farfouiller dans les placards. Comme elle n'avait plus de céréales ni d'œufs, pas plus que de lait ni de thé, elle déposa quelques glaçons dans un grand verre qu'elle remplit à ras bord de Cola. Un demi-verre plus tard, la caféine de la boisson gazeuse commençait à faire effet. Un toast dorait dans le grille-pain, lui mettant l'eau à bouche… Tout allait bien…

Hélas, lorsqu'elle plongea un couteau dans un pot de beurre de cacahouète, son cauchemar lui revint.

« Il l'avait attaquée avec un couteau. Alors même qu'elle lui tournait le dos pour s'enfuir en courant, elle savait qu'elle ne lui échapperait pas. »

Elle frissonna, puis elle prit une profonde inspiration et regarda le couteau. Par défi, elle le sortit du pot et le nettoya avec la langue, avant de le replonger dans le beurre de cacahouète, dont elle prit une grosse noisette — qu'elle étala ensuite sur son toast grillé à point. Après avoir enduit une deuxième tranche de pain d'une cuillerée de marmelade d'orange, elle accola les deux tartines, déposa le sandwich sur une assiette et jeta les couverts dans l'évier. Puis elle vida son verre de Cola et alla manger dans le séjour.

Elle alluma la télévision, plus par habitude que par besoin de connaître les dernières nouvelles. Un envoyé spécial apparut sur l'écran et se mit à parler d'un meurtre survenu durant la nuit. Elle s'empara aussitôt de la télécommande et zappa d'une chaîne à l'autre jusqu'à ce qu'elle tombe sur des dessins animés. Quand elle eut fini son petit déjeuner, Bip-Bip avait déjoué par trois fois les pièges du Coyote et elle se sentait de bien meilleure humeur.

Une fois son assiette sale et son verre déposés dans l'évier, elle s'installa à son bureau tout en se promettant de s'habiller sitôt qu'elle aurait consulté son courrier électronique. Lorsqu'elle releva les yeux de son moniteur, ce fut pour s'apercevoir qu'il était déjà presque midi. Non seulement elle avait répondu aux e-mails qu'on lui avait envoyés mais elle avait également rédigé dix bonnes pages du chapitre en cours. Ayant frappé la touche de sauvegarde, elle se renfonça avec un soupir de satisfaction contre le dossier de son siège.

Elle souriait encore quand le téléphone sonna.

— Résidence Bennett.

— Caitlin, c'est Aaron. Es-tu visible ?

Son sourire s'élargit plus encore. Si elle avait dû établir une liste de ses meilleurs amis, son éditeur, Aaron Workman, serait venu en tête. Qu'il fût par ailleurs homosexuel ne présentait que des avantages. Il ne désirait rien d'elle en dehors de ses livres et de son amitié.

— A ton avis ? lui demanda-t-elle.

Elle l'entendit soupirer et devina qu'il levait les yeux au ciel.

— A mon avis, tu ne t'es même pas brossé les cheveux ni encore moins les dents.

Caitlin éclata de rire.

— Tu me connais trop bien.

— Viens déjeuner avec moi, lui proposa Aaron.

Caitlin gémit.

— Il fait froid et il neige dehors.

— Voilà plus d'une heure qu'il a arrêté de neiger, et tu as bien un manteau, non ? Allez, pomponne-toi et retrouve-moi au Memphis Grill à 13 h 30. Il faut qu'on se parle.

— C'est toi qui paies ?

Il eut un reniflement irrité.

— Ne m'entraîne pas sur ce terrain-là, Caitlin…

— D'accord, d'accord, je te rejoins là-bas.

— J'ai déjà appelé ton chauffeur. Il doit venir te chercher à 1 heure.

A son tour Caitlin émit un reniflement — toutefois moins irrité qu'incrédule.

— Et si je t'avais dit non ?

— Mais tu ne m'as pas dit non. Allons, sois une gentille fille et vire-moi ces hardes horribles pour te mettre quelque chose de sexy.

Caitlin sourit.

— Sexy ? Aaron, aurais-tu une grande nouvelle à m'annoncer… Que tu aurais viré ta cuti, par exemple ?

Elle perçut de nouveau un léger reniflement à l'autre bout de la ligne.

— Même pas, répondit Aaron. Mais j'imagine que tu finiras bien par rencontrer l'homme de tes rêves un de ces jours et je veux que, ce jour-là, tu sois prête.

Caitlin se renfrogna.

— J'espère que tu n'as pas encore l'intention de m'arranger un coup douteux. Tu ne peux pas savoir combien tu as été près de te faire virer quand tu as tenté de me jeter dans les bras de Mac.

— Comment pouvais-je prévoir que les deux personnes que j'apprécie le plus au monde se voueraient une haine aussi farouche ? Ce n'est pas ma faute si toi et mon demi-frère, vous vous bouffez le nez.

— On se bouffe le nez, comme tu dis, parce que Connor McKee, c'est un mètre quatre-vingt-quatorze de pure testostérone et d'entêtement borné. On se retrouve à 13 h 30, et tu as intérêt à être seul.

— Si tu me vois avec un autre type, dis-toi que c'est mon amant. Va vite te faire jolie, je meurs de faim.

Caitlin raccrocha le combiné en souriant. Bien que le temps fût exécrable, un bon déjeuner en compagnie d'Aaron lui semblait une perspective séduisante. Et puis après, pensa-t-elle, elle se rendrait au supermarché pour acheter quelques provisions avant de rentrer à la maison...

Voyant luire le bout du cigare, il en tira une lente bouffée et savoura la douce morsure du tabac sur sa langue. Puis il arrondit les lèvres et, avec un soin patient, souffla en l'air quatre ronds de fumée parfaits.

Tout en les regardant se dissiper, il se sourit à lui-même. Il se rappelait ce long week-end pluvieux de ses seize ans et l'affreuse nausée que lui avait causée son premier cigare. Il avait parcouru un sacré chemin depuis... Et s'il s'était essayé à d'autres vices entre-temps, il était heureux de n'avoir que celui-là à se reprocher aujourd'hui.

Comme il demeurait immobile devant la fenêtre, il surprit son reflet dans la vitre et se passa distraitement une main dans les cheveux pour en ramener en arrière les épaisses mèches ondulées. Oui, il s'estimait chanceux d'avoir autant de charme, si peu de vices — et de n'avoir contracté aucune dépendance.

Ou plutôt, si, se corrigea-t-il, il était dépendant. Pas à une substance mais à une personne. Il connaissait un succès éblouissant dans son métier d'attaché de presse ; il avait pour clients six personnalités très en vue et sept autres qui promettaient de l'être sous peu. Il était bon dans son boulot, et il le savait. Le seul problème, c'était qu'il voulait plus, de la part de Caitlin Bennett, que son argent ou sa reconnaissance. Et qu'elle paraissait incapable de voir au-delà de leur relation de travail... Ça le rendait dingue. Il rêvait à elle la nuit et fantasmait sur elle le jour, l'imaginant nue, en train de lui tendre ses lèvres, le regard alangui de désir…

— Ah, mon salaud, marmonna-t-il avant d'inhaler une nouvelle bouffée de tabac.

Cette fois-ci, la perfection de ses ronds de fumée ne lui procura aucune joie. Il savait ce qu'il voulait — ce qui lui manquait depuis si longtemps : Caitlin. Elle avait tout ce qu'il convoitait. L'argent. La célébrité. Un nom dont on se souvenait. Elle lui était destinée. Et pour l'obtenir, il n'avait qu'à lui ouvrir les yeux. Un jour, elle prendrait conscience qu'elle n'avait pas seulement besoin de lui en tant qu'attaché de presse.

Agacé, il se détourna de la fenêtre et revint s'asseoir à sa table de travail, pour y feuilleter en soupirant son agenda. Il n'avait rien de prévu. Personne n'avait envie d'organiser quoi que ce soit à la veille des vacances, ce qui signifiait concrètement qu'il pouvait aussi bien partir en congé lui-même.

Il parcourut son bureau du regard et se rembrunit. « Bon sang, qu'est-ce que je fais là ? » Sur une impulsion, il décrocha le téléphone. N'était-ce pas le moment idéal pour inviter Caitlin à déjeuner ?

Il l'appela chez elle et sourit de plaisir anticipé en attendant qu'elle le prenne en ligne. Au bout de quinze sonneries, il coupa la communication avec dépit. « Elle n'a même pas branché son répondeur… » Il feuilleta son répertoire à la recherche de son numéro de portable et composa ce dernier. Entendant le début de l'annonce de sa boîte vocale, il raccrocha violemment le combiné et écrasa son cigare. Tout cela était ridicule, pensa-t-il.

Il se dirigea vers la porte, sa bonne humeur ayant cédé la place à une intense frustration. Comme il sortait de son bureau, sa secrétaire leva les yeux et lui sourit.

— Susan, je pars déjeuner plus tôt aujourd'hui.

— Bien, monsieur. Voulez-vous que je vous réserve une table ?

— Non. Je vais tenter ma chance.

Une fois son manteau endossé et une écharpe nouée autour de son cou, il quitta son bureau d'une démarche résolue. Vu que tout le monde semblait décidé à faire la fête en avance, il était temps qu'il s'y mette lui aussi, avec ou sans sa cliente préférée.

— Merci, oncle John, lui dit-elle. Ne m'attendez pas, je reviendrai en taxi.

John se renfrogna, ses sourcils en bataille ondulant telles de grosses chenilles poilues.

— Voyons, mam'zelle, il fait bien trop froid pour rester dehors à courir après les taxis. Mieux vaut que je reste ici.

— Non, non, retournez à la maison. Je déjeune avec Aaron, et vous le connaissez : avec lui, pas moyen de savoir combien de temps ça va durer. Et puis, d'abord, Aaron n'avait pas à vous appeler, alors, voulez-vous bien rentrer… pour moi ?

John tenta un nouveau froncement de sourcils, mais sans vraiment y parvenir. Caitlin Bennett était la fille qu'il n'avait jamais eue. Il l'adorait et lui dire non lui était difficile.

— Bon, d'accord…

Caitlin l'embrassa sur la joue, comme elle l'eût fait avec un père.

— Merci, oncle John. Roulez prudemment.

Elle le salua de la main et le regarda s'éloigner. Une fois à l'intérieur du restaurant, elle se fraya un chemin au milieu d'un petite foule de gens attendant qu'une table se libère. Elle atteignit enfin l'hôtesse d'accueil et lui sourit.

— Je suis Caitlin Bennett. Je dois déjeuner ici avec Aaron Workman. Est-il arrivé ?

L'hôtesse lui rendit son sourire.

— Oui, mademoiselle Bennett. Veuillez me suivre, je vous prie.

Caitlin lui emboîta le pas et traversa la salle, saluant au passage un couple de sa connaissance.

L'ayant aperçue, Aaron se leva et l'accueillit d'un baiser sur chaque joue.

— Ma chérie, tu es splendide ! C'est un nouvel ensemble ?

— Non, et tu le sais très bien. La dernière fois que tu m'as vue dedans, tu as prétendu qu'il me donnait le teint vert. Donc, la question est : qu'est-ce que tu mijotes ?

Aaron ignora sa question et lui tira une chaise.

— Assieds-toi, Caitlin. Prenons au moins le temps de nous installer confortablement avant que tu ne me cries dessus.

Caitlin lui décocha un sourire candide.

— Moi, te crier dessus ? Jamais.

Puis, ayant ouvert le menu :

— Je meurs de faim, déclara-t-elle. Qu'est-ce que tu prends, toi ?

Le changement de sujet convint parfaitement à Aaron. Il aurait tout le temps de discuter avec elle de la raison de cette invitation après qu'elle aurait profité d'un bon repas et d'une conversation stimulante…

— Je pensais à du saumon grillé avec une de leurs merveilleuses petites salades.

Elle fronça le nez.

— Je n'aime pas le poisson.

Aaron leva les yeux au ciel.

— Je sais bien, répliqua-t-il d'une voix traînante. Mais moi, j'aime ça et la question était… ce que je prends, non ce que je crois que tu devrais prendre.

Elle s'esclaffa et, se penchant par-dessus la table, serra brièvement la main d'Aaron.

— Tu as parfaitement raison, et je te prie de m'excuser d'être aussi chipie.

Satisfait d'avoir obtenu gain de cause, Aaron se remit à étudier le menu avec un grand sourire.

Ils commandèrent rapidement leur repas et, peu après, leurs plats arrivèrent. Ils mangèrent tout en parlant, s'entretenant des épreuves et des projets de couverture du livre qu'elle était en train de rédiger. Ce ne fut que lorsque leur serveur eut pris commande de leur dessert et leur eut servi le café que Caitlin mit un terme à cette agréable petite saynète.

— Bon, dit-elle, j'ai été nourrie et dorlotée, et maintenant je veux savoir pourquoi il était si important que je quitte le confort et la chaleur de mon logis pour venir déjeuner avec toi. Non que je ne goûte pas ta compagnie…

Aaron lissa des deux mains le devant de sa veste, puis se pencha en avant.

— C'est à propos de certaines lettres écrites à ton sujet qui nous sont adressées depuis quelque temps au bureau, annonça-t-il à voix basse.

Elle eut soudain la nausée.

— Comment ça ?

Aaron fronça les sourcils. Ce n'était pas la réaction à laquelle il s'attendait de la part de son amie. Elle était pâle et toute tremblante.

— Ça va ? Si tu ne te sens pas bien, nous pouvons reprendre cette conversation plus tard…

Elle écarta sa question d'un geste de la main.

— Parle-moi de ces lettres.

Il soupira. Il connaissait Caitlin assez bien pour savoir qu'elle ne lui livrerait le fond de sa pensée que quand elle l'aurait décidé.

— Soit… mais avant de commencer, je tiens à t'assurer qu'Hudson House Publishing est à cent pour cent derrière toi.

— Aaron… Au fait, s'il te plaît.

— D'accord. Au cours des deux derniers mois, nous avons reçu environ une demi-douzaine de lettres nous reprochant de publier tes romans.

Caitlin s'efforça d'en rire.

— Sans doute s'agit-il de quelque aspirant écrivain dont le manuscrit a été rejeté et qui m'en impute la responsabilité.

— Je ne crois pas.

— Pourquoi ?

— Ce ne sont pas des plaintes. Ce sont des menaces.

Caitlin se raidit.

— Quel genre de menaces ?

Aaron soupira de nouveau.

— Le dernier courrier en date parlait d'une bombe.

Aaron vit le sang se retirer du visage de la jeune femme et regretta qu'ils fussent aussi exposés à la curiosité publique. Caitlin, il l'aurait parié, était sur le point de pleurer.

— Je suis désolé, ma chérie, mais nous avons estimé que tu devais être mise au courant… juste au cas où… enfin, pour que tu prennes tes précautions. Tu comprends ?

— Oh, mon Dieu.

Elle contempla avec incrédulité la salle de restaurant et les autres clients. Comment pouvaient-ils savourer calmement leurs repas alors que le monde s'écroulait autour d'elle ?

— Caitlin. Ma chérie. Parle-moi.

Elle tourna la tête vers Aaron et posa sur lui un regard trouble et égaré.

— Que veux-tu que je te dise ? Zut ? Sapristi ?

Elle récupéra son sac.

— Il… il faut que je rentre.

Aaron lui prit le bras.

— Ecoute-moi. Ne crois-tu pas réagir trop vivement ? Après tout, ces lettres ne t'étaient pas directement adressées.

Caitlin le considéra d'un air hagard, puis reposa sa serviette sur la table et se dégagea de son étreinte.

Alors, brusquement, la vérité se fit jour en lui. Il la lut dans les yeux de son amie.

— Oh, mon Dieu ! Toi aussi, tu as reçu des menaces !

Caitlin repoussa sa chaise, mais Aaron la retint de nouveau par le bras : à moins de provoquer un scandale, elle était coincée.

— Lâche-moi, chuchota-t-elle.

— Pas avant que tu ne m'aies répondu. Est-ce que, oui ou non, tu as toi-même reçu des lettres de menaces ?

— Oui, j'en ai reçu.

Si sa voix n'était plus qu'un murmure, Aaron entendit tout, y compris sa peur.

— Depuis combien de temps ?

— Je ne sais pas… Six mois, peut-être.

— Seigneur ! s'exclama-t-il. Et tu n'en as parlé à personne ? As-tu donc perdu l'esprit ?

Il baissa la voix et se mit à jouer doucement avec ses doigts.

— Pourquoi ne m'en as-tu pas parlé *à moi ?*

Elle eut le plus grand mal à retenir ses larmes. Aaron avait l'air si blessé, et c'était bien la dernière chose qu'elle souhaitait.

— Je ne sais pas, marmonna-t-elle. Au début, ça n'allait pas bien loin. Juste le genre de courrier typique du lecteur mécontent. « Je n'aime pas ce que vous faites », et patati, et patata. Tu vois ce que je veux dire. Et puis j'ai pris conseil. Par deux fois.

Aaron effleura son visage de l'index et essuya avec le pouce une petite larme sur sa joue.

— Auprès de qui ?

— Boran Fiorello. C'est un inspecteur de la police de New York et un vieil ami de mon père.

— Que t'a-t-il dit ?

Caitlin haussa les épaules.

— De ne pas m'inquiéter. Que la loi n'interdisait pas de ne pas aimer mes livres ni de m'en informer. Quand le contenu des lettres a empiré, je l'ai rappelé et il s'est plus ou moins moqué de moi. Après ça, j'ai préféré tout garder pour moi.

Indigné par ce qu'il venait d'apprendre, Aaron s'empara de son téléphone portable.

— Que fais-tu ? s'enquit-elle.

— J'appelle ce monsieur Je-Sais-Tout pour lui conseiller de mieux employer ses poussées de testostérone.

La grandiloquence d'Aaron ne manquait jamais d'amuser Caitlin, et elle ne put s'empêcher de sourire.

— Non, s'il te plaît, ne fais pas ça, le pria-t-elle. Ça ne servira à rien. En outre, c'est toi qui devrais t'inquiéter le plus. Mes lettres à moi ne contiennent que de vagues menaces. On me promet moult châtiments, ce qui, à la différence d'une bombe, est pour le moins imprécis… Avez-vous alerté la police ?

— Oui. Evidemment, les flics gardent profil bas. Il serait franchement regrettable de donner des idées à tous les cinglés qui peuvent hanter cette ville.

Caitlin opina, puis posa sa main sur celle d'Aaron.

— Je suis navrée, dit-elle.

— Mm… Tu es pardonnée.

Elle consulta sa montre.

— Il faut *vraiment* que je rentre.

— Et moi, j'ai un rendez-vous dans une demi-heure. Autrement, je t'aurais bien raccompagnée…

Caitlin secoua la tête.

— A propos de ma réaction de tout à l'heure… j'ai juste eu un accès de panique. A part ça, tout va bien.

— Brave fille. Cela dit, ne va pas t'imaginer n'importe quoi… Sois prudente. Je te rappelle ce soir. On mettra un plan au point à ce moment-là.

Caitlin sourit de toutes ses dents.

— J'essaie de finir un manuscrit. Voilà quel est mon plan.

Aaron décommanda leur dessert, jeta quelques billets sur la table et aida Caitlin à remettre son manteau avant de la suivre hors du restaurant.

Lorsqu'ils sortirent de l'établissement, le vent souleva l'écharpe que la jeune femme avait autour du cou et la plaqua sur sa figure. Elle l'attrapa et la coinça dans son col avant d'enfiler ses gants.

— Bouge pas, lui dit Aaron. Je vais t'appeler un taxi.

— Non, prends-le, toi, répliqua-t-elle avant de désigner le bout de la rue. Je vais aller au supermarché acheter quelques provisions avant de rentrer.

Il fronça les sourcils.

— Tu es sûre ?

— J'ai dû me contenter ce matin d'un verre de Cola et d'une tartine au beurre de cacahouète en guise de petit déjeuner. Mes placards sont complètement vides.

— Doux Jésus ! File donc ! Et pendant que tu y es, prends-toi aussi des fruits et des légumes. Et puis du lait. Sinon, la prochaine fois, tu m'avoueras avoir versé du Cola sur tes pétales de maïs.

Caitlin sourit.

— Ce n'est pas si mauvais que ça.

Aaron se boucha les oreilles, comme si entendre pareille horreur lui était insupportable.

— Tu as des goûts d'adolescente attardée, gémit-il. Je ne veux pas en savoir plus.

— Tiens, voilà un taxi, le prévint Caitlin avant de l'embrasser sur la joue tandis que le chauffeur venait se garer le long du trottoir. Merci pour le déjeuner et pour tes encouragements.

— Tant que nous n'aurons pas déterminé une ligne d'action, fais bien attention à toi, lui recommanda-t-il une dernière fois.

Puis il s'engouffra dans le taxi.

La chaussée était encore boueuse mais les trottoirs étaient propres. Caitlin se tourna aussitôt face au vent et se mit à esquiver le flot des passants comme seule en était capable une authentique citadine. Elle connaissait le quartier. Il y avait une jolie supérette à seulement quelques rues de là…

Quand elle parvint au croisement suivant, le feu était passé au rouge. Avec un groupe de dix à quinze autres personnes, elle dut attendre sur le bord du trottoir d'avoir de nouveau l'autorisation de traverser.

Tout en patientant, elle se mit à établir mentalement une liste de courses et sourit en repensant au conseil d'Aaron d'acheter du lait — ce qu'elle ferait, bien sûr. Jamais, au grand jamais, elle n'avait mouillé ses céréales avec du Cola ! Mais le lui révéler aurait ruiné son image bohème — et elle préférait être considérée comme une originale plutôt que comme l'héritière de la fortune Bennett…

Elle leva les yeux vers le feu, l'esprit encore absorbé par les courses, et entendit un camion rétrograder. Du coin de l'œil, elle vit ce dernier approcher et devina que le chauffeur cherchait à passer avant le rouge. Elle détourna la tête avec une grimace quand le camion roula dans une mare de boue et comprit qu'elle allait être aspergée.

Elle sentit alors, surgie de nulle part, une main dans son dos. Avant qu'elle puisse réagir, elle fut poussée tête la première sur la chaussée. Elle tendit instinctivement les bras devant elle tout en se raidissant en prévision de la chute. Ce ne fut qu'en entendant le crissement des freins qu'elle se souvint du camion. Durant la fraction de seconde qui s'écoula avant l'impact, elle surprit son propre reflet dans le pare-chocs chromé de l'engin — et elle hurla.

Elle sombra dans l'inconscience avant même d'atteindre le sol.

3.

— Mademoiselle… Mademoiselle… Vous m'entendez ? Comment vous appelez-vous ?

Caitlin gémit. Quelqu'un lui hurlait à l'oreille alors qu'elle n'avait qu'une seule envie : dormir. Aaron, songea-t-elle. C'était sûrement Aaron. Lui seul, parmi tous ses amis, était assez rustre pour la réveiller ainsi.

— Fiche le camp, grommela-t-elle.

Un objet pointu lui perça la peau et elle grimaça.

— Pose-lui une minerve, reprit la voix. Dave, apporte le cale-dos. Je vais lui poser une intra.

Caitlin prit brusquement conscience qu'elle n'était pas dans son lit. Avant qu'elle ne puisse accommoder, on lui tira sur les bras, puis sur ses vêtements, et des mains entreprirent de la palper de haut en bas. La panique trancha dans sa douleur tel un couteau, et elle se débattit aveuglément.

— Du calme, mademoiselle, je suis infirmier. Mon coéquipier et moi-même tentons de vous aider. Nous allons vous emmener à l'hôpital pour que vous y soyez examinée, d'accord ? Détendez-vous et laissez-nous faire notre travail.

Caitlin se souvint en un éclair du pare-chocs d'un camion se jetant sur elle et une autre vague de souffrance la submergea comme les infirmiers la retournaient sur le dos. Dans tout ce chaos, elle s'aperçut vaguement qu'on l'étendait sur une civière.

— Attendez… Attendez, bredouilla-t-elle tout en essayant de se rappeler ce qu'elle devait dire.

— Du calme, mademoiselle, répéta l'infirmier. Nous vous transportons à l'hôpital.

— Peux pas, marmonna Caitlin. J'ai plus de lait.

Les infirmiers gloussèrent tout en la poussant à l'intérieur de l'ambulance.

— Vous pourrez en acheter plus tard, repartit le second d'entre eux.

Elle voulut protester mais les mots lui manquèrent. Les portières du véhicule se refermèrent, et les bruits de la rue s'éteignirent.

— On y va, s'écria l'homme assis auprès d'elle.

Quelques instants plus tard, l'ambulance s'ébranlait. Puis la sirène s'enclencha. Caitlin voulut se boucher les oreilles ; elle découvrit alors que ce simple geste lui était impossible.

— Mes bras, murmura-t-elle en s'efforçant vainement d'ouvrir les yeux. Je ne peux plus bouger mes bras.

Quelqu'un lui toucha brièvement la main pour la rassurer.

— C'est parce que nous vous avons attachée sur la civière pour vous empêcher de tomber. Calmez-vous, tout va bien.

Caitlin laissa ses muscles s'affaisser. Son esprit n'en était pas moins complètement affolé. Ils ne comprenaient pas, elle ne pouvait pas se calmer ! Elle ne pouvait pas sombrer dans l'inconscience. Dormir était trop dangereux. On en voulait à sa vie. Elle tenta une nouvelle fois de soulever les paupières mais la douleur était trop forte. Dans un brouillard de terreur, elle se rendit compte que le hurlement de la sirène diminuait.

Puis, grâce à Dieu, elle s'évanouit. Lorsqu'elle se réveilla, elle avait été transférée sur un brancard.

— Mademoiselle, vous m'entendez ? demanda une voix féminine.

— Oui, articula-t-elle péniblement.

— Pouvez-vous me dire votre nom ?

— Bennett. Caitlin Bennett.

Elle entendit un hoquet de stupeur.

— Oh, mon Dieu, reprit la voix, c'est C. D. Bennett ! L'auteur de romans policiers !

On commençait à découper ses vêtements tandis qu'une autre personne posait une main sur son front.

— Caitlin, je suis le Dr Forest, et vous êtes au service des urgences du New York General. Ne résistez pas aux infirmières. Nous voulons uniquement vous aider.

Elle gémit. Son dernier souvenir était d'avoir été poussée dans une ambulance. On appliqua l'écouteur d'un stéthoscope au-dessus de son sternum. Elle grinça des dents au contact du métal contre sa peau.

— Désolé, dit le médecin. C'est froid ?

Elle opina.

— Pouvez-vous me dire où vous avez mal ?

— A la tête… Et à l'épaule.

— Vous rappelez-vous ce qui s'est passé ?

— Quelqu'un m'a poussée. On veut me tuer.

Il y eut un bref instant de silence, comme si tout le monde soupesait la signification de ses propos, puis le médecin reprit la parole.

— En êtes-vous sûre ?

— Oui, j'en suis sûre, affirma Caitlin avant de porter une main à ses yeux pour se tâter le visage et savoir pourquoi elle n'arrivait pas à ouvrir les paupières.

— Ne bougez pas, lui ordonna le médecin. Qu'on appelle la police, lança-t-il ensuite à la cantonade. Et qu'on apporte une unité mobile de radiographie.

Caitlin soupira de soulagement. Elle n'avait plus de souci à se faire : le médecin s'occupait de tout.

— Caitlin, l'infirmière Carson va vous nettoyer la figure et laver vos yeux, alors détendez-vous, d'accord ?

Aussitôt après, un objet froid lui toucha le front et la fit se rétracter.

— Mademoiselle Bennett, restez immobile. Vous êtes tombée tête la première dans la neige. La chaussée avait été salée et je crains qu'une partie du produit ne soit entrée dans vos yeux. C'est pour cela qu'ils vous font mal, et c'est pour cela aussi que je vous déconseille fortement de les ouvrir pour l'instant.

Caitlin sentit sa panique refluer. Des réponses. C'était là tout ce qu'elle désirait : des réponses.

— Caitlin, souhaitez-vous que nous appelions quelqu'un ? Un parent, peut-être, ou un ami ?

— Aaron Workman, répondit-elle sans hésiter.

— C'est un membre de votre famille ?

— Je n'ai pas de famille. C'est mon éditeur.

Elle crut entendre quelqu'un commenter :

— Pauvre petite fille riche.

Puis tout devint noir.

Quand elle reprit de nouveau ses esprits, on la soulevait du brancard pour la déposer sur un lit. La souffrance la tarauda de la tête aux pieds et elle retint son souffle. Ne pas hurler, attendre que la douleur passe… Lorsqu'elle osa enfin bouger, elle vit les infirmières quitter la chambre — et Aaron debout sur le seuil, l'air totalement incrédule.

— Caitlin ! Ma chérie !

Il l'embrassa sur le front et tapota ses deux joues, comme s'il avait besoin de s'assurer qu'elle était vraiment entière.

— Comment est-ce arrivé ? On m'a appris que tu avais été renversée par un camion alors que tu traversais la rue.

Caitlin se renfrogna.

— Non. Non. Je me tenais sur le trottoir. On m'a poussée.

Aaron se figea.

— Tu veux dire… que tu as été bousculée par la foule, c'est ça ?

Caitlin lui saisit la main et se mit à pleurer.

— Non. On m'a poussée volontairement.

— Comment le sais-tu ? Enfin, quoi… il est bien possible que quelqu'un te soit rentré dedans par inadvertance et t'ait fait tomber, non ?

— Non, ce n'est pas ça. Et si j'en suis certaine, c'est que j'ai bien senti une main au creux de mes reins. Une main qui m'a projetée en avant.

Son menton se mit à trembler.

— Je t'en prie, Aaron… Si même toi, tu ne me crois pas…

Les yeux brillants, Aaron sortit un téléphone portable de sa poche.

— J'appelle la police. Tout cela pourrait avoir un rapport avec les lettres.

— Quelles lettres ? s'enquit avec autorité une voix masculine depuis le seuil de la chambre.

Caitlin et Aaron tournèrent la tête dans cette direction et virent un homme de haute taille pénétrer dans la pièce en compagnie d'une petite femme trapue.

L'homme reprit la parole tout en leur présentant un insigne de la police.

— Je suis l'inspecteur Neil et voici ma coéquipière, l'inspecteur Kowalski. Vous êtes Caitlin Bennett ?

— Oui.

— Nous avons été prévenus par téléphone qu'on avait essayé de vous tuer. Est-ce exact ? Et de quelles lettres parliez-vous ? Quel rapport ont-elles avec ce qui vous est arrivé ?

— On m'a poussée sous les roues de ce camion.

Neil prit des notes tout en fronçant légèrement les sourcils. Puis il leva les yeux sur Aaron, non sans remarquer au passage que celui-ci tenait la main de l'alitée.

— Qui êtes-vous, monsieur ?

— Aaron Workman, l'éditeur de Mlle Bennett, et son ami.

— Monsieur Workman, intervint Kowalski, si cela ne vous dérange pas, nous aimerions parler en privé avec Mlle Bennett.

— Non ! s'écria Caitlin en s'accrochant à la main d'Aaron avant que celui-ci ait pu esquisser le moindre mouvement. Il reste ici. S'il te plaît, Aaron, ajouta-t-elle d'une voix frémissante, ne me laisse pas seule.

— Comme si c'était mon intention, répliqua-t-il avant d'ôter son manteau et de le déposer sur une chaise à proximité.

Il s'assit ensuite au pied du lit et toisa les inspecteurs d'un regard signifiant clairement qu'il n'était pas près de bouger.

Neil haussa les épaules et se rapprocha du lit. Sa coéquipière l'imita.

Aaron fixa l'homme et s'efforça d'interpréter son langage corporel. Les conclusions qu'il en tira ne lui plurent pas du tout. L'inspecteur était trop beau pour son propre bien et, vu la manière dont il se déplaçait, il était évident qu'il avait conscience de son charme.

Caitlin gémit soudain.

— Je crois que je vais vomir…

Kowalski s'empara de la corbeille près du lit et la fourra sous le menton de Caitlin au moment où celle-ci se penchait de côté.

— Allez chercher une infirmière, souffla-t-elle.

Neil bondit vers la porte tandis qu'Aaron se hâtait d'aller prendre un gant dans les toilettes. Quelques instants plus tard, la nausée de Caitlin avait reflué et Aaron lui essuyait délicatement la bouche. J. R. revint à cet instant dans la chambre, suivi par une infirmière qui jaugea rapidement la situation et pria tout le monde de sortir.

— Mlle Bennett a subi un traumatisme crânien et elle a besoin de se reposer. Il faut la laisser, maintenant.

— Non, je vous en prie, la supplia Caitlin. Pas avant que j'aie parlé à la police.

Neil et Kowalski se présentèrent alors à l'infirmière, qui céda avec réticence.

— Soit, mais faites vite.

Neil considéra les hématomes de Caitlin, qui étaient en train d'enfler, ainsi que les écorchures sur son front et son menton.

— Mademoiselle Bennett, s'enquit-il, êtes-vous sûre d'être en état de répondre à nos questions ? Nous pouvons revenir, si vous le voulez.

Elle prit une lente inspiration et l'exhala prudemment.

— Non. Restez, s'il vous plaît.

Neil lui sourit avant de se tourner vers Aaron.

— Vous êtes le conjoint de Mlle Bennett ?

Aaron serra doucement la cheville de Caitlin sous les couvertures, puis lui tapota la jambe.

— Non, mais j'aime à croire que je suis son meilleur ami. Depuis la disparition de son père, il ne lui reste plus aucun parent en vie.

Neil jeta un coup d'œil à Caitlin.

— Plus aucun ? C'est vrai ?

Elle opina puis gémit en se prenant la tête.

Aaron fut aussitôt à son côté.

— Ma belle, tu as encore envie de vomir ?

— Non. J'ai mal au crâne, c'est tout.

— Nous serons brefs, lui promit Neil. Monsieur Workman, où étiez-vous au moment de l'accident ?

— Nous venions juste de déjeuner ensemble. J'avais pris un taxi pour retourner au bureau. Caitie était partie à pied faire quelques courses...

— Je vois, dit Neil. Mademoiselle Bennett, y a-t-il quelqu'un dans votre entourage qui pourrait vous en vouloir ?

Caitlin eut un grognement incrédule.

— Je ne...

— Ne perdons pas de temps, intervint Aaron. Notre société a déjà déposé une plainte auprès de la police. Nous recevons, depuis quelque temps, des courriers haineux nous reprochant de publier les ouvrages de Mlle Bennett et, récemment, il nous est parvenu une lettre nous menaçant d'une bombe. Caitlin m'a appris qu'elle était elle-même la destinataire de menaces semblables depuis presque six mois. Et voilà que, juste après, elle manque de se faire écraser par un camion !

Il leva les bras au ciel.

— Il faut faire quelque chose, conclut-il.

Trudy Kowalski vint se planter au pied du lit de Caitlin.

— Mademoiselle Bennett, dites-moi exactement ce qui, dans les événements d'aujourd'hui, vous amène à penser que vous n'avez pas été victime d'un simple accident.

— Eh bien… j'attendais sur le trottoir que le feu passe au rouge, quand un grand camion postal a tourné l'angle de la rue. Il roulait très vite, et je savais qu'au moment où il passerait devant moi, il m'éclabousserait de boue. A cet instant précis, j'ai perçu le poids d'une main au creux de mes reins puis la très nette sensation d'être poussée. Ensuite, je me rappelle seulement être tombée et avoir vu mon propre reflet dans le pare-chocs du camion.

Aaron frémit de peur rétrospective, incapable de détacher les yeux du visage contusionné de la jeune femme.

— Ce n'était pas un accident, continua Caitlin. C'était un acte délibéré.

— Qui, selon vous, aurait pu vouloir vous faire ça ?

— Je l'ignore totalement ! Je n'ai jamais engagé ni licencié personne de ma vie. Je me contente d'écrire des livres et de m'occuper de mes affaires.

— Au sujet de vos livres, reprit Trudy. Je dois vous avouer que je ne les ai pas lus… Est-ce que leur contenu ne serait pas susceptible de provoquer ce genre de réaction haineuse chez un lecteur ?

Caitlin soupira.

— J'en doute, mais allez savoir…

Laissant sa coéquipière s'exprimer, Neil avait gardé les yeux fixés sur le visage de Caitlin, attentif à la panique qui altérait sa voix. Puis le regard atterré de cette dernière croisa subitement le sien. Ce contact visuel fut bref mais saisissant. Presque aussitôt, il détourna la tête pour se concentrer sur Aaron.

— Il va falloir que nous étudiions les lettres reçues par Mlle Bennett, déclara-t-il, ainsi que celles adressées à votre société.

— Je vous apporterai celles de Caitlin demain, répondit Aaron. Quant aux nôtres, nous en avons déjà fourni une copie à vos collègues qui ont enregistré notre plainte.

— Entendu, je les leur demanderai, repartit Neil avant de prendre une carte de visite dans la poche intérieure de son manteau et de la tendre à Caitlin. Mademoiselle Bennett, si un détail vous revient à la mémoire... le moindre élément susceptible de nous aider dans cette enquête, appelez-moi tout de suite. Quelle que soit l'heure, précisa-t-il à mi-voix. De jour comme de nuit.

Caitlin lut son nom et son numéro de téléphone, puis releva la tête et le dévisagea avec une insistance qui le mit mal à l'aise. Il hésita, comme s'il voulait ajouter quelque chose, mais il hocha finalement la tête et quitta la pièce, sa coéquipière sur ses talons.

Caitlin les entendit échanger quelques mots dans le couloir, et tout à coup elle n'eut cure de ce qu'ils pouvaient penser. Elle soupira et ramena son avant-bras sur ses yeux.

— Aaron, sois un chou et éteins-moi ces lumières, veux-tu ? Elles aggravent ma migraine.

L'interpellé s'exécuta. Quand il se retourna vers son amie, celle-ci semblait s'être endormie. Il demeura immobile un moment, à scruter ses blessures. L'ecchymose en train de noircir sur sa tempe gauche était horrible, de même que les points de suture qu'on lui avait posés au-dessus de l'œil. Combien il avait été près de la perdre, aujourd'hui ! Il se pencha vers elle et l'embrassa sur la joue.

— Repose-toi, Caitie, murmura-t-il. Je reste à côté.

Puis il s'éclipsa dans le couloir, son téléphone portable à la main.

La serviette autour des reins, il quitta la salle de bains et, traversant sa chambre, vint se camper devant la fenêtre qui surplombait la piste de ski en contrebas. Le Colorado était déjà un bel Etat en soi, se dit-il, mais en hiver il pouvait être tout simplement fabuleux. C'était la première fois qu'il séjournait dans ce chalet acheté à Vail voilà trois ans avec les premiers bénéfices de son lucratif système de sécurité pour particuliers. Il avait fêté ça la veille au soir avec une bouteille de cabernet et une mignonne petite rouquine rencontrée le jour d'avant à l'épicerie. La rouquine était partie, la bouteille de vin était vide et il n'avait plus qu'un seul désir : dévaler cette poudreuse jusqu'à en avoir les pieds engourdis et l'esprit aussi léger qu'un flocon de neige.

Avec un soupir de satisfaction, il s'écarta de la fenêtre et, dénouant la serviette, entreprit de se sécher. Il devait le reconnaître, il était sacrément fier de lui. Cela avait été un long et laborieux combat pour lui, l'ex-flic d'Atlanta au bout du rouleau, que de monter sa propre affaire et de finir par être responsable du bien-être de six employés. Les deux premières années, il s'était souvent demandé s'il n'était pas en train de commettre une erreur. Puis, un peu plus de trois ans auparavant, tout s'était mis en route. Un de ses systèmes de sécurité avait été le principal obstacle à l'enlèvement d'un enfant — lequel s'était révélé issu d'une des familles les plus en vue d'Atlanta.

Après avoir ainsi attiré l'attention des médias et avoir eu droit aux remerciements publics du père, Mac avait compris qu'il allait enfin réussir. Il lui arrivait encore parfois de se sentir un peu honteux de devoir son succès à un événement aussi traumatisant pour cet enfant, mais il avait parfaitement conscience de ce qui serait arrivé à ce dernier si son système de sécurité n'avait pas été là pour le protéger...

Abandonnant par terre la serviette, il ouvrit la penderie. L'heure était venue de s'habiller, de prendre son petit déjeuner et de partir sillonner les pistes tant que la neige était fraîche.

Au moment même où il enfilait un pull, le téléphone sonna. A coup sûr, la petite rouquine... Il décrocha le combiné avec une grimace réjouie.

— Allô ?

— Mac, c'est moi.

Mac sourit. C'était son demi-frère, Aaron, qui lui avait donné le premier ce surnom, et il l'avait gardé depuis.

— Aaron, comment vas-tu ? Et d'abord — il éclata de rire —, comment diable as-tu retrouvé ma trace ? J'avais ordonné à ma secrétaire de ne révéler à personne où j'étais.

— Je lui ai dit que c'était une question de vie ou de mort, répliqua Aaron.

Mac s'esclaffa de nouveau. Son frère avait toujours eu le sens du mélodrame... Il avait été le premier à apprendre son homosexualité et l'avait acceptée sans aucune arrière-pensée.

— Tu ne crois pas que c'est un peu exagéré, même de ta part ?

— Ce n'est pas une blague, Mac. Nous avons de gros problèmes, et je ne sais pas vers qui d'autre me tourner.

Mac fronça les sourcils.

— Qui « nous » ? Et quel genre de problèmes ?

— Caitlin Bennett. On veut la tuer.

Sur le coup, un millier de pensées traversèrent l'esprit de Mac, dont une envie pressante de raccrocher. Depuis le tout premier jour où il avait connu Caitlin, trois ans auparavant, il n'avait cessé d'être partagé entre le désir de la secouer pour lui mettre du plomb dans la tête et la tentation non moins puissante de lui arracher ses vêtements pour lui faire l'amour. Le plus souvent, c'était cette dernière impulsion qui l'emportait en lui, et cela le rendait dingue, car il refusait d'éprouver pour aucune femme des sentiments plus forts qu'une simple attirance passagère…

Que Caitlin fût en danger de mort le bouleversa.

— Que diable veux-tu dire ?

— Je t'expliquerai quand tu seras là, repartit Aaron.

Mac lâcha un soupir vibrant.

— Bon sang, Aaron, c'est mon premier jour de congé en six ans.

— Elle est à l'hôpital.

Mac eut l'impression de sentir le plancher osciller sous ses pieds.

— Qu'est-ce qui s'est passé ?

— On l'a poussée sous un camion.

« Oh, Seigneur… »

— C'était peut-être un accident, non ?

— Nous avons également reçu, à la boîte, des lettres nous menaçant d'une bombe si nous n'arrêtions pas de la publier, et elle est elle-même la cible de lettres anonymes depuis six mois.

Mac ne l'écoutait plus. La vision de la jeune femme étendue sous les roues d'un camion le perturbait trop. Il lui fallut quelques instants pour se rendre compte qu'Aaron s'était tu.

— Dans quel état est-elle ? demanda-t-il avant de s'aviser brusquement que son frère pleurait. Bon Dieu, Aaron, réponds-moi !

— Elle a de sales bleus, quelques coupures et une commotion cérébrale. Elle a eu de la chance. Cette fois-ci.

— Je ne crois pas à la chance, grommela Mac. Donne-moi quelques heures pour me préparer et je prends le premier avion. Je serai auprès de toi ce soir.

Aaron soupira.

— Merci, Mac.

— Tu savais que je dirais oui. Mais tu me devras une fière chandelle, frérot. Caitlin Bennett et moi ne sommes pas exactement les meilleurs amis du monde.

— Je ne te demande pas de l'aimer, répliqua Aaron. Je veux seulement que tu lui sauves la vie.

Presque aussitôt, il vit Aaron de l'autre côté du lit. Leurs regards se croisèrent et son frère se leva, un doigt sur les lèvres pour lui intimer le silence. Mac se coula le long du mur, déposa ses bagages par terre et jeta un coup d'œil sur le lit. Le nœud dans son ventre se resserra d'un cran. La femme qui avait d'ordinaire le don de mettre à mal son ego gisait devant lui dans une inquiétante immobilité. Des ecchymoses pourpres ombraient le côté gauche de son visage, tel un masque. Au-dessus de son sourcil, une plaie suturée suintait et sa lèvre inférieure était enflée.

« Seigneur, ma pauvre Caitie, dans quel pétrin t'es-tu donc fourrée ? »

Aaron vint alors l'étreindre.

— Tu es là. Dieu merci, tu es là, dit-il en lui tapotant le dos.

— Comment va-t-elle ?

— Bien.

Voyant Mac se renfrogner, Aaron insista :

— Si, je t'assure, elle va bien… ou du moins elle va aller bien. Elle n'a rien de cassé. Sa commotion cérébrale est sans gravité. Ses bleus sur la figure et à l'épaule et la légère entorse aux poignets qu'elle s'est faite en tombant guériront sans problème.

— Les flics ont déjà une piste ?

Aaron secoua la tête.

— Pourquoi n'y a-t-il pas un policier devant sa porte ?

Aaron leva les yeux au ciel puis poussa son demi-frère dans le couloir afin de poursuivre avec lui cette conversation sans craindre de réveiller la blessée.

— Parce que les flics ne croient pas sa vie en danger, voilà pourquoi, répondit-il. Je les ai appelés il y a quelques heures, et ils m'ont dit que, malgré les lettres et la menace de bombe, ils attribuaient ce qui était arrivé à un simple accident. Ils pensent qu'elle a seulement été bousculée par la foule et qu'à cause du courrier qu'elle a reçu, elle a imaginé avoir été poussée.

— Parce qu'elle aussi a été menacée par lettres ?

Aaron opina. Mac étouffa un juron

— Voilà un trait que j'ai toujours admiré chez toi, repartit Aaron avec une moue comique. Ton talent pour exprimer succinctement l'évidence.

Mac ébaucha un mince sourire, puis reporta son attention à l'intérieur de la chambre sur Caitlin toujours endormie.

— Rentre chez toi, Aaron. Je suis là, maintenant, et tu as l'air claqué.

Aaron hésita.

— Je ne sais pas… Si par hasard elle se réveille et qu'elle ne me voie pas, j'ai peur qu'elle se sente abandonnée dans cet hôpital.

Mac secoua la tête.

— Elle n'aura qu'à me regarder. Peut-être qu'alors elle sera assez furax pour oublier sa peur.

— Je ne comprends pas, dit Aaron dans un soupir. Vous êtes les deux personnes que j'aime le plus au monde, et vous vous chamaillez sans cesse.

Mac haussa les épaules.

— Nous n'avons pas d'atomes crochus, c'est tout. Allons, rentre et repose-toi un peu. Nous aurons du pain sur la planche demain et ton concours me sera utile.

— Tu as raison.

Aaron désigna les bagages de Mac.

— Tu veux que j'emmène ça chez moi ?

— Non. Dépose-les plutôt chez Caitlin.

Aaron écarquilla les yeux.

— Mais elle ne voudra jamais…

— Bien sûr qu'elle ne le voudra jamais, et pour être franc, ça ne m'enchante pas non plus. Mais il va bien falloir que quelqu'un lui serve de garde du corps le temps qu'on débrouille toute cette histoire, et tu as peur des armes à feu.

Aaron blêmit.

— Elle aussi. Tu ferais mieux de lui cacher que tu en as une sur toi.

— Rentre, je te dis, frérot, et laisse-moi me charger des relations avec la gent féminine.

— Elle va me tuer quand elle apprendra que je t'ai mêlé à tout ça…

— Tu n'auras qu'à lui rappeler que, si on n'avait pas tenté de la tuer, je ne serais pas là.

— Touché… Bon, je file.

— A demain.

Aaron prit les bagages de Mac.

— Merci encore.

— De quoi ?

— De toujours venir à mon secours.

— Ça sert à ça, la famille.

Aaron regarda Caitlin étendue dans la chambre derrière lui, presque invisible dans la pénombre.

— C'est quand même une pitié qu'elle n'en ait pas, elle, de famille, murmura-t-il.

Mac posa une main sur son épaule.

— Elle t'a, toi.

— Et toi aussi, maintenant…

Debout sur le seuil de la chambre, Mac suivit son frère des yeux jusqu'à l'ascenseur, puis il rentra dans la pièce, dont il referma doucement la porte. Un profond silence y régnait, que seul troublait le bruit intermittent de la respiration de la blessée. Mac s'approcha du lit puis s'arrêta à son pied et contempla la femme contusionnée et meurtrie allongée sous les couvertures. Il aurait cent fois préféré qu'elle fût éveillée, crachant feu et flammes et le fusillant de son regard sombre et expressif, car alors il n'aurait pas éprouvé cette abominable compassion — cette envie de la serrer contre lui pour la protéger de la nuit…

Il ôta sa veste et s'installa sur la chaise qu'Aaron venait de quitter. Ss yeux, il ne l'ignorait pas, étaient ainsi au niveau de ceux de Caitlin. A son réveil, ce serait son visage qu'elle verrait en premier.

Il soupira.

Peu importait, se dit-il.

Elle avait besoin d'aide, et il était là pour l'aider.

Les dés étaient jetés.

4.

Buddy se glissa par l'entrebâillement de la porte du troisième étage et marqua une pause sur le seuil avant d'aller plus avant. Il détestait les odeurs d'hôpital. Elles lui rappelaient les jours et les nuits qu'il avait passés au chevet de sa mère, à la regarder mourir. Si seulement ils avaient eu plus d'argent, ils auraient connu tous deux une autre vie et, à la fin, elle aurait pu recevoir de meilleurs soins... Mais non, ils n'avaient même pas eu de quoi économiser ! En ce bas monde régnaient de bien grandes inégalités. Une poignée d'heureux élus se partageaient les richesses et la majorité manquait de tout.

Il repensa à la femme qu'il était venu tuer et prit une profonde inspiration pour se calmer. La mort, elle, n'avait aucun préjugé. Elle fauchait le riche comme le pauvre, le jeune comme le vieillard, et c'était ce qu'il souhaitait : mettre Caitlin Bennett au même niveau que sa mère. Caitlin ne méritait pas sa fortune.

Cette fortune, c'était à lui qu'elle aurait dû revenir.

Constatant avec satisfaction que le couloir était désert, il consulta sa montre. Il était 3 h 45 du matin. A l'exception des gémissements d'une vieille dame qui s'élevaient à l'autre bout du corridor, l'étage était silencieux.

Buddy caressa d'un doigt nerveux la moustache postiche qu'il s'était collée sous le nez, vérifia que sa perruque était bien accrochée et lissa de la main le devant de la blouse blanche qu'il s'était procurée. Celle-ci portait un badge au nom d'un certain Dr Frost. Buddy sourit. Quand il avait dix ans, il voulait être médecin. Et voilà que, ce soir, il réalisait son rêve... Revenant à l'instant présent, il inspecta le couloir du regard. Cinquante mètres au maximum le séparaient de la chambre de Caitlin.

Aaron Workman était reparti chez lui plus de trois heures auparavant. Il le savait pour avoir fait le guet devant l'hôpital ; il avait vu l'éditeur monter dans un taxi. Ensuite, il avait patienté encore un peu, jusqu'à ce qu'il soit certain que le changement de service à minuit s'était bien effectué, et que les infirmières avaient fini de vérifier l'état des malades et de leur administrer leurs médicaments.

Une infirmière surgit soudain d'un corridor latéral et se dirigea vers le fond du couloir. Buddy attendit qu'elle eût disparu dans une chambre, puis se mit en branle.

Ses chaussures à semelles élastiques ne faisaient pratiquement aucun bruit sur le sol soigneusement ciré tandis qu'il se hâtait de remonter le couloir. Bientôt, il poussait la porte de la chambre 420 ; l'obscurité qui y régnait le rassura.

Caitlin, Dieu merci, était profondément endormie. Il se glissa à l'intérieur de la pièce et, après avoir jeté un dernier coup d'œil par-dessus son épaule, ramena le battant vers lui. Ce ne fut que lorsque la porte fut complètement close qu'il s'avisa que la jeune femme n'était pas seule. Dans la pénombre, se découpait la silhouette d'un homme assis sur une chaise, de l'autre côté du lit. Sa nuque était courbée et son buste affaissé.

Saisi par la stupeur et une pressante envie d'uriner, Buddy tâtonna pour rouvrir la porte. Avant qu'il puisse ressortir de la pièce, cependant, l'homme redressa brusquement la tête.

— Qui est là ?

Buddy se figea sur place et se mit à réfléchir plus vite qu'il ne l'aurait cru possible.

— Le Dr Frost, répondit-il. Je dois examiner M. Benton.

— Vous vous êtes trompé de chambre, repartit l'homme en commençant à se lever.

— Désolé, articula rapidement Buddy avant de tourner les talons.

Sitôt dans le couloir, il se précipita en courant vers la porte qui donnait sur l'escalier, trop apeuré pour se retourner. Puis il dévala les marches et poursuivit son chemin dans le sous-sol, se débarrassant au passage de sa blouse dans un chariot de linge sale. La porte qu'il avait forcée pour pénétrer dans le bâtiment était toujours entrouverte. Il regarda derrière lui et sourit en voyant qu'il n'était pas suivi. Il se coula dans la ruelle latérale, puis marqua une nouvelle pause pour vérifier encore fois que personne n'était sur ses talons.

A son immense soulagement, il n'aperçut âme qui vive. Mais Buddy était un homme prudent et il prit soin de rester dans l'ombre. Trois rues plus loin, il jeta perruque et fausse moustache dans une poubelle et se dirigea vers la plus proche station de métro. Il l'avait échappé belle ! Il croyait connaître tout ce qu'il y avait à savoir sur Caitlin Bennett, mais il s'était trompé. Et il n'aimait pas les surprises.

Tandis que Buddy prenait ainsi la fuite, Mac arpentait le couloir à la recherche d'une infirmière. Il lui avait fallu plusieurs secondes pour contourner le lit de Caitlin et, quand il avait enfin atteint la porte, le médecin avait disparu. Ses bras étaient encore hérissés de la chair de poule consécutive à son étonnement de découvrir un inconnu dans la chambre. Certes, le médecin avait prétendu s'être trompé et Bennett et Benton n'étaient effectivement pas des noms si différents que ça, mais son intuition lui soufflait que quelque chose clochait. Une infirmière apparut enfin sur le seuil d'une chambre, non loin de là. Il l'arrêta comme elle retournait vers la salle de garde.

— Madame, j'ai une question à vous poser.

L'infirmière l'avait reconnu.

— Mme Bennett va bien ? s'enquit-elle.

— Oui, elle dort toujours. Il y a quelques instants, le Dr Frost est entré dans sa chambre en la confondant avec celle d'un certain M. Benton. Y a-t-il un patient portant ce nom à cet étage ?

L'infirmière fronça les sourcils.

— Non.

— Vous en êtes sûre ?

— Oui, et vous avez dû par ailleurs mal comprendre le nom du médecin en question.

Mac sentit un frisson lui glacer la nuque.

— Pourquoi ?

— Le Dr Frost est gynécologue. Il n'exerce pas dans ce service, et quand bien même ce serait le cas, il n'y aurait évidemment pas de patients… mais des patientes.

— Zut ! lâcha Mac avant de revenir dans la chambre de Caitlin.

La lampe au-dessus de son lit était allumée, et elle tendait la main vers le bouton pour appeler l'infirmière. Il aurait été difficile de dire lequel des deux fut le plus surpris.

— Vous ! s'exclama la jeune femme dans un hoquet.

Mac soupira.

— Eh oui, c'est moi.

Caitlin était stupéfaite. Elle s'était endormie au son de la voix d'Aaron, et voilà que Mac surgissait devant elle. Si elle n'avait pas autant souffert, elle aurait presque pu se croire en plein cauchemar.

— Que faites-vous là ? Et où est Aaron ?

— Si je suis là, c'est précisément sur sa demande. Et il est actuellement chez lui, où je l'ai renvoyé.

Les yeux de la jeune femme étincelèrent de colère.

— Il vous a demandé de venir ? Pourquoi ?

— Pour vous aider.

— Je n'ai pas besoin de *votre* aide.

Ignorant l'insistance avec laquelle elle avait prononcé ce mot, il enfonça les mains dans ses poches et soutint son regard.

— Oh, si, je pense que vous en avez besoin. Et si je n'en étais pas certain auparavant, maintenant je le suis.

Pressentant, juste avant de poser sa question, qu'elle n'allait pas en apprécier la réponse, Caitlin la posa tout de même :

— Pourquoi ?

— Il y a quelques minutes, quelqu'un est entré dans votre chambre. Je ne pense pas qu'il s'attendait à me trouver là.

Le cœur de Caitlin manqua un battement. De nouveau, sa mémoire lui rappela le contact de la main dans son dos — cette main qui l'avait poussée sous le camion.

— Comment ça ? s'enquit-elle.

— Je lui ai demandé qui il était. Il m'a dit qu'il était le Dr Frost et qu'il cherchait un certain M. Benton.

— Nos noms sont assez semblables... Bennett, Benton. Peut-être s'agissait-il vraiment d'une erreur.

— Il n'y avait rien de vrai là-dedans, ma petite Caitie. Il n'existe aucun patient du nom de Benton, et le Dr Frost est gynécologue.

Caitlin ignora le diminutif qu'il lui avait donné et s'efforça de réprimer le cri qui montait dans sa gorge. Elle dévisagea Connor jusqu'à ce que ses yeux se remplissent de larmes, puis se couvrit le visage des mains.

Mac étouffa un juron et traversa la pièce à longues enjambées. Refoulant une envie puissante de prendre la jeune femme dans ses bras, il se contenta de lui tapoter maladroitement l'épaule.

— T'inquiète pas, la môme. On finira par connaître le fin mot de toute cette histoire, et avant même que tu t'en rendes compte, ça ne sera plus qu'un mauvais souvenir.

— Je veux rentrer à la maison, murmura Caitlin.

— Ouais, je sais… Demain peut-être, d'accord ?

Elle laissa retomber ses mains et opina tout en détournant la tête. Elle ne voulait pas qu'il la voie pleurer. Cependant, comme il commençait à s'éloigner d'elle, elle lui saisit la main sans réfléchir.

Mac s'immobilisa, baissa les yeux sur les doigts qui lui serraient le poignet et se demanda si elle criait quand elle jouissait. Il eut aussitôt honte de cette pensée. Relevant la tête, il surprit de la peur dans le regard de la jeune femme et comprit qu'il était fichu.

— Quoi ? grommela-t-il.

— Ne me laissez pas.

Le sourire qu'il esquissa fit tressauter un muscle de sa mâchoire.

— Je vais juste prendre mon portable dans ma veste, d'accord ?

Elle hocha la tête puis, s'apercevant qu'elle lui tenait toujours le poignet, le relâcha avec réticence.

« Ouais, ma biche, je sais exactement ce que tu ressens », songea Mac tout en sortant le téléphone de la poche intérieure de sa veste.

— Qui appelez-vous ? demanda Caitlin.

— Les flics. Essayez de dormir un peu, maintenant. Vous voulez que j'éteigne cette lampe ? Je peux aller dans le couloir pour passer l'appel.

— Non, c'est bon…

Mac composa le numéro d'Aaron. Il avait parfaitement conscience qu'il allait susciter un peu d'affolement chez ce dernier, mais il voulait le nom de l'officier chargé de l'affaire de Caitlin. Aaron décrocha à la seconde sonnerie et répondit d'une voix engourdie de sommeil.

— Allô ?

— C'est moi. Navré de te réveiller.

— Oh, ce n'est pas grave, bafouilla Aaron.

Ce dernier s'assit sur son lit tout en tendant la main vers sa lampe de chevet, qui éclaira le réveil. Il laissa échapper un gémissement.

— Il est 4 plombes du mat'. Ça ne pouvait pas attendre demain ?

— Quelqu'un s'est introduit dans la chambre de Caitlin. Il m'a menti sur son identité et sur la raison de sa venue, puis il a disparu avant que j'aie pu le rattraper.

— Oh, zut.

— Je ne te le fais pas dire.

— Tu as appelé la police ?

— Pas encore. Je voulais d'abord le nom de la personne à joindre.

— J'aurais pu vous le donner moi-même, dit Caitlin dans son dos.

Mac pivota et la considéra avec anxiété. Le ton légèrement acrimonieux de sa voix lui indiquait qu'elle reprenait des forces… Manifestement, la lune de miel entre eux deux était terminée !

— Ne t'inquiète pas, reprit Aaron. Je vais téléphoner moi-même aux flics. Toi, tu n'as qu'à rester auprès de Caitlin. Ne la perds pas de vue un seul instant, d'accord ?

— Je ne tourne jamais le dos aux gens qui pourraient avoir envie de me trancher la gorge.

Caitlin eut un petit reniflement dédaigneux.

— Seigneur, s'exclama Aaron. Elle a une tête de déterrée et vous êtes déjà en train de vous disputer ?

— Aaron. S'il te plaît. Tu la fermes et tu te contentes d'appeler la cavalerie, O.K. ?

— Tout de suite, chef.

Mac coupa la communication et regagna le siège sur lequel il s'était endormi pour s'y affaler avec un lourd soupir.

Caitlin lui décocha un dernier coup d'œil et ferma les paupières, comme si elle ne pouvait supporter de le voir.

Mac soupira derechef. Il ne lui restait plus qu'à attendre l'aube, se dit-il — ou la police si celle-ci arrivait en premier.

Après s'être rendu compte que son projet d'exécuter Mlle Bennett était compromis, il avait, pour ainsi dire, souscrit une petite assurance.

Accéder au Bennett Building par les toits n'avait présenté pour lui aucune difficulté ; comme par ailleurs la romancière occupait l'appartement en terrasse, il atteignit presque aussitôt son objectif. Un rapide crochetage de serrure, un examen attentif des lieux… il lui avait suffi ensuite de trouver le bon conduit de ventilation.

Buddy aimait bien les vieux immeubles, mais y pénétrer n'était pas une mince affaire. Leurs murs étaient souvent détériorés et les moyens d'accès d'un étage à l'autre se résumaient souvent à des escaliers et à des ascenseurs grinçants, coincés dans des cages sombres et dangereuses… Oui, même avec leurs prétendus systèmes de sécurité, c'étaient les nouveaux, avec tous leurs dispositifs modernes, qui rendaient les effractions faciles comme bonjour.

Ayant repéré le conduit de ventilation principal, il s'y hissa en grognant et, une fois à l'intérieur, rampa prudemment entre les parois de métal poli jusqu'à ce qu'il eût trouvé son chemin.

Il parvint ainsi chez sa proie sans rencontrer le moindre obstacle. En quelques secondes il eut traversé le conduit au-dessus du bureau et se laissa tomber dans la pièce. Quand il eut posé les pieds à terre, il fit halte pour tendre l'oreille et se réjouit du silence environnant. Une brève inspection lui permit de s'assurer qu'aucune caméra de sécurité n'était visible. L'appartement était tout à lui.

Une lampe allumée au bout d'un couloir dispensait assez de clarté pour lui permettre de distinguer l'opulence discrète du décor. Un vrai Degas était accroché sur le mur près de la porte et un antique vase chinois était posé sur un piédestal près d'une bibliothèque. De petites taches de couleur, sans plus, des notes intimes trahissant une sensibilité féminine…

Ce luxe mesuré attisa son envie et sa haine à l'encontre de Caitlin Bennett. Il visita chaque pièce, effleurant les affaires de la jeune femme, dérangeant ses vêtements dans sa penderie, tripotant sa brosse à dents dans la salle de bains. Tel un mâle d'une espèce sauvage arpentant un nouveau territoire, il apposait sa marque sur tout ce qui appartenait à la romancière.

La fatigue vint finalement mettre un terme à son incursion. Il devait se trouver à son travail à 9 heures le lendemain matin… Après avoir effectué un dernier tour des lieux et éliminé l'un après l'autre tous les endroits susceptibles de cacher un micro, il revint dans le séjour, leva la tête vers le lustre et sourit.

Se servant d'une chaise de cuisine et de deux annuaires téléphoniques en guise d'escabeau, il se haussa jusqu'au luminaire et déposa dans la coupelle d'une de ses ampoules un petit circuit translucide. Il redescendit ensuite, contempla son œuvre et eut une moue de contentement : même lui, qui savait pourtant qu'un micro était dissimulé à cet endroit, était incapable de le voir.

— Parfait, murmura-t-il avant de ramener la chaise dans la cuisine et de ranger les annuaires à leur place.

S'il lui fallut un peu plus de temps pour sortir qu'il n'en avait eu besoin pour entrer, il ne laissa néanmoins aucune marque sur les murs. Avec un soin méticuleux, il rajusta la grille sur la bouche du conduit, puis reprit en rampant le chemin qu'il avait emprunté à l'aller.

Un quart d'heure plus tard, il s'éloignait dans la rue.

— En quel honneur ?

— Avale ça, répliqua-t-elle. Tu vas en avoir besoin.

— Pourquoi ?

— Caitlin Bennett… Tu sais, la femme qu'on croyait mythomane ?

— Ouais, et alors ?

— Un intrus déguisé en médecin s'est introduit dans sa chambre cette nuit avant de s'éclipser en avisant son garde du corps.

J. R. reposa la tasse sur sa table de travail.

— Tu plaisantes ?

— Le message était sur mon bureau ce matin. J'attendais seulement que tu arrives pour qu'on aille l'interroger ensemble.

— Bon sang, grommela J. R. Enfin, voyons le bon côté des choses... Si quelqu'un a vu l'intrus, ça pourrait nous donner le début de piste qui nous manque.

— Ouais, peut-être.

— O.K., allons à l'hôpital entendre ce qu'elle a à nous dire à ce sujet.

— Je viens d'appeler là-bas, repartit Trudy. Elle n'y est plus. Elle en est sortie ce matin et est rentrée chez elle. Cette fois-ci, on discutera sur son terrain.

— Qu'importe, pourvu que le boulot soit fait ?

Trudy afficha un air moqueur.

— J'ai comme l'impression que la revoir n'est pas pour te déplaire.

— Que veux-tu dire ?

— Oh, rien. Tu donnais simplement l'impression d'être tombé sous son charme la dernière fois, et j'ai pensé que...

— Tu es une bonne coéquipière et un bon inspecteur, Kowalski, l'interrompit J. R., mais tu es aussi une femme et, comme toutes les femmes, tu penses trop. Laissons tomber le sujet et allons-y, veux-tu ?

Trudy prit une dernière gorgée de café dans sa tasse avant d'abandonner celle-ci sur son bureau.

— Je te suis, dit-elle.

— Il faut que je voie Caitlin Bennett.

Mike Mazurka releva la tête.

— Elle vous attend ?

— Non, mais elle me recevra. Sonnez-la, je vous prie.

— Elle vient juste de rentrer de l'hôpital et elle n'a pas l'air très en forme.

Kenny assena un coup de poing sur le comptoir.

— Je suis son attaché de presse. Appelez-moi ce fichu appartement !

Mike se rembrunit tout en appuyant sur le bouton de l'Interphone. Il connaissait Leibowitz, et il ne l'aimait pas, mais il admettait que ce n'était pas ses oignons. Quelques secondes plus tard, on répondit à son appel.

— Résidence Bennett.

— Monsieur Workman, M. Leibowitz est ici et souhaiterait voir Mlle Bennett.

Aaron articula silencieusement « Kenny » à l'adresse de Caitlin. Comme celle-ci levait les yeux au ciel, il couvrit le micro de sa main.

— Je peux toujours le renvoyer.

Elle secoua la tête.

— Non, laisse-le venir. Autant se débarrasser tout de suite de cette corvée.

— Qu'il monte, dit Aaron dans l'Interphone.

Mike raccrocha le combiné et hocha la tête à l'adresse de Kenny, lequel se dirigea aussitôt vers l'ascenseur menant directement à l'appartement en terrasse. N'étant pas muni de carte magnétique, il dut attendre que Mike utilise la console de commande derrière le comptoir pour le faire monter. Dès que les portes de la cabine se furent refermées, il se tourna vers les parois tapissées de miroirs et admira son reflet. Quoique furieux que Caitlin n'ait pas daigné l'appeler, il entendait bien ne pas donner à Aaron Workman la satisfaction de le voir en colère.

L'ascenseur s'immobilisa et la cabine s'ouvrit. Kenny traversa le vestibule et sonna. Quelques instants plus tard, Aaron l'accueillit sur le seuil.

— Bonjour, Kenny, le salua ce dernier en s'effaçant.

— Workman, marmonna Kenny qui releva ensuite la tête, tel un chien cherchant à flairer sa proie. Où est-elle ?

— Dans sa chambre. Elle se repose. Suivez-moi, je vais vous montrer le chemin.

— Je sais où est sa chambre, répliqua Kenny avant de passer devant l'éditeur.

Aaron lui emboîta le pas, peu disposé à laisser Leibowitz embêter son amie. Surtout aujourd'hui : la jeune femme avait déjà eu plus que son lot de tracas.

Kenny frappa un seul coup à la porte de la chambre puis entra dans la pièce sans attendre la permission de l'alitée. Durant tout le trajet, il s'était demandé ce qu'il allait lui dire. Devait-il lui avouer qu'il s'était senti blessé de ne pas avoir été prévenu par elle personnellement ? Ou se contenter de compatir à ses souffrances ? Sitôt qu'il vit son visage, il opta pour la seconde tactique.

— Mon Dieu ! s'exclama-t-il avant de traverser la pièce pour venir s'asseoir près d'elle sur le lit. Ma pauvre, pauvre chérie. Tu vas bien ? Pourquoi ne m'as-tu pas appelé ? J'aurais dû être à tes côtés.

Il darda sur Aaron un œil noir, comme si tout cela était sa faute.

L'éditeur l'ignora et reporta son attention sur Caitlin.

— Tu veux que je reste ? s'enquit-il.

Kenny pivota sur lui-même, le visage déformé par la colère.

— Qu'est-ce que c'est que cette question ? Je ne vais pas la molester dès que vous aurez le dos tourné. Sortez d'ici avant que je vous jette dehors !

— Kenny, pour l'amour du ciel, parle moins fort, marmonna Caitlin en portant les mains à ses tempes. J'ai mal à la tête et je ne suis pas d'humeur à supporter vos chamailleries.

— Désolé, dit Leibowitz, mais il est exclu que je sois traité comme un…

— Le prochain qui hausse encore le ton sera chassé d'ici à coups de pied dans le derrière.

Caitlin gémit et ferma les paupières pour occulter de son champ de vision le grand gaillard qui venait d'apparaître sur le seuil de la chambre. « C'est le bouquet ! » pensa-t-elle. Certes Aaron et Kenny se supportaient à peine, mais cela n'avait jamais posé problème jusqu'à présent. Or voilà qu'ils se comportaient l'un envers l'autre comme des rivaux jaloux. Ajouté à cela le souci d'avoir Connor McKee dans les pattes, et l'intimité de son foyer se trouvait fichtrement compromise.

— Honnêtement, grommela-t-elle en fusillant Mac du regard, je ne vois pas l'utilité de recourir à la violence physique.

— Je n'ai blessé personne, repartit Mac d'une voix traînante. Pas encore.

Kenny blêmit. L'homme sur le seuil était pour lui un inconnu — un inconnu costaud. Et vu son expression ainsi que la taille de ses mains, il semblait tout à fait capable de mettre sa menace à exécution. Kenny changea instantanément d'humeur et, posant une main possessive sur la jambe de Caitlin :

— Qui est-ce ? s'enquit-il.

— Le frère d'Aaron, Connor McKee, répondit la jeune femme. Mac, ajouta-t-elle en haussant la voix, je vous présente Kenny Leibowitz, mon attaché de presse.

Mac esquissa un bref hochement de tête, cependant que Kenny haussait les sourcils avec emphase. Son regard passa d'Aaron à Mac avant de se fixer de nouveau sur l'éditeur.

— Eh bien, déclara-t-il, il est facile de voir où est passée toute la testostérone dans votre famille.

La pique attisa un peu plus la lueur dans l'œil de Mac. Aaron, lui, se contenta d'en rire.

— Kenny, Kenny, Kenny… Prenez garde : mon frère a moins le sens de l'humour que moi.

Kenny se releva brusquement, les poings serrés. Mac intervint aussitôt.

— Vous, dit-il en désignant Kenny. Dehors. Tout de suite. Aaron, explique la situation à M. Leibowitz et reconduis-le ensuite à la porte. S'il a d'autres informations à transmettre à Caitie, il n'a qu'à lui téléphoner.

Le visage de Kenny s'empourpra de colère.

— Vous n'avez pas le droit…, commença-t-il à protester.

— Je t'en prie, Kenny, le supplia Caitlin, je n'en peux plus. Le médecin m'a prescrit de me reposer, pas de jouer les arbitres. Aaron, mets Kenny au courant de ce qui se passe — et, Kenny, je préférerais ne pas apprendre que tu as utilisé un élément quelconque de cette histoire pour promouvoir *Sur le fil*.

Si elle s'était exprimée d'une voix basse et tremblante, sa prière eut l'effet escompté. Leibowitz rougit tandis qu'Aaron ressortait de la chambre. Il regarda Caitlin avec un sentiment proche du regret. Il avait effectivement produit sur elle une certaine impression, songea-t-il, mais absolument pas celle qu'il avait espérée.

— Pardonne-moi, très chère, énonça-t-il avec douceur. Si je suis comme ça, c'est uniquement parce que je suis inquiet pour toi. Je te rappellerai.

Il quitta à son tour la chambre, non sans décocher à Mac au passage un coup d'œil glacé et furieux.

A part un léger plissement des paupières, la réaction de Mac demeura indéchiffrable.

Une fois seul avec Caitlin, il se trouva engagé dans un autre duel de regard, cette fois-ci avec la jeune femme. Après quelques instants de silence total, il prit une profonde inspiration, ouvrit la bouche, puis étouffa un juron et s'éloigna en refermant la porte derrière lui.

Caitlin se saisit d'un flacon d'antalgiques et versa un comprimé dans sa main avant de s'apercevoir que son verre à eau était vide. Avec un gémissement sourd, elle balança ses jambes hors du lit et resta un moment assise : elle savait pertinemment que se mettre debout allait lui faire un mal de chien. Puis elle se pencha en avant, se servant du poids de son corps pour se redresser — et fit malencontreusement tomber le verre vide de la table de nuit. Il heurta le plancher et se brisa. L'instant d'après, Mac déboulait dans la chambre.

— Qu'est-ce qui s'est passé ? Ça va ? Bon sang, pourquoi ne pas avoir demandé de l'aide ?

— J'ai cassé un verre, je vais bien et je voulais seulement aller chercher un peu d'eau dans la salle de bains pour pouvoir avaler un comprimé contre la douleur, parce que j'ai mal des dents aux orteils. Si vous me criez encore dessus, je vais me mettre à pleurer…

Sur ce, elle fondit en sanglots.

Connor McKee se sentit le dernier des misérables. Se mordant l'intérieur des joues pour s'empêcher d'ajouter quoi que ce soit, il traversa la pièce, souleva la jeune femme dans ses bras et la transporta dans la salle de bains tout en évitant les éclats de verre par terre. Puis il la déposa près des toilettes et ressortit de la pièce dont il referma doucement la porte derrière lui.

Caitlin se servit du verre à dents posé sur le lavabo pour prendre son comprimé, puis s'assit sur les toilettes en attendant le retour de Mac. Ce dernier ne lui avait pas dit qu'il la ramènerait dans la chambre, mais elle le connaissait assez pour savoir que, puisqu'il l'avait portée jusqu'ici, il finirait bien par revenir la chercher.

Elle resta donc assise sur le siège des toilettes, navrée par ses propres problèmes, et, au bout d'un moment, entendit Aaron pousser un cri de surprise et proposer d'aller chercher un balai et une pelle à poussière. Il y eut quelques tintements de verre et elle en déduisit que Mac était en train de jeter les débris dans la corbeille près de son lit.

Immobile, elle tendit l'oreille vers les voix en provenance de la chambre. Les deux hommes avaient beau parler trop bas pour qu'elle puisse les comprendre, elle savait qu'ils étaient en train de discuter d'elle. Ainsi que des lettres. Et de la menace de bombe. Et du fait qu'on voulait la tuer.

En face des toilettes, le grand miroir fixé derrière la porte de la salle de bains l'attirait et l'effrayait à la fois car si, grâce à lui, elle n'avait pas besoin de se déplacer pour mesurer l'étendue des dommages infligés à son corps, elle n'était pas non plus sûre de vouloir tout découvrir d'un coup. Son visage était déjà assez moche comme ça… Si elle n'avait pas su qu'il s'agissait de son propre reflet, elle ne se serait pas reconnue. Tout un côté de sa figure était marbré d'hématomes rouge foncé et l'arcade sourcilière suturée avait enflé jusqu'à atteindre une fois et demie sa taille normale. Sa lèvre inférieure était boursouflée et sa joue gauche s'ornait de toute une série de petites écorchures…

Poussée par la curiosité, elle défit les trois premiers boutons de sa veste de pyjama et repoussa celle-ci le long de ses épaules.

Elle écarquilla les yeux de stupeur : ses contusions étaient spectaculaires. D'une main tremblante, elle remonta sa veste de pyjama et la reboutonna jusqu'au col. Qu'on en veuille à sa vie était pour elle difficile à accepter, mais elle ne pouvait désormais plus nier l'évidence. Elle ferma les paupières pour essayer de recouvrer son calme et, sa crise de larmes passée, demeura assise en silence jusqu'au moment où on frappa à la porte.

— Entrez, dit-elle.

Mac parut.

— Etes-vous prête à retourner au lit ?

— Oui, s'il vous plaît, répondit-elle avant de retenir son souffle en le voyant s'approcher d'elle.

Il la souleva comme si elle ne pesait rien du tout et, la ramenant à son lit, la déposa précautionneusement contre les oreillers.

Caitlin grimaça lorsqu'elle voulut remonter les couvertures.

— Laissez-moi faire, lui proposa Mac avant de les tirer jusqu'à sa taille pour lui permettre de les disposer à sa convenance.

— Merci, murmura-t-elle.

Mac soupira.

— Je vous en prie…

Il s'apprêtait à la quitter quand il s'arrêta soudain et se retourna vers elle.

— Caitie ?

— Oui ?

— Je suis désolé… vraiment désolé de vous avoir fait pleurer.

Une telle délicatesse était inattendue, surtout de la part d'un homme comme lui — si inattendue qu'elle se trouva momentanément incapable de prononcer le moindre mot, par peur de se remettre à pleurer.

— Oui… Eh bien, merci, dit-elle avant de se tourner et de fermer les yeux.

Elle entendit le bruit des pas de Mac qui s'éloignait de la chambre. Un moment plus tard, alors qu'elle s'enfonçait dans la somnolence provoquée par l'analgésique qu'elle venait de prendre, le téléphone se mit à sonner. Elle s'enfouit plus profondément sous les couvertures, sachant que, pour l'instant, Connor McKee la protégeait du monde extérieur. Elle s'abstint de se demander pourquoi une telle situation ne lui semblait plus aussi insolite qu'elle aurait pu l'être à ses yeux naguère ni pourquoi elle avait changé d'opinion au sujet du demi-frère d'Aaron. Tout ce qui lui importait était qu'il soit là, à ses côtés et que, pour la première fois depuis des mois, elle s'estime en sécurité.

— Connor McKee, que diable faites-vous là ? s'enquit-elle tout en contemplant les deux étrangers ainsi que le désordre qui régnait dans son séjour.

Mac sourit jusqu'aux oreilles en la voyant. Elle avait les cheveux en bataille, la ceinture de son peignoir traînait par terre et les chaussons qu'elle s'obstinait à porter avaient l'air d'une blague.

— Je suis en train d'installer votre système de sécurité.

— Eh bien, personne ne m'a demandé *mon* avis, répliqua-t-elle sur un ton outragé.

— Caitie, si vous voulez être prise au sérieux, il va falloir que vous enfiliez une autre paire de chaussons.

Elle baissa les yeux sur ses chaussons en forme de chiots puis les releva vers Mac avec une expression dédaigneuse.

— Mes chaussons sont très bien.

— Vous avez besoin d'un système de sécurité.

Elle soupira.

— Vous auriez dû m'en parler avant.

— Vous avez raison. Je vous prie de m'en excuser.

— Bon, ça ira pour cette fois. Mais ne recommencez plus.

— Fort bien, madame. Vous pouvez compter sur moi, madame.

Elle tripotait la ceinture de son peignoir et s'aperçut soudain que les trois hommes se retenaient de rire. Dégoûtée d'elle-même et de la gent masculine en général, elle pivota sèchement sur ses talons et, dans son mouvement, marcha sur l'oreille d'un de ses chaussons-peluches. Trébuchant en avant, elle rétablit son équilibre de justesse.

— Ça va ? demanda Mac.

Elle refusa de se retourner. Au son de sa voix, il semblait s'esclaffer.

— Très bien, répondit-elle.

Puis elle quitta la pièce avec humeur.

Cinq secondes plus tard, elle perçut des gloussements étouffés. « Maudits soient-ils, pensa-t-elle. Qu'ils aillent tous rôtir en enfer ! »

Elle claqua la porte de la chambre avec une violence délibérée et alla se réfugier dans son lit.

5.

Sitôt qu'il entendit sonner à la porte d'entrée, Mac se hâta d'aller répondre avant que le bruit ne réveille Caitlin. Il savait qui étaient les visiteurs et la raison de leur venue, mais il trouvait qu'ils avaient pris vraiment tout leur temps pour réagir. Il s'était attendu à les voir avant que Caitlin et lui n'aient quitté l'hôpital ; les employés de l'agence de sécurité étaient repartis depuis longtemps, et il était près de midi…

Aaron avait signalé à la police l'intrusion du faux médecin dans la chambre de Caitlin. Connaissant le penchant de son frère pour l'exagération, Mac s'imaginait qu'il avait dû insister sur le danger que courait la jeune femme et souligner avec énergie qu'il était plus que temps qu'on en admette enfin la réalité.

Ce fut avec ces pensées en tête qu'il alla ouvrir à la police.

— Oui ?

Neil brandit son insigne.

— Inspecteur Neil, déclara-t-il laconiquement. Voici ma coéquipière, l'inspecteur Kowalski. Mlle Bennett aurait été impliquée dans un nouvel incident ?

— C'est une façon de présenter les choses, repartit Mac. Entrez.

Il s'effaça pour les laisser passer et referma la porte.

— Par ici, ajouta-t-il en les guidant jusqu'au séjour.

Il s'arrêta dans la pièce et les invita d'un geste à s'asseoir.

— Pourquoi avoir autant tardé ? s'enquit-il.

Neil prit place à un bout du canapé et sa coéquipière à l'autre extrémité. Il attendit que Mac se soit lui-même installé de l'autre côté de la table basse avant de reprendre la parole.

— Nous avons dû répondre à un appel urgent. Désolé.

Il se raidit et fixa Mac d'un regard dur.

— Il m'avait semblé comprendre que Mlle Bennett n'avait pas de famille, dit-il.

— En effet, confirma Mac.

— Dans ce cas, qui êtes-vous ?

— Je m'appelle Connor McKee et je dirige la McKee Security, une société d'Atlanta. Aaron Workman, l'éditeur de Mlle Bennett, est mon demi-frère. Il m'a appelé. Je suis venu.

Neil inscrivit quelques notes sur son carnet.

— Où se trouve actuellement Mlle Bennett ?

— Dans sa chambre. Elle dort. Je préfère ne pas la déranger, elle souffre encore beaucoup. Du reste, si vous êtes ici à cause de ce qui s'est passé cette nuit à l'hôpital, son témoignage vous sera inutile.

— Pourquoi donc ? dit Neil.

— Parce qu'elle n'a pas cessé de dormir. C'est moi qui me suis réveillé et qui ai vu l'homme, et c'est moi aussi qui lui ai parlé.

— Et lui, vous a-t-il parlé aussi ? demanda Trudy.

— Oui. Je crois que ma présence l'a surpris... Il s'est introduit dans la chambre peu après 3 heures du matin. Je me suis levé et je lui ai demandé ce qu'il faisait là. Il m'a tenu des propos qui ne tenaient pas la route.

— Qu'a-t-il dit précisément ? intervint J. R.

— Qu'il était le Dr Frost et qu'il cherchait la chambre de M. Benton.

— Ça paraît plausible, objecta Trudy. Les noms de famille sont plutôt similaires… Peut-être s'est-il simplement trompé de personne.

— C'est ce que j'ai pensé moi aussi au début, admit Mac. J'ai quand même demandé à une des infirmières s'ils avaient à l'étage un patient du nom de Benton. Elle m'a dit que non et a voulu savoir pourquoi je lui posais cette question. Je lui ai rapporté qu'un homme se présentant sous le nom du Dr Frost cherchait la chambre de ce patient.

— Et ? dit Trudy.

— Elle m'a appris que le Dr Frost était gynéco. Quand bien même il serait venu voir un patient, cela ne pouvait pas être un homme…

— Ah, fit Trudy. On dirait en effet que votre intrus n'avait pas très bien préparé son coup.

Elle se mit à dévisager Mac avec attention.

— Cela dit, reprit-elle, vous n'aviez pas vraiment de raison de le soupçonner. Qu'est-ce qui vous a mis la puce à l'oreille ?

— Avez-vous déjà été hospitalisée ? répliqua Mac.

Elle opina.

— Alors vous avez dû vous rendre compte que tous les médecins et toutes les infirmières, dès qu'ils entrent dans une chambre, même si c'est en pleine nuit et que vous dormiez comme une souche, allument systématiquement la lumière.

Trudy hocha de nouveau la tête, faisant osciller ses boucles rousses.

— Il y a deux ans de cela, j'ai eu une appendicectomie. Je n'ai pas pu fermer l'œil avant de rentrer à la maison.

— Vous voyez ? Or non seulement cet individu n'a pas allumé la lumière en pénétrant dans la chambre de Mlle Bennett mais il est resté parfaitement silencieux. En fait, il s'était déjà approché, dans le noir, à mi-chemin du lit de Caitlin quand je me suis levé.

Neil se pencha en avant, les coudes sur les genoux.

— Et que faisiez-vous là vous-même ?

— J'assurais la protection de Mlle Bennett.

— Depuis combien de temps la connaissez-vous ?

— Depuis un peu plus de trois ans.

Neil ne manqua pas de remarquer le ton sur lequel McKee lui répondait et qui semblait indiquer une certaine gêne à être ainsi mis sur la sellette.

— Avez-vous toujours travaillé dans le domaine de la sécurité ?

— Non. J'ai appartenu à la police d'Atlanta pendant dix ans.

— Pourquoi l'avez-vous quittée ?

— J'ai perdu un coéquipier de trop. J'ai vu un délinquant de trop être blanchi à cause d'une chicane juridique. Pour tout vous avouer, j'étais au bout du rouleau.

— Comme je vous comprends, repartit Trudy.

Neil, pour sa part, ne voyait pas d'un très bon œil la présence de cet homme auprès de Caitlin Bennett et tint à l'en informer.

— C'est notre enquête, lui rappela-t-il. Nous n'avons pas besoin des services de vigiles.

Mac se retint de ricaner.

— Mlle Bennett sera ravie d'apprendre que vous avez finalement reconnu qu'il y avait matière à enquête.

L'inspecteur pinça les lèvres de colère mais garda le silence.

— Pour ma part, poursuivit Mac, je n'ai aucunement l'intention d'enquêter sur quoi que ce soit. Je ne suis pas détective privé. Je suis le propriétaire et directeur d'une société qui installe et améliore des systèmes de sécurité, point final. Je me suis proposé de rester avec Caitlin jusqu'à ce que notre homme soit arrêté. Aussi, plus vite vous aurez fait votre boulot et plus nous en serons tous heureux.

— Pouvez-vous nous donner une description de cet individu ? demanda Trudy.

Mac fronça les sourcils.

— Pas vraiment. Je l'ai à peine aperçu... Tout ce que je peux vous dire, c'est qu'il s'agissait d'un homme de type caucasien d'au moins un mètre quatre-vingts. Il avait les cheveux bruns frisés et portait une moustache de même couleur. Il devait par ailleurs approcher la quarantaine. Maintenant, s'il était venu finir ce qu'il avait commencé, il y a fort à parier qu'il portait un déguisement.

— Vous souvenez-vous d'autre chose ? s'enquit Trudy.

— Non.

— Vous me paraissez bien sûr de vous, observa Neil.

Mac haussa les épaules.

— Ouais, c'est ce qu'on dit.

Les dents serrées, Neil lui tendit une carte.

— Si vous vous rappelez quoi que ce soit d'autre, appelez-nous.

Mac rangea la carte dans sa poche sans rien ajouter.

— A propos, reprit Neil, où est Aaron Workman ? Je m'attendais à le trouver ici.

— Il est parti à son travail. Si vous avez besoin de lui parler, vous pouvez le joindre à son bureau.

Neil se redressa.

— Merci pour votre aide. On vous rappellera.

— Nous aussi, répliqua Mac avant de les reconduire à la porte qu'il referma derrière eux.

Les inspecteurs perçurent le cliquètement caractéristique des pênes s'engageant dans les gâches et échangèrent un sourire avant de se diriger vers l'ascenseur.

— Ça ne me dérangerait pas d'être protégée par un homme comme ça, déclara Trudy.

J. R. eut un haussement de sourcil.

— Kowalski, tu me surprendras toujours.

Les portes de la cabine s'ouvrirent. Ils y entrèrent puis se retournèrent et J. R. appuya sur le bouton du rez-de-chaussée.

— Pourquoi ? dit Trudy tandis que la cabine entamait sa descente.

— Je ne savais pas que tu avais un faible pour les grosses brutes.

— Ce n'est pas parce qu'il est plus grand que toi qu'il est obligatoirement une brute, rétorqua Trudy. Et puis les hommes aux cheveux sombres et aux yeux bleus m'ont toujours fait craquer.

Neil secoua la tête avec une mimique dégoûtée. Peu après, la porte s'ouvrit. Ils sortirent ensemble de l'ascenseur et traversèrent le hall de l'immeuble du même pas, malgré leur différence de taille.

— Puisqu'il va falloir aller à l'hôpital vérifier toute cette histoire, peut-être que je devrais en profiter pour demander à un médecin de prendre ta tension.

Trudy ralentit légèrement et lui décocha un regard incrédule.

— Tu es jaloux !

— N'importe quoi, dit J. R. comme ils débouchaient dans la rue. Et c'est moi qui conduis.

— Tant mieux. Je n'aime pas rouler dans la neige.

J. R. lui adressa une grimace comique.

— C'est parce que tu as grandi à Mobile. Tu n'as pas le sang assez épais, Kowalski. Quand j'étais petit, je livrais le journal et j'accomplissais ma tournée par n'importe quel temps. Et le jour où j'ai pris ma première leçon de conduite, il neigeait.

Elle lui rendit sa grimace tout en se glissant sur le siège du mort.

— Ouais, et tu vas bientôt me raconter que tu te faisais les dents sur des chandelles de glace et que tu as fabriqué ton premier bonhomme de neige avant même de savoir marcher.

J. R. sourit jusqu'aux oreilles et s'abstint de la moindre repartie. Il connaissait assez Trudy pour savoir qu'elle ne s'arrêterait pas avant d'avoir eu le dernier mot — même si c'était un mot de trop. Il démarra et déboîta pour s'engager dans la circulation.

—Peut-être qu'une des caméras de sécurité de l'hôpital a surpris notre intrus…, songea-t-il tout haut.

— Bonne idée.

— Ouais, je sais.

Trudy eut un léger reniflement moqueur.

— Quelle arrogance…

— Quelle lucidité, plutôt.

Trudy leva les yeux au ciel et s'esclaffa.

— Oh, Seigneur, marmonna Caitlin.

Elle se passa prudemment la main dans les cheveux, et sentit les points de suture au-dessus de son arcade sourcilière. On aurait dit des épines.

Comme elle roulait sur le côté du lit pour s'asseoir, son ventre se mit à gargouiller. Son corps était-il donc indifférent à la douleur ? Elle aurait cru impossible d'avoir faim quand on souffrait ainsi de partout et, pourtant, tel était bien le cas. Evitant tout mouvement brusque, elle se traîna jusqu'à la salle de bains et s'arrêta devant le miroir pour examiner son reflet. Hum… Les hématomes avaient encore plus vilaine allure que la veille. La lèvre inférieure, en revanche, paraissait moins tuméfiée…

— Chaque chose en son temps, murmura-t-elle avant de se détourner de la glace.

Quelques minutes plus tard, elle sortait de la pièce après s'être soigneusement lavé le visage et peigné les cheveux — qu'elle avait attachés sur sa nuque avec un chouchou rose bonbon — pour passer son peignoir, sachant qu'elle allait avoir besoin de toutes ses défenses pour tenir Connor à distance, y compris une tenue adéquate. Bien que son pyjama en flanelle bleue fût d'un modèle correct, un peignoir lui paraissait s'imposer… Ayant enfilé ses chaussons, elle se rendit dans la cuisine et trouva Mac devant la cuisinière, en train de touiller le contenu d'une casserole.

— Ça sent bon, déclara-t-elle. Qu'est-ce que c'est ?

Manifestement surpris de l'entendre, il cogna la cuillère contre la casserole en se retournant vers elle.

— J'ignorais que vous étiez réveillée. Pourquoi ne m'avez-vous pas appelé ?

— J'avais envie de me lever. C'est de la soupe ?

— Oui, vous avez faim ?

— Oui.

— Je vais vous en donner mais, avant tout, je vous en prie, asseyez-vous.

Caitlin soupira.

— Je ne suis pas fragile à ce point-là.

Le regard de Mac était sombre et indéchiffrable. Quand il reprit la parole, cependant, le frémissement rauque de sa voix le trahit.

— A vous voir, ce n'est pas évident. Vous vous êtes regardée dans une glace ?

Elle lui adressa une moue boudeuse tout en prenant place sur une des chaises de la cuisine et grimaça aussitôt.

— Oh, ça fait mal…

Néanmoins elle refusa d'admettre qu'il avait raison.

— Alors ne vous avisez pas de mordre la main qui va vous nourrir, dit-il. Et ce n'est pas une image.

Caitlin posa le menton sur ses mains et se mit à fixer le dos de Mac qui ouvrait un placard pour y prendre une assiette et un bol. Alors qu'elle l'observait ainsi, il lui vint à l'esprit que, la dernière fois où elle s'était trouvée dans cette cuisine, elle s'était aperçue qu'il lui restait bien peu à manger.

— Avez-vous fait les courses ? s'enquit-elle.

— Pas moi. Aaron.

Elle hocha la tête.

— Aaron prétend que je mange comme une adolescente.

Mac la considéra d'un air intrigué.

— Et c'est le cas ?

Caitlin nota les rides qui étoilaient ses yeux quand il souriait… et oublia complètement sa question.

— Caitlin ?

Elle cilla.

— Hmm ? Quoi ?

— Vous mangez comme une adolescente ?

Elle haussa les épaules.

— Je ne sais pas. Que mange une adolescente ?

— Tout ce qui peut lui tomber sous la main de salé ou de sucré à condition que ce soit plein de graisse, prêt en une minute maximum et que ça puisse s'avaler d'un coup.

— Je ne mets pas de Cola dans mes céréales, répliqua-t-elle sans vouloir en admettre plus.

Mac s'esclaffa.

— C'est déjà ça, dit-il avant de déposer la soupe devant elle et de lui tendre une cuillère. Dégustez-moi ça tant que c'est chaud.

Son rire provoqua chez la jeune femme un curieux pincement à l'estomac, qu'elle attribua à la faim. Sympathiser avec cet homme était pour elle comme essayer de dompter un tigre… or elle n'était pas stupide à ce point-là. Elle se contenta donc de se pencher au-dessus du bol. Les arômes qui s'en échappaient lui firent monter l'eau à la bouche.

— Ça sent délicieusement bon. Qu'est-ce que c'est ?

— De la soupe de tomate. Je l'ai assaisonnée selon mon goût. Si vous la trouvez trop salée, je peux y ajouter du lait…

— Vous voulez dire que ça ne sort pas d'une boîte ?

— Absolument. Vous voulez un sandwich avec ?

— C'est tentant, mais je préfère en rester à la soupe pour l'instant… du moins jusqu'à ce que ma bouche me lance moins.

Mac se renfrogna.

— Désolé. Je n'y avais pas songé. Peut-être que je devrais passer la soupe au mixer, afin que vous puissiez l'avaler plus facilement…

— Ce serait difficile, je ne possède pas de mixer, marmonna-t-elle avant de glisser entre ses lèvres la première cuillerée de soupe, dont elle apprécia autant la chaleur que le goût. Mais ne vous tracassez pas. C'est parfait ainsi.

Elle désigna la cuisinière de sa cuillère.

— Vous n'en prenez pas un peu ?

Il hésita. S'asseoir à la même table que Caitlin Bennett signifierait conclure une sorte de trêve avec elle… Cependant, même s'il doutait que ce soit une bonne idée, il avait faim et, de plus, c'était elle qui avait fait le premier pas…

— Ouais, lâcha-t-il avant de se servir une généreuse portion de soupe.

Puis, ayant saisi une poignée de craquelins, il s'installa en face d'elle, sans toutefois relever les yeux.

Durant quelques minutes, il n'y eut d'autre bruit dans la cuisine que le tintement occasionnel d'une cuillère contre un bol. Caitlin fut la première à terminer sa soupe.

— C'était très bon. Merci.

Mac s'agita nerveusement sur son siège, décontenancé par son amabilité.

— Je vous en prie.

— C'est curieux, reprit-elle d'une voix traînante, mais je ne vous imaginais pas si à l'aise dans les tâches domestiques.

Mac plissa les yeux, sur la défensive. Il avait comme le sentiment que l'heure des amabilités était passée.

— Ce qui veut dire ?

— Oh, rien, repartit Caitlin. Simplement, quand je pense à vous, il me vient plutôt à l'esprit des images de viandes saignantes et de couteaux de trappeur.

Mac se pencha par-dessus la table et sourit.

— Franchement, Caitlin, je n'aurais pas cru que vous puissiez penser à moi un seul instant. Comme quoi, les premières impressions sont parfois trompeuses…

Tout en se maudissant de s'être montrée familière avec cet homme qui avait le don de la faire sortir de ses gonds, Caitlin repoussa sa chaise et se leva.

— Où allez-vous ? lui demanda-t-il.

— Dans mon bureau, consulter mes e-mails. Personne n'a appelé pendant que je dormais ?

— Non, mais la police est passée.

Elle se rembrunit.

— Pourquoi ne m'avez-vous pas réveillée ? Maintenant, ils vont devoir revenir et je n'ai vraiment pas envie que cette histoire s'éternise…

— Ils n'avaient rien à vous dire et vous, vous n'aviez rien à leur dire non plus.

— Mais l'homme de l'hôpital…

— Vous l'avez vu ?

Elle fronça les sourcils.

— Eh bien, non, mais…

— Il n'y a pas de mais. Vous ne saviez même pas qu'il s'était introduit dans votre chambre avant que je vous en parle, alors rien de ce que vous auriez pu raconter aux flics n'aurait pu les aider dans leur enquête. Par ailleurs vous aviez besoin de vous reposer. Donc c'est moi qui leur ai parlé. Et qui leur ai rapporté les faits.

Il s'interrompit un instant.

— Cela dit, ils n'avaient pas l'air plus avancés pour autant… Aucun des deux ne m'a terriblement impressionné, du reste, et l'inspecteur Neil encore moins que sa coéquipière.

— Ah bon ? dit Caitlin. Moi, je l'ai trouvé plutôt sympa.

Mac réprima l'envie de lever les yeux au ciel.

— Le contraire m'eût étonné.

Elle redressa le menton avec une expression de défi.

— Ça veut dire quoi, ça ?

— Ça ne *veut* rien dire d'autre que ce que je viens de dire. Neil est un flic avec insigne et flingue qui a du toupet et une jolie gueule. Et à voir vos narines se dilater, je suppose que ce genre de type vous branche bien.

Caitlin eut un hoquet d'indignation.

— Vous êtes incroyable ! Mes *narines* ne se dilatent pas, et cet inspecteur ne me branche pas. Et puis, si je courais après les mâles à jolie gueule trimbalant des flingues, ce serait plutôt vous qui seriez à placer en tête de liste, non ?

Mac fourra les mains dans ses poches pour éviter de les serrer autour du cou de la jeune femme et fusilla cette dernière du regard.

Caitlin émit un léger reniflement puis, satisfaite d'avoir emporté la bataille, commença à s'éloigner.

— N'empêche que vos narines étaient dilatées, grommela Mac à mi-voix.

— J'ai entendu ! s'écria-t-elle.

Mac jeta en râlant la casserole dans l'évier.

Bam.

Le direct résonna jusque dans ses molaires.

Bam. Bam.

Le droite-gauche lui décompressa le tympan droit.

Bam.

Bam.

Bam.

A la suite de cette série de coups en rafale, il eut un goût de sang dans la bouche et comprit qu'il s'était mordu la langue. Mais il ne pouvait pas s'arrêter. Le besoin de châtiment le dominait entièrement. « Maudite soit Caitlin Bennett pour n'être pas morte, pensa-t-il. Que cette garce de riche aille en enfer ! »

— Mollo, mon pote, tu vas te péter une Durit.

Buddy ignora l'avertissement de l'entraîneur et continua à frapper jusqu'à ce qu'il soit aveuglé par sa propre sueur au point de ne plus pouvoir distinguer le sac. Alors, épuisé, il chancela en arrière puis, s'adossant contre le mur, les gants sur les genoux, s'efforça de rester droit.

— Il est mort ?

A cette question, Buddy prit une profonde inspiration et releva les yeux.

— Comment ?

L'entraîneur lui lança une serviette et sourit jusqu'aux oreilles.

— Je te demandais s'il était mort.

— Que diable voulez-vous dire ? demanda Buddy d'une voix glaciale.

— Du calme, mec, c'était juste une façon de parler, repartit l'entraîneur. Tu cognais tellement fort sur ce sac qu'il n'y a pas besoin d'être un génie pour deviner que quelqu'un t'a rendu chèvre. Je me trompe ?

Buddy soupira.

— Euh, ouais… Enfin, non, vous ne vous trompez pas.

— Assieds-toi, je vais t'aider à enlever tes gants.

Buddy s'assit à califourchon sur un banc de musculation et tendit un des gants à l'entraîneur. Peu de temps après, il avait les deux mains libres.

— Merci, dit-il en se redressant. La journée a été longue. Je vais prendre une douche et rentrer à la maison.

— Ouais, c'est ça. A la prochaine…

Une demi-heure plus tard Buddy sortait du vestiaire et s'engageait dans l'escalier qui menait à la rue. La cage était froide et, tandis qu'il descendait les marches, il remonta le col de son manteau en regrettant de n'avoir eu la prévoyance de se munir d'un bonnet pour protéger ses cheveux mouillés. Se préparant au pire, il dévala l'escalier et se retrouva bientôt sur le trottoir. L'air glacé frappa ses poumons tel un coup de poing à la poitrine. Il n'avait même pas atteint le croisement suivant qu'il sentait ses cheveux se raidir sous l'effet du gel provoqué par la chute rapide de la température.

— Bordel, grommela-t-il tout en haussant les épaules contre ses oreilles.

Une neige légère et vaporeuse tourbillonnait autour de lui. A en juger par l'état des trottoirs, elle devait tomber depuis un certain temps déjà : seules les traces les plus profondes étaient encore visibles au sol. Une fine croûte s'était formée à la surface du manteau neigeux et craquait sous ses pas. La circulation était fluide mais constante, et Buddy finit par oublier la morsure du froid dans le mouvement monotone qui consiste à mettre un pied devant l'autre…

Au carrefour suivant, il vit un taxi se ranger soudain le long du trottoir pour déposer un client. Rentrer à la maison en taxi plutôt qu'en métro était un luxe qui, en l'occurrence, lui semblait un investissement avisé. Il héla donc le chauffeur, mais ce dernier reprit presque aussitôt de la vitesse et disparut dans la nuit. Etouffant un juron, Buddy poursuivit son chemin. Encore cinq croisements, se dit-il, et il se retrouverait à l'abri de la neige dans la station de métro.

Un peu plus loin, les lumières d'un snack se reflétaient sur le trottoir enneigé. Au moment où il passait devant la porte de l'établissement, un couple en sortit, laissant échapper un fumet où se mêlaient l'odeur de la nourriture et celle du café noir.

Sur une impulsion, Buddy effectua un demi-tour et entra dans le restaurant. Un repas chaud lui semblait une mesure de prudence étant donné qu'il n'avait rien mangé depuis le petit déjeuner. Arrivé devant le comptoir, il s'installa sur un tabouret et prit la carte.

— Hé, beau gosse, je vous sers un café ?

Buddy leva les yeux. La serveuse était jeune et avenante. Il lui rendit son sourire.

— Oui, merci, répondit-il. Bien serré, s'il vous plaît.

Elle posa une tasse devant lui et la remplit presque jusqu'au bord.

— Qu'est-ce qui vous ferait envie ?

— Vous n'avez pas de chili ?

— Oh, si. Gus en prépare un du tonnerre. Mais il est pimenté, je vous préviens. Si vous n'aimez pas la nourriture épicée, vous risquez de ne pas l'apprécier.

Buddy se pencha en avant tout en adressant à la jeune serveuse un autre sourire renversant.

— Oh… j'aime le piment, répliqua-t-il à voix basse. Dans mes plats *et* dans mes relations amoureuses.

Elle gloussa et alla passer sa commande en cuisine, le laissant seul avec son café et ses pensées. Quelques minutes plus tard, elle revenait avec un bol de chili fumant accompagné d'une tranche de pain de maïs et d'une coupelle remplie d'oignons émincés.

— Désirez-vous un peu de fromage en plus ?

— Non, ça a l'air parfait ainsi, répondit-il avant de porter une grosse cuillerée de chili à ses lèvres.

Il leva les yeux au ciel, saisi par la saveur du plat.

— Hmm, fit-il. Vous pourrez dire à Gus que son chili est sacrément bon !

La serveuse sourit et hocha la tête, puis s'éloigna pour aller s'occuper d'un couple qui venait de s'installer dans un box.

Buddy mangea sans penser à rien, jouissant simplement de la chaleur de la nourriture dans son ventre et de la sérénité qui avait envahi son esprit. Il était épuisé aussi bien mentalement que physiquement. Il n'allait certainement pas avoir de mal à trouver le sommeil cette nuit, même si Caitlin Bennett était encore de ce monde…

Il avait pratiquement terminé son repas quand une femme entra dans le snack. Il la vit du coin de l'œil et nota qu'elle prenait place au comptoir, à trois tabourets de lui. Elle avait une voix basse et rauque et ses vêtements comme son allure trahissaient la prostituée. Elle demanda l'heure puis commanda une tasse de café.

Caressant l'idée d'un rapport sexuel rapide, il se tourna vers elle pour mieux la regarder… et réprima un hoquet de stupeur. Le plat qu'il venait juste de terminer menaça de lui remonter à la gorge. Il contempla la femme avec incrédulité, la regardant porter sa tasse de café à ses lèvres. Ses cheveux sombres mi-longs et sa bouche étaient si semblables à ceux de Caitlin qu'il en éprouva une douleur physique.

Il se redressa brusquement, jeta de l'argent sur le comptoir et se rua hors du restaurant sans se retourner. La station de métro n'était qu'à quelques pâtés de maisons de là. Il se surprit à courir dans cette direction tel un homme vers son salut. A mesure qu'il en approchait, cependant, son pas ralentissait.

Puis il s'arrêta pour de bon. Pendant plusieurs minutes, il demeura la tête baissée, les yeux fixés sur la neige qui tachait la pointe de ses chaussures, tout en serrant et en desserrant les poings. Finalement, il prit la décision suivante : si cette femme venait par ici, elle serait à lui mais si, en quittant le snack, elle se dirigeait vers le nord plutôt que vers le sud, alors le destin aurait décidé pour lui.

Plusieurs personnes le dépassèrent tandis qu'il patientait sur le trottoir, le dos tourné vers le restaurant. Chaque fois qu'il entendait des pas approcher, il retenait son souffle. Serait-ce elle ? Lorsqu'il eut les pieds si froids qu'il ne sentait plus ses orteils, il se résigna à rentrer à la maison si jamais la personne suivante n'était pas elle.

Au bout d'un moment, il perçut de nouveau des bruits de pas, plus brefs et plus pressés que les précédents. Sa respiration s'accéléra, son haleine fusant sous son nez en bouffées frémissantes qui formaient de petits nuages. Il releva la tête et se sentit tourner sur lui-même, lentement, jusqu'à ce qu'il voie l'air concentré qu'arborait le visage de la jeune femme tandis qu'elle s'efforçait de garder son équilibre au milieu de la neige sur ses talons aiguilles.

— Vous auriez dû mettre des bottes, lui murmura-t-il.

Elle se serra un peu plus étroitement dans son manteau et lui sourit, pensant sans doute qu'un micheton de plus avant la fin de la nuit ne pourrait pas lui faire de mal.

— Alors qu'il existe des hommes charmants comme vous prêts à m'aider à tenir debout ? répliqua-t-elle.

— Ma biche, ce n'est pas debout que j'ai envie de te voir, mais couchée.

Elle plissa les paupières et le jaugea d'un coup d'œil rapace. Légèrement pervers, sans doute, mais si mignon... ça la changerait du gros lard qu'elle avait levé tout à l'heure.

— Toutes les positions me conviennent, repartit-elle, mais ça va te coûter cher, mon beau.

— Moins qu'à toi, rétorqua-t-il à mi-voix avant de l'agripper par la main.

6.

Le crissement des freins de la rame à l'approche couvrit les voix des curieux à l'instant où les inspecteurs Amato et Hahn se glissaient sous le ruban jaune délimitant, à l'extrémité du quai, le lieu du crime. Le médecin légiste avait déjà procédé à l'examen préliminaire, mais le photographe de l'institut était toujours en train de prendre des clichés.

Sal rejoignit le coroner qui attendait que son assistant ait achevé sa tâche.

— Ça donne quoi ?

L'haleine du médecin légiste se condensa dans l'air froid comme il soulevait ses mallettes. On aurait cru qu'il soufflait de la fumée.

— Des ennuis en perspective, répondit-il avant de désigner le cadavre du menton. Elle est morte ici. Le tueur a tourné son corps contre le mur et l'a recouverte de la taille aux pieds avec les feuilles de journaux qui sont là-bas, sans doute pour que les passants pensent qu'elle était soûle ou endormie. A mon avis, elle est décédée vers minuit, voire un peu plus tard, et si j'étais joueur, je parierais qu'il s'agit du même meurtrier… Enfin, j'en saurai plus quand on me l'aura amenée au labo.

Sal écarquilla les yeux.

— Comment ça, « le même meurtrier » ?

— On ne vous a rien dit ? demanda le coroner.

Amato secoua la tête.

— Regardez donc par vous-même, repartit le légiste avant de se diriger vers l'escalier tandis que Sal se rapprochait du cadavre.

Il étouffa un juron quand il eut examiné le visage de la femme.

— Seigneur tout-puissant, marmonna-t-il en se redressant brusquement cependant que son coéquipier, Paulie Hahn, regardait par-dessus son épaule. Il ne manquait plus que ça.

— Ce n'est que le second corps, objecta Paulie. On ne peut tirer aucune conclusion à partir de deux victimes seulement.

Amato désigna la figure de l'infortunée, laquelle était proprement tranchée en quatre.

— Si, on le peut, quand les victimes en question sont dans cet état-là. Appelle le lieutenant et dis-lui qu'il ferait mieux de rappliquer en vitesse. La presse va forcément avoir vent de l'affaire et, alors, les médias s'en donneront à cœur joie…

Paulie se saisit de sa radio juste au moment où les portes de la rame s'ouvraient. Le brouhaha qui s'ensuivit, soulevé par la curiosité des voyageurs pour l'investigation en cours, rendit toute conversation momentanément impossible.

— On ne s'entend même plus penser, ici, se plaignit le coéquipier de Sal. Je vais à l'autre bout du quai passer l'appel.

Paulie s'éloigna, et Sal entreprit de relever le témoignage des patrouilleurs qui s'étaient présentés les premiers sur le lieu du crime. Il nota toute information pertinente susceptible de les aider dans leur enquête.

— Hé, Sal, le héla Trudy, vous avez besoin de notre aide ?

Amato se retourna ; il ne s'était pas aperçu de l'arrivée de Kowalski et de Neil. Il se renfrogna et montra la victime.

— Jetez un coup d'œil…

Les deux inspecteurs obtempérèrent.

Trudy émit un hoquet de stupeur avant de regarder son coéquipier pour voir s'il partageait ses déductions. Apparemment oui : ses lèvres étaient serrées, ses narines palpitantes. Elle reporta son attention sur Sal.

— A-t-elle été tuée ici ? s'enquit-elle en parcourant des yeux l'angle du quai où ils étaient rassemblés.

— D'après le légiste, oui.

— Heure du décès ?

— Aux environs de minuit.

— Qui l'a trouvée ?

— Le premier agent à être venu sur les lieux a été averti par un coup de fil anonyme vers 6 heures du matin. On n'en sait pas plus.

— Elle a été identifiée ? demanda J. R.

Sal consulta son carnet.

— Ouais. Sylvia Polanski, trente-trois ans. On nous a donné une adresse dans le Queens. On n'est pas encore allé enquêter là-bas.

J. R. se rapprocha du corps et détailla sa tenue.

— Il va être difficile de déterminer si celle-ci a été violée ou non, décréta-t-il.

Sal fronça les sourcils.

— Pourquoi ça ?

— Elle m'a tout l'air d'être une prostituée, répondit J. R. A supposer qu'hier n'était pas son jour de congé, elle doit avoir pas mal d'ADN différents dans le ventre.

— Comment peux-tu savoir qu'elle faisait le tapin ? protesta Sal. Il manque la moitié de ses habits.

J. R. montra le pied droit de la victime.

— Je me trompe peut-être, mais les seules femmes que j'ai vu jusqu'à présent marcher dans la neige avec des talons aiguilles sont des prostituées.

Sal hocha la tête.

— Tu dois avoir raison. Cela dit, il n'est pas exclu qu'elle sortait d'un réveillon donné quelque part…

— Effectivement, admit J. R. Bon, que veux-tu qu'on fasse ?

Amato soupira.

— Du diable si je le sais, marmonna-t-il avant de chasser de son esprit le sentiment de désarroi qui l'étreignait. En tout cas, il fait un froid de canard, et vous savez où se réfugient les SDF quand les foyers sont complets et qu'il commence à neiger…

— Dans le métro et ses tunnels, dit Trudy qui n'ignorait pas que toute une communauté de sans-abri vivait sous la cité.

La perspective de partir en chasse dans les recoins caverneux du sous-sol de la ville lui donnait le frisson. Portant instinctivement une main à son aisselle, elle ne fut que médiocrement rassurée de sentir la bosse que son arme de service formait sous son manteau.

Amato désigna la foule agglutinée sur le quai.

— Toi et Neil, vous allez commencer par m'interroger tout ce monde-là. Voyez si vous ne pouvez pas trouver des témoins, même récalcitrants. Ça risque de ne nous mener nulle part, mais c'est la seule piste que nous ayons pour l'instant.

J. R. hocha distraitement la tête tout en observant les deux assistants du coroner qui entreprenaient de mettre le cadavre de Sylvia Polanski dans un sac en plastique. Le photographe avait dû pour sa part terminer de prendre des clichés car on ne le voyait plus nulle part.

— Aucun lien avec la victime précédente ? s'enquit-il.

Amato secoua la tête.

— Eh, non. Ce serait trop facile. Allez plutôt me dégoter un témoin. Il faut qu'on débarrasse les rues de ce cinglé.

— Viens, Roussette, allons secouer le matelas de la Terre Mère, histoire de compter la vermine qui s'échappe de ses coutures.

Trudy enfourna un chewing-gum dans sa bouche et lança un clin d'œil à Amato.

— Mon coéquipier est plus mignon que le tien… et c'est un poète, en plus.

Amato pouffa à cet échange amical de piques entre Neil et Kowalski — de ces propos que seuls des coéquipiers peuvent s'adresser sans en concevoir de rancœur — puis regarda les employés du coroner qui emportaient le corps de Sylvia Polanski. Comme il se retournait, il vit Paulie qui le rejoignait.

— Tu as parlé au lieutenant ? lui demanda-t-il.

Paulie opina.

— Et il n'a pas sauté de joie à la nouvelle.

— Je t'avouerai que je ne nage pas non plus dans le bonheur, dit sombrement Amato. Il va falloir qu'on se tape tout le trajet jusqu'à Queens…

Paulie redressa le col de son manteau afin de se protéger les oreilles tandis qu'ils remontaient l'escalier.

— Avec un peu de chance, déclara-t-il, nous trouverons dans l'appartement de la victime un élément qui éclairera toute cette affaire.

Sal eut un reniflement sarcastique.

— Ouais, et avec un peu de chance, dans mon petit soulier de Noël, je trouverai un aller simple pour un pays où il ne neige jamais.

— Moi, j'aime bien la neige, répliqua Paulie.

Ils étaient arrivés dans la rue. Sal plissa les paupières sous l'assaut de l'air glacial puis leva les yeux vers la grisaille du ciel matinal et se mit à frémir.

— Alors tu ne vas plus te tenir de joie, aujourd'hui, dit-il. Regarde, il va recommencer à neiger.

Une seule et unique fois dans sa vie il avait envisagé de se marier. L'élue de son cœur s'appelait Sarah et elle était morte dans ses bras. Il avait regardé, impuissant, le cancer ravager son corps jusqu'à le réduire à une coquille vide. Il s'était alors juré de ne plus jamais s'attacher autant à une femme. Puis il avait rencontré Caitlin et celle-ci n'avait dès lors cessé de hanter ses nuits. La plupart du temps, elle lui tapait sur les nerfs. Mais à d'autres moments, il avait l'impression de ne pouvoir jamais être rassasié d'elle…

Demeurer ainsi sous son toit — et dans un tel contexte — ne faussait-il pas son jugement ? Il ne voulait pas tomber amoureux. Il était plus facile et plus prudent d'entretenir leurs antagonismes…

Il agita ces pensées un instant puis, comme il hésitait entre essayer de se rendormir et aller se préparer un café, un bruit singulier retint son attention.

Clic, clic, clic.

Il attrapa un pantalon de survêtement tout en songeant que ce léger cliquetis lui était vaguement familier. Après un bref passage par la salle de bains, il acheva de s'habiller et quitta sa chambre. Guidé par le son ténu et répétitif, il se retrouva bientôt dans le couloir desservant les pièces de Caitlin. Avisant une porte entrouverte, il s'arrêta et jeta un coup d'œil à l'intérieur.

Il commença aussitôt à se détendre.

Caitlin travaillait à son ordinateur et le cliquetis qu'il percevait depuis tout à l'heure était tout bonnement le produit de son pianotage sur le clavier de la machine.

Il sourit en voyant sa posture sur la chaise. Perchée sur le bord, comme prête à bondir, elle avait les genoux fléchis et les jambes nouées autour des pieds du siège telle une cavalière chevauchant à cru un étalon ombrageux. Un vieux peignoir en chenille de coton pendait au dossier de sa chaise, comme abandonné dans un moment d'égarement, et le pyjama de flanelle bleue dont elle était revêtue était parsemé de rangées de nuages vaporeux. Ses cheveux étaient rassemblés sur le haut de la tête en un chignon lâche que retenait une pince de plastique brun évoquant la cage thoracique d'un petit dinosaure. Ses ecchymoses prenaient une teinte verte et l'un des fils de suture qui ponctuaient son arcade sourcilière saillait de son front tel un brin d'herbe mal tondu. S'il avait été dans son état normal, ce manque de soin dans la tenue l'aurait bien fait rire… Or voilà que ses pensées oscillaient entre l'admiration et une franche attirance !

Il devait lui reconnaître une qualité : elle était solide. Insupportable mais solide. Il aimait ça, chez une femme…

A cette pensée, il sursauta. Il n'était pas censé aimer Caitlin Bennett.

Elle, en tout cas, ne l'aimait certainement pas.

Ayant gravé ce rappel dans sa mémoire, il recula silencieusement. Au lieu de s'éloigner, cependant, il marqua une pause, et écouta le cliquetis constant des touches du clavier. Comment fonctionnait un cerveau comme celui de Caitlin ? Comment concevait-elle les histoires complexes de ses romans à succès, sans tout mélanger ni perdre un seul fil de l'intrigue ? Ils avaient beau ne pas s'apprécier l'un l'autre, il ne pouvait pas nier qu'elle avait du talent. Ce jugement, dans son esprit, n'équivalait en rien à une reddition. Il reconnaissait simplement à Caitlin sa place dans le monde et s'attendait à un respect identique de sa part.

Il avait été un flic — un défenseur du citoyen et un serviteur de la justice. Elle était une romancière — une créatrice d'univers et une magicienne des mots. Il était donc selon lui raisonnable de soutenir qu'ils avaient l'un et l'autre leur place dans le monde.

Le seul problème était que, pour l'heure, ils étaient contraints de jouer leur rôle sous le même toit…

S'écartant enfin, Mac gagna la cuisine, remonta le thermostat puis se dirigea vers la fenêtre et en écarta les rideaux.

« Eh bien, mon vieux… » Il neigeait encore.

Ses os s'étaient trop accoutumés aux hivers de Georgie pour qu'il supporte encore ce froid longtemps ! Enfin, se répéta-t-il une nouvelle fois comme il remplissait d'eau la cafetière et versait du café dans le filtre, il n'était pas ici pour toujours…

Il n'en savait pas moins que, lorsqu'il repartirait, plus rien ne serait jamais comme avant.

Peu après, alors qu'il sortait des tranches de bacon d'une poêle pour les mettre à éponger sur des serviettes en papier, Caitlin pénétra à son tour dans la pièce.

— Qu'est-ce que vous mijotez de bon ? s'enquit-elle, les yeux agrandis par la curiosité.

Avant que Mac puisse répondre, elle se glissa sous son bras et chipa une tranche de bacon.

— Miam ! fit-elle en avalant un morceau qu'elle prit soin de mâcher du bon côté de sa bouche. J'adore la nourriture du petit déjeuner.

Elle le gratifia d'un sourire inhabituellement amical.

— Ah, ouais ? repartit-il, les yeux fixés sur une petite miette de bacon qui était restée collée à la commissure de ses lèvres.

— C'est en train de brûler, lui signala Caitlin en désignant la dernière tranche de bacon dans la poêle.

Mac étouffa un juron et se hâta de retirer le bacon de la graisse brûlante.

— Celle-là sera pour moi, dit-il en la déposant sur son assiette après avoir retiré la poêle du feu. Vous voulez des œufs ?

— Brouillés ?

Il tendit le bras par-dessus sa tête pour prendre un bol de verre dans le placard.

— Pourquoi pas ? Combien je vous en mets ?

Caitlin le considéra, ébahie. Quand, pour sa part, elle mangeait des œufs, ce qui n'était pas si fréquent, elle n'en préparait qu'un seul à la fois. Or, si elle ne s'était pas trompée, Mac en avait déjà cassé six dans le bol !

— Oh… un, c'est tout, répondit-elle sans quitter des yeux le mélange épais et jaune qu'il battait à la fourchette.

Il s'arrêta dans sa tâche et releva la tête.

— Un seul ?

Elle opina.

Mac la détailla de la tête aux pieds — lesquels étaient protégés par des chaussettes — puis son regard remonta vers son visage, mais plus lentement, s'attardant sur le contour à peine distinct de ses formes sous le tissu lâche de son pyjama de flanelle.

— Vous avez besoin de manger plus que ça, trancha-t-il.

Il versa la graisse du bacon dans un bol, déposa les œufs dans la poêle et continua à les touiller.

— Dois-je comprendre que vous me trouvez trop maigre ?

Le ton de Caitlin lui hérissa les poils de la nuque mais il ne lui céda pas.

— Ai-je dit que vous l'étiez ? répliqua-t-il d'une voix amusée tout en faisant glisser une bonne part des œufs brouillés dans l'assiette de la jeune femme avant de s'attribuer le reste.

— Non, mais vous…

— Pensez-vous pouvoir manger un toast ou votre bouche est-elle encore trop douloureuse ? s'enquit-il en ignorant souverainement ses tentatives pour le pousser à bout.

— Hum, je, heu…

— Vos œufs sont en train de refroidir.

Caitlin se rembrunit. Il la rendait complètement dingue ! Il l'avait pratiquement traitée de maigrichonne et voilà qu'en plus il ne daignait même pas noter qu'elle en était froissée et souhaitait qu'il s'en excuse. Avec un soupir irrité, elle se saisit de l'assiette posée sur le comptoir, chipa deux tranches de bacon supplémentaires et se dirigea vers la table. Même s'il lui était difficile de marteler le sol pour signifier sa colère alors que son corps la faisait souffrir à ce point, elle s'y efforça de son mieux.

— Vous n'avez pas été engagé pour me servir de cuisinier, lâcha-t-elle — paroles qu'elle se reprocha aussitôt.

Il se raidit, puis se tourna vers elle et la toisa d'un air incrédule avant de prendre son assiette et de se lever, le visage rouge de colère.

— En vérité, je n'ai été engagé pour rien du tout, rétorqua-t-il en pointant vers elle sa fourchette. C'est Aaron, si vous voulez bien vous en souvenir, qui m'a prié de vous aider. Et si je suis venu ici, ce n'est pas pour être payé, et d'ailleurs je ne veux pas de votre argent. Maintenant, si cela ne vous dérange pas, j'aimerais que vous inspiriez un bon coup et que vous terminiez votre petit déjeuner sans plus m'adresser une seule fichue fois la parole.

Sur ce, il sortit de la pièce en emportant son assiette.

Caitlin le regarda partir en sentant des larmes lui monter aux yeux. Elle tenta de respirer mais, comme elle baissait les yeux vers sa propre assiette, elle s'étouffa sur un sanglot. Une seconde passa, puis une autre, et une autre encore tandis que de grosses larmes muettes coulaient le long de ses joues.

« Pourquoi est-ce que j'éprouve sans cesse le besoin de le titiller ? Pourquoi est-ce que je me comporte comme la pire des garces en sa présence ? Ça ne me ressemble pas. Je ne suis pas comme ça. »

A son grand désarroi, elle l'entendit soudain revenir dans la cuisine et s'empara à la hâte d'une serviette en papier pour essuyer ses pleurs, mais il était déjà trop tard.

Mac, qui était revenu pour se servir un café, eut droit à la place à un coup de poing dans l'estomac. La vision des larmes de Caitlin lui arracha un gémissement. Et voilà, ça recommençait… Ses épaules se voûtèrent et ses mains se crispèrent au bout de ses bras ballants.

— Bon Dieu, Caitie, je ne voulais pas vous faire pleurer.

Elle leva les yeux vers lui, le visage encore sillonné de larmes.

— J'ai été incorrecte, je le méritais, murmura-t-elle. J'ai été élevée mieux que ça, vous savez. Je ne comprends pas ce qui me pousse à être aussi odieuse avec vous.

Mac soupira avant de traverser brusquement la pièce. La soulevant de sa chaise, il la prit dans ses bras, tout en veillant à ne pas la serrer trop fort.

— Je m'excuse.

Abasourdie par le tonnerre des battements de son cœur contre son oreille, Caitlin se trouva trop essoufflée pour lui répondre. Puis Mac se mit à lui caresser le dos et elle se sentit comme une enfant au berceau.

— Je m'excuse aussi, bredouilla-t-elle.

Mac se pencha en arrière pour la dévisager, mais elle gardait la tête obstinément baissée. Soupirant de nouveau, il lui redressa le menton du bout d'un doigt jusqu'à ce qu'il puisse voir ses yeux.

— On fait la paix ?

Elle opina tandis que de nouvelles larmes voilaient son regard et dévalaient ses joues.

Mac en suivit le parcours et se surprit bientôt à fixer la bouche de la jeune femme — sa lèvre inférieure légèrement tuméfiée ainsi que le frémissement de son menton. Il sentit ses barrières intérieures céder. Oh, bon sang ! Il était déjà dans le pétrin, mais l'acte qu'il s'apprêtait à commettre allait rendre la situation plus délicate encore. Il expira doucement, puis courba la nuque. Juste avant que le sol ne bascule sous ses pieds, il se surprit à penser combien ses lèvres étaient incroyablement douces et comme elle semblait faite pour ses bras…

Le temps s'arrêta.

Ce ne fut qu'en entendant Caitlin gémir qu'il se rendit compte de la portée de son geste. Il détacha ses lèvres des siennes et leva les mains en signe de renoncement. Elle paraissait aussi médusée qu'il l'était lui-même… Ce fut d'une voix radoucie qu'il reprit la parole, même si son ton se voulait railleur.

— Ne me frappez pas, Caitie. Vous n'êtes pas en état de subir une riposte.

Caitlin frémit, puis inspira profondément, comme si elle sortait d'une transe.

— Jamais vous ne me frapperiez, répliqua-t-elle. Vous ne m'aimez pas mais vous n'iriez pas jusqu'à me frapper.

Mac se renfrogna. Son indulgence l'agaçait.

— Je n'embrasse pas les femmes que je n'aime pas. En tout cas, ce n'était pas mon habitude jusqu'à présent, grommela-t-il avant de récupérer son café sur le comptoir et de quitter à grands pas la cuisine.

Encore étourdie par le contact des lèvres de Mac contre les siennes, Caitlin s'assit à la table et ramassa sa fourchette. Elle s'apprêtait à avaler une grosse bouchée d'œufs brouillés quand elle prit enfin conscience du sens de la repartie finale de Mac.

— Oh, oh, fit-elle.

Elle reposa la fourchette.

— Seigneur, gémit-elle avant de jeter un coup d'œil affolé vers la porte par où Mac venait de s'éclipser.

Quand donc leur animosité s'était-elle muée en attirance ? Plus important encore : comment allait-elle réagir à ce revirement ? Elle était à deux doigts de la panique quand Mac la héla depuis la pièce voisine.

— Vous mangez votre petit déjeuner ?

Son excitation retomba aussitôt.

De l'attirance ? Ce n'était pas de l'attirance qu'elle avait ressentie. C'était un dérèglement mental. Une séquelle de la collision entre son front et le pare-chocs du camion.

— Et si vous vous mêliez plutôt de vos oignons ? marmonna-t-elle.

— J'ai entendu.

— Manifestement, vous en avez une bonne paire, répliqua-t-elle avant de lever les yeux au ciel.

Elle faisait évidemment allusion à ses oreilles mais, connaissant Connor McKee, elle était certaine qu'il allait croire que la partie de son anatomie concernée se situait au sud de sa ceinture de pantalon. Si sa lèvre inférieure n'avait pas été aussi tuméfiée, elle se la serait bien mordue de regret !

A son grand soulagement, il n'ajouta rien. Elle n'en crut pas moins l'entendre rire. Absolument furieuse de s'être ainsi enferrée elle-même, elle planta sa fourchette dans ses œufs et ne la reposa que lorsque son assiette fut vide et son estomac rempli.

Elle se sentit ragaillardie par le repas, même si elle s'était couverte de ridicule entre-temps. Repoussant sa chaise de la table, elle empila assiette et couvert dans l'évier, puis se versa une tasse de café. Elle s'apprêtait à regagner son bureau quand le téléphone sonna.

— Oui ?

— Mademoiselle Bennett, M. Workman désire vous voir.

— Bonjour, Mike. Envoyez-le-moi.

— Bonjour à vous aussi, mademoiselle. Ça va mieux, j'ai l'impression, n'est-ce pas ?

Elle sourit.

— Effectivement. Et votre dernier petit-fils, comment se porte-t-il ?

Elle imagina le sourire du vigile à cette question.

— A merveille. Merci.

Mac revint dans la pièce comme elle raccrochait le combiné.

— Qui était-ce ?

Caitlin se retourna, jaugea la distance qui les séparait et estima qu'elle était en sécurité.

— Aaron est dans l'ascenseur. Je vais aller m'habiller pour le recevoir. Si vous voulez bien le faire entrer...

Il leva un sourcil.

— Vous allez vous habiller pour lui ?

— Il me regarde comme une barbare parce que je ne quitte mon pyjama que pour sortir.

Mac leva l'autre sourcil.

— Vous restez vraiment dans cette tenue jusqu'au soir ?

Elle haussa les épaules.

— Parfois... Enfin, souvent. Et alors ? Ce n'est pas parce que je suis la fille de Devlin Bennett que je passe pour autant mes journées en mondanités.

En la voyant redresser le menton avec agressivité, il réprima un sourire. Du diable s'il ne comprenait pas son besoin de s'affirmer ! Etre la fille de Bennett n'avait pas dû être facile.

Le bonhomme avait été en couverture de tous les magazines nationaux importants et il ne s'était pas passé un jour de son vivant sans que les journaux télévisés parlent de lui.

— Du calme, Caitie. Ce n'était pas un reproche. En fait, vous êtes même assez sexy dans cette tenue.

Elle écarquilla les yeux et son cœur manqua un battement.

— Comment ça, « sexy » ?

— Une femme en pyjama est une femme près de se coucher. Il y a des hommes qui pourraient considérer cela comme une invite.

— Oui, je suppose, reconnut Caitlin tout en s'évertuant à masquer son trouble. Mais il y a aussi des hommes qui mangent avec leurs doigts et rotent pour s'amuser, et cela ne me les rend guère sympathiques, alors je pense qu'on devrait en rester là. Contentez-vous d'aller ouvrir à votre frère et cessez de m'asticoter. J'ai trop mal à la tête pour me disputer avec vous.

La lueur de malice qui brillait jusqu'alors dans les yeux de Mac s'éteignit aussitôt.

— Avez-vous pris vos analgésiques ce matin ? Et d'ailleurs, combien de temps avez-vous travaillé avant de vous arrêter ? Demeurer assise devant cet ordinateur ne peut qu'aggraver votre état, vous savez.

Prise de court par ce brusque accès de sollicitude, Caitlin ne sut que répondre et fut finalement sauvée par un coup frappé à la porte.

— C'est Aaron, dit-elle avant de s'enfuir de la cuisine et de disparaître dans le couloir.

Mac alla ouvrir à son frère tout en secouant la tête.

— Salut, frangin.

— Bonjour, repartit l'éditeur en pénétrant dans l'appartement. Où est Caitlin ? Elle a pu se reposer, au moins ? Et toi, tu as su te tenir ?

— Elle est en train de s'habiller, et je présume qu'elle a dormi cette nuit… enfin, un peu. Elle m'a réveillé ce matin en tapant sur le clavier de sa machine… Et pour ta gouverne, ajouta-t-il, je t'informe que je ne goûte pas trop les sous-entendus impliqués par ta dernière question.

Aaron soupira.

— Je t'en prie, ne monte pas sur tes grands chevaux. Tu sais très bien ce que je veux dire… J'aimerais seulement que tu sois gentil avec elle.

— Si j'étais plus gentil que ça, je risquerais de me voir obligé de lui verser une pension alimentaire, grommela-t-il. Tu veux un café ?

Aaron hocha la tête, trop ahuri pour articuler la moindre parole. Il regarda Mac s'éloigner, les yeux fixés sur ses larges épaules, puis l'entendit dans la cuisine cogner les portes des placards, secouer des couverts — et se mit à sourire. Il était encore en train de digérer la plaisanterie sur la pension alimentaire quand Caitlin vint le rejoindre.

— Aaron, comme c'est sympa de passer.

Il cilla. Le sourire que lui adressait la jeune femme était de toute évidence forcé. Pour une fois, il ne remarqua même pas ce qu'elle portait…

Il l'aimait autant qu'il lui était possible d'aimer une femme. Et s'il ne pouvait l'épouser, ce n'était pas le cas de Connor… Evidemment, tout cela présupposait l'existence d'un désir mutuel. Mais vu la réaction de Mac et le sourire contraint de Caitlin, il avait bel et bien l'impression que quelque chose se passait entre eux. Devait-il s'en réjouir ou s'en inquiéter ?

7.

L'appartement de Sylvia Polanski fut une surprise totale. Elégant et raffiné, il avait coûté indubitablement très cher. Quelle qu'ait été sa profession, Sylvia avait connu la réussite…

Paulie Hahn s'empara d'une petite statuette en porcelaine représentant un berger et la retourna pour déchiffrer l'inscription imprimée sur le fond.

— Dresde, lut-il à voix haute avant de reposer le bibelot sur la table où il l'avait pris. Sylvia Polanski était peut-être une tapineuse, mais elle avait du goût.

— Nous ne savons pas encore si elle était vraiment une tapineuse ou non, repartit Sal tout en fouillant le tiroir d'un secrétaire à la recherche d'un indice susceptible de leur révéler l'identité du meurtrier de la jeune femme. Tout ce que dit Neil n'est pas parole d'évangile.

— Tu ne l'aimes pas trop, hein ? s'enquit Paulie.

Sal haussa les épaules.

— Je n'ai rien à lui reprocher. A part ses cheveux.

Paulie afficha un grand sourire.

— On ne trouvera rien ici qui nous permettra de faire le lien entre les deux victimes.

Sal se redressa.

— Pourquoi dis-tu ça ? Tu es devenu médium ou quoi ?

— Parce qu'il n'y a aucun lien entre elles. Donna Dorian était une étudiante de vingt-deux ans qui habitait encore chez sa mère. D'après le coroner, elle était vierge avant le viol. Sylvia Polanski, elle, avait dans la trentaine, exact ?

— Ouais, mais…

— Je pense que Neil a raison — que c'était effectivement une prostituée. Tu te souviens de ce que nous a dit sa concierge ? Elle dormait toute la journée et sortait toute la nuit. Elle n'amenait jamais personne ici. C'était son domicile. Alors, soit elle avait un autre appartement à Manhattan pour ses passes, soit elle suivait ses clients chez eux.

— Pures suppositions, répliqua Sal tout en repoussant le tiroir avant d'ouvrir le suivant.

— En tout cas, dit Paulie, si Sylvia Polanski était bien une tapineuse, elle faisait partie du gratin de la profession. Des appart' comme celui-là, ça coûte bonbon. Elle devait être sacrément bonne, ajouta-t-il d'une voix rêveuse.

— Hé, vise-moi ça ! s'exclama soudain Sal en tirant un petit carnet relié de cuir de sous une pile de recettes.

— C'est quoi ?

Sal siffla entre ses dents.

— Ça, c'est ce que mon vieux appelait un « petit livre noir ».

— Fais voir.

Sal lui tendit le carnet.

— Sapristi, regarde-moi tous ces noms et ces numéros de téléphone.

Sal examina l'objet à son tour puis le rendit à son coéquipier.

— O.K., on dirait bien que Neil était dans le vrai, finalement.

— Il se peut toujours qu'elle ait servi de courtier en Bourse à tous ces gens-là, mais l'hypothèse de Neil me paraît effectivement plus vraisemblable.

Sal se retourna et inspecta lentement la pièce du regard. Son attention fut attirée par une photographie accrochée au mur, près de la fenêtre. Il s'en rapprocha pour mieux la voir.

— Ce doit être elle, dit-il en désignant le portrait. C'était une jolie femme avant que l'autre taré lui tombe dessus.

Paulie étudia à son tour le cliché.

— Ouais. On emmène cette photo. Elle est sacrément plus agréable à regarder que celle que va nous envoyer le coroner.

Sal hocha la tête et alla déposer le portrait près de son manteau avant de se remettre à fouiller. Quelques minutes plus tard, il trouva un petit carnet d'adresses qui semblait contenir des numéros de téléphone personnels.

— Je crois que j'ai dégoté le frangin du petit livre noir, lança-t-il à Sal. J'ai l'impression qu'il y a le numéro de sa mère, dans celui-là.

Paulie se renfrogna.

— Voilà bien ce que je déteste le plus dans les affaires d'homicide. Eh ! C'est ton tour d'annoncer la mauvaise nouvelle.

Sal s'assit sur le canapé, et reprenant le portrait, examina avec attention le visage de la jeune femme. Elle avait des cheveux sombres, mi-longs, des yeux foncés. Et une très jolie bouche. Il reposa la photographie.

— Tu vois, tu as des enfants. Eh bien, imagine qu'après les avoir élevés de ton mieux, ils donnent dans une merde pareille.

Aucune femme de ma connaissance n'a jamais eu l'intention de donner naissance à une tapineuse.

Paulie haussa les épaules.

— Tu penses trop, Sal. Allons, viens, cet endroit me file les jetons. On a ses carnets d'adresses. On peut toujours appeler ces gens-là depuis le bureau... Fichons le camp d'ici.

— Que se passe-t-il ?

— J'avais froid. Je suis juste allée remonter un peu le thermostat. Désolée de vous avoir réveillé.

— Vous ne m'avez pas réveillé. Je ne dormais pas.

Comme il avançait d'un pas, la lumière émanant de la pièce derrière lui nimba son corps d'une chaude lueur ivoire. Caitlin en eut le souffle coupé. Sous son ample poitrine, ses abdominaux formaient ce que les culturistes appellent une « plaquette de chocolat », et sa sueur coulait bien trop bas sur ses hanches pour que la jeune femme n'en soit pas perturbée. Instinctivement, elle croisa les bras sur ses seins et, prenant une lente inspiration, tenta de se rappeler ce qu'il venait de lui dire.

— Vous... vous n'arrivez pas à dormir ?

Il secoua la tête.

— Non.

— Il est presque 3 heures.

Mac devina le trouble qui agitait Caitlin et se demanda si le sien était aussi visible. L'attirance qu'elle exerçait sur lui était proprement terrifiante.

— Je sais, articula-t-il avant d'effectuer un nouveau pas dans sa direction.

Caitlin se tassa sur elle-même, trop confuse pour esquisser le moindre mouvement.

— Vous souffrez d'insomnie ? demanda-t-elle.

Elle crut l'entendre soupirer.

« Oui, je souffre, pensa-t-il, mais pas d'insomnie. Si je souffre, c'est à cause de toi, ensorceleuse. »

Il considéra ses cheveux emmêlés, ses ecchymoses en voie de résorption, son grotesque pyjama de flanelle. Pourquoi diable rêvait-il sans cesse de lui faire l'amour ?

— Plus ou moins, répondit-il enfin.

— Il y a des somnifères dans la salle de bains, lui suggéra-t-elle. Mais ne prenez pas plus d'un seul comprimé si vous ne voulez pas dormir toute la journée, demain.

— Les drogues, ce n'est pas mon truc, marmonna-t-il.

La remarque hérissa Caitlin.

— Insinueriez-vous que ce serait le mien ? Parce que, dans ce cas, je peux vous assurer que…

L'instant d'après, elle se trouva plaquée contre le mur, les mains de Mac n'exerçant toutefois qu'une pression mesurée sur ses épaules.

— Je n'insinuais rien du tout, misérable petite ingrate, mais je vais vous donner une vraie raison de m'en vouloir la prochaine fois que vous croiserez mon chemin.

Avant qu'elle puisse répliquer quoi que ce soit, il baissa la tête vers elle. Elle sentit la tiédeur de son haleine, puis ses mains qui glissèrent le long de son dos pour s'appesantir dans le creux de ses reins et la presser contre lui.

Elle mit ses bras entre eux par réflexe.

Ce fut une erreur.

Au lieu de le repousser, elle se surprit à caresser son torse et s'immobilisa soudain en percevant les battements de son cœur sous ses paumes.

Elle commit alors une seconde erreur.

Elle releva les yeux vers lui.

— Je vous avais prévenue, murmura-t-il.

Ses lèvres étaient tièdes, la pression de sa bouche légère mais constante. Caitlin partit à la dérive. Les menaces qui pesaient sur sa vie, le blizzard qui soufflait dehors — plus rien n'existait. Tout ce qui avait traversé son existence jusqu'à présent lui apparaissait creux et vain. En cet instant — à ce moment précis — elle se sentait renaître. Sa vie recommençait, par la grâce d'un seul baiser…

Ce ne fut que lorsqu'elle se mit à gémir que Mac reprit ses esprits. Il la relâcha immédiatement, craignant de l'avoir serrée trop fort.

— Oh, bon sang, je suis désolé. Je ne voulais pas vous faire mal.

Il se passa la main dans les cheveux et détourna la tête pour ne pas avoir à endurer de sa part des reproches supplémentaires.

— Je crois vous devoir des excuses…, marmonna-t-il.

Caitlin le dévisagea avec perplexité. Prise de vertige, le cœur battant à tout rompre, elle s'efforçait de comprendre le sens de ses propos. Leur baiser lui laissait une impression si intense qu'elle dut se toucher les lèvres pour se persuader qu'il ne l'embrassait plus. Elle laissa enfin échapper un soupir frémissant.

— J'ignore d'où vous tirez vos informations, articula-t-elle, mais pour ma part je n'avais à me plaindre de rien.

Elle redressa le menton et réintégra sa chambre — dont elle s'empressa de refermer la porte avant de céder à la redoutable impulsion qui lui ordonnait d'y inviter Mac.

Ebranlé par son geste, ce dernier demeura debout dans le couloir. La suivre ? C'était sérieusement tentant… Fort heureusement, il recouvra bientôt son bon sens. Tout en se traitant d'imbécile, il retourna dans sa chambre et s'affala sur le bord du lit, complètement désemparé.

Voilà longtemps qu'il avait appris qu'entre minuit et l'aube, la prudence avait tendance à le déserter. S'il était là, se rappela-t-il, c'était pour protéger Caitlin, pas pour lui rendre la vie encore plus compliquée. Et puis, surtout, il ne souhaitait pas *lui-même* de complications. Il n'avait aucune envie de se ranger un jour, et Caitlin n'aspirait certainement pas à n'être qu'un caprice passager. Que leur attirance mutuelle la mette en colère et le laisse, quant à lui, décontenancé, excité et blessé était un inconvénient dont ils devaient tous deux s'accommoder, voilà tout.

Cependant, comme le vent continuait à hurler dehors, l'inquiétude de Mac se mua en une interrogation angoissée : combien de temps pourraient-ils résister au désir qui les poussait l'un vers l'autre alors que la tempête de neige était en train de les bloquer à l'intérieur de l'immeuble ?

Le vent était violent et la neige aveuglante, au point que les véhicules étaient obligés de rouler au pas. Les piétons étaient rares et ceux qui avaient osé s'aventurer dehors consacraient plus de temps et d'énergie à serrer contre eux leur manteau et à maintenir leur équilibre qu'à mettre un pied devant l'autre. Buddy s'écarta de la fenêtre en frissonnant. Au diable le travail ! Il y avait de meilleures façons d'occuper sa journée que de la passer dehors à se geler les fesses.

L'euphorie que lui avait procurée le meurtre de la prostituée s'était dissipée. Aussi nombreuses soient les victimes de substitution qu'il avait tuées jusqu'à présent, sa cible principale n'en était pas moins toujours en vie…

Il se rendit du séjour dans sa chambre où il fut réconforté par la vue des coupures de journaux et des photographies dont il avait recouvert tous les murs. Un grand portrait d'elle était accroché au-dessus de son lit. Bien des fois il en avait souillé la beauté, sans que sa rage en soit apaisée pour autant. Qu'un garde du corps le gêne désormais pour rendre justice était une épine à son flanc mais pas un réel problème. Les moyens d'atteindre sa proie ne manquaient pas, et il était un homme patient.

Debout au milieu de la pièce, il prit bientôt conscience du silence environnant. A l'exception de la vibration des fenêtres que la tempête secouait par moments, le monde autour de lui était muet, enseveli sous le vent et la neige. Il ferma les yeux et prit une lente, une profonde inspiration en se concentrant sur les battements de son cœur. Au bout d'un moment, il s'allongea sur le lit et, tirant à lui les couvertures, laissa son esprit partir à la dérive. Puis, à mesure qu'il s'immergeait dans le silence, le cours de ses pensées se ralentit et la paix l'envahit.

Il était sur le point de sombrer dans le sommeil quand la quiétude de la pièce fut troublée par une série de grattements suivie par un couinement très reconnaissable. Il ouvrit les yeux, les narines palpitant de colère. Une grosse partie de son salaire servait à payer le loyer de cet appartement. C'était un logement agréable dans un quartier correct de la ville, et pourtant le bruit qu'il venait d'entendre ne laissait aucune place au doute : il y avait des rats dans les murs. Comme si son enfance revenait le hanter…

Or il refusait de connaître de nouveau cette misère.

Bondissant hors du lit, il attrapa ses habits au passage et sortit en trombe de chez lui. Juste au moment où il rejoignait l'ascenseur, la lumière clignota. Peu désireux de prendre le risque d'être coincé dans la cabine, il emprunta l'escalier pour gagner la loge du gardien, quatre étages plus bas. Quand il y parvint enfin, il était furieux. Il frappa avec rage à la porte de la loge.

— Qui est-ce ? s'enquit le gardien.

— C'est moi ! hurla Buddy. Le locataire du 505.

Buddy entendit tourner des verrous, puis la porte s'entrouvrit, le battant retenu par une chaîne. Reconnaissant le visage de Buddy, le gardien sortit dans le hall.

— Qu'est-ce qui vous arrive ?

Buddy lui répondit d'une voix douce qui trahissait peu son état d'esprit.

— Il y a des rats dans les murs de mon appartement.

Le gardien le toisa avec hauteur.

— Impossible, répliqua-t-il.

Buddy inspira lentement en s'exhortant au calme.

— Et pourtant si, répondit-il. Je les ai entendus.

Le gardien haussa les épaules.

— Je ne dis pas que vous avez tort et je ne dis pas non plus que vous avez raison, mais ce n'est pas mon problème. Je travaille et je vis ici comme vous, c'est tout.

— Et une partie de votre travail consiste à prendre en compte les plaintes des résidants. J'exige que des pièges soient posés dans le sous-sol et que le propriétaire soit informé. Dites-lui d'appeler une société de dératisation s'il ne veut pas se retrouver devant un tribunal.

Le gardien fronça les sourcils.

— Vous ne gagnerez jamais un procès à cause des rats. Il y en a plein la ville.

Buddy serra les poings. L'envie de frapper le gardien pour lui ôter son air suffisant était puissante, mais il tint bon et garda le contrôle de ses émotions.

— Vu ce que je paye comme loyer, ça m'étonnerait. Vous savez ce que je fais dans la vie. Je connais des gens importants. Je pourrais vous créer beaucoup d'ennuis… Réfléchissez-y. Sérieusement. Vous m'entendez ?

Le gardien hocha brièvement la tête. S'il avait des doutes au sujet de l'influence réelle dont il disposait, il ne souhaitait pas non plus envenimer la situation.

— Ouais, grommela-t-il, je vous entends.

— Je remonte chez moi, maintenant.

Buddy enfonça un doigt dans la chair molle de son torse.

— Et je vous conseille de prier le ciel que je n'entende plus ni grattements ni couinements, ajouta-t-il.

Sans attendre la réponse du bonhomme, il tourna rageusement les talons et remonta quatre à quatre jusque dans son appartement dont il claqua la porte derrière lui avant d'en tirer le verrou.

— Il neige toujours.

— Je sais, repartit Caitlin sans lever les yeux des pages qu'elle était en train de corriger.

Elle crut entendre un juron étouffé qu'elle préféra ignorer. Elle comprenait la frustration de Mac mais n'y pouvait rien changer. Si la neige des jours derniers s'était transformée peu après minuit en une véritable tempête, sa violence n'était rien comparée à celle du baiser qu'ils avaient échangé dans le couloir…

Elle s'était enfuie comme la lâche qu'elle était et, l'aube venue, s'était persuadée que l'événement ne prêtait pas à conséquences. Mais maintenant, cette façon qu'avait Mac de rôder autour d'elle commençait à la perturber.

Lorsqu'il se retourna, elle comprit qu'elle avait eu raison de s'inquiéter.

— Caitlin, il faut que nous parlions.

Elle indiqua sur le manuscrit, avec une petite croix rouge, où elle devrait reprendre sa lecture, et leva les yeux vers Mac.

— Oui ?

— Quelque chose s'est passé entre nous… Quelque chose auquel je ne m'attendais pas.

Surprise par sa franchise, Caitlin ne sut trop quoi lui répondre.

— Je ne sais pas, poursuivit-il. Cette intimité forcée entre nous deux en est peut-être la cause. Et ce n'est sans doute rien de plus que de la compassion à votre égard, mais je n'ai pas pour habitude d'embrasser ainsi toutes mes clientes.

Caitlin plissa les paupières avec agacement.

— Je ne suis pas une de vos clientes. Je ne vous ai pas engagé, vous vous rappelez ? Vous êtes libre de partir d'ici dès que ça vous chantera.

Mac eut un soupir irrité et se passa les mains dans les cheveux.

— Vous voyez ? dit-il. On ne s'entend absolument pas. Vous ne m'aimez pas et, à franchement parler, je ne crois pas que je vous apprécie beaucoup non plus. Cela étant, je ne voudrais pas que vous vous mépreniez sur ce qui est arrivé entre nous…

— Je ne me méprends pas, rétorqua Caitlin. Vous m'avez embrassée à deux reprises, et chaque fois sous le coup de la colère. Je pense que vous auriez besoin de consulter un psychologue pour apprendre à séparer vos émotions les unes des autres.

Il la contempla un moment, puis se mit soudain à rire. C'était bien la dernière réaction à laquelle Caitlin s'attendait de sa part.

— Qu'est-ce qu'il y a ? marmonna-t-elle.

Il gloussait toujours quand il se rapprocha d'elle et lui ébouriffa les cheveux d'une main distraite, comme s'il caressait un chien.

— Tu sais quoi, petite ? Tu n'as peut-être pas tort. Bon, il est plus de 2 heures. Vous n'avez pas faim ?

Elle haussa les épaules.

— Je n'ai y pas encore réfléchi.

— Eh bien, pour moi, c'est tout réfléchi, dit-il en la prenant par la main pour l'arracher au canapé et l'entraîner en direction de la cuisine. Je suis aussi affamé que frustré. Alors soit vous me donnez à manger, soit vous m'emmenez au lit.

Elle sourit et lui donna un coup de poing dans le bras, sans s'aviser que c'était là leur premier échange amical.

— Il gèlera en enfer avant que je m'approche d'un lit avec vous.

Mac lui rendit son sourire et désigna la fenêtre.

— Expression malheureuse, jeune fille. Avez-vous jeté un coup d'œil dehors, récemment ?

Elle afficha une mine ahurie, puis éclata de rire à son tour et alla ouvrir le réfrigérateur.

Mac ne l'avait pas suivie. A la vérité, il aurait été bien incapable de bouger en cet instant. Déjà, le sourire de Caitlin l'avait étonné, mais son rire l'avait carrément abasourdi. Il se surprit à admirer le balancement de ses hanches et la fluidité de ses mouvements tandis qu'elle se penchait en avant pour inspecter le contenu du réfrigérateur.

« Oh, bon sang, ce n'est pas possible, pensa-t-il. Pas question que cela m'arrive… »

Caitlin s'était retournée vers lui, un pot de beurre de cacahouète dans une main et un bocal de pickles à l'aneth dans l'autre.

— Mac ?

— Hein ?

— Vous aimez les sandwichs au beurre de cacahouète ?

Il considéra avec perplexité le bocal de petits légumes au vinaigre.

— Avec des pickles ?

— J'ai aussi de la confiture.

— Marché conclu.

Elle le dévisagea d'un air intrigué.

— Je ne sais pas pourquoi, mais je m'étais imaginé que vous aviez plus le goût de l'aventure.

— Il ne faut pas confondre goût de l'aventure et mauvais goût.

Elle posa le beurre de cacahouète et les pickles sur le comptoir, puis replongea dans le réfrigérateur pour y prendre le pain et la confiture.

Mac serra les dents et se détourna vers l'évier. Il était exclu qu'il laisse les choses aller plus loin, se promit-il tout en se lavant les mains. Ils mangeraient leurs tartines au beurre de cacahouète, seraient courtois l'un avec l'autre et auraient peut-être même une conversation agréable. Mais il n'y aurait plus de bisou. Ça, c'était sacrément sûr.

Le téléphone sonna alors qu'il se séchait les mains. Caitlin décrocha et coinça le combiné contre son épaule pour pouvoir étaler une noisette de beurre sur une tranche de pain.

— Allô ?

— Inspecteur Neil à l'appareil, mademoiselle Bennett. Comment vous sentez-vous ?

Caitlin sourit et, le pot de beurre toujours à la main, s'adossa contre le mur.

— Inspecteur Neil, comme c'est gentil à vous d'appeler. En fait, je me sens plutôt bien. Evidemment, je ne suis pas en état de gagner un concours de beauté… Bah ! comme ce n'était pas non plus vraiment le cas avant l'accident, je ne peux pas dire qu'il y ait grand changement en la matière.

— Je ne suis absolument pas d'accord avec vous, dit J. R.

Caitlin sourit.

— Merci, mais j'ai l'impression que vous cherchez seulement à être gentil…

Depuis l'autre bout de la pièce, Mac regardait les émotions de la jeune femme se succéder sur son visage. Il trouvait parfaitement dégoûtante sa façon de cajoler le téléphone et, à ses yeux, ce stupide sourire qu'elle était en train d'afficher la défigurait totalement. Il lui arracha le pot de beurre des mains, jeta deux tranches de pain sur son assiette, écrasa du beurre sur la première, de la gelée de raisin sur l'autre et les plaqua l'une contre l'autre juste au moment où Caitlin se mettait à glousser. Qu'elle fasse ce qu'elle voulait, pensa-t-il, il s'en fichait royalement. Peu lui importait qui la branchait ou non. Tout ce qu'il désirait, c'était de quoi manger et un billet d'avion pour retourner en Georgie. Tout en mâchant avec fureur, il se versa une tasse de café et alla se planter devant la fenêtre. Il se rendit alors compte que, depuis son arrivée ici, il n'avait pas fait grand-chose d'autre que s'exciter sur Caitlin et regarder par les fenêtres.

« Saleté de neige, se dit-il. Maudite saleté de neige. »

Caitlin s'esclaffa de nouveau. Les narines palpitantes, Mac déchira une deuxième bouchée de son sandwich et plissa les yeux avec colère tout en détachant de la langue un morceau de beurre collé à son palais avant de se remettre à mâcher.

« Saleté de beurre de cacahouète. » Puis il s'aperçut que la conversation téléphonique touchait à sa fin et se retourna vers Caitlin à l'instant où celle-ci saluait le policier.

— Ce serait adorable, conclut-elle. Oui, et merci d'avoir appelé.

Elle raccrocha le combiné, sans se départir de son sourire, et chercha des yeux le beurre de cacahouète pour finir de se préparer son sandwich. Mac avala sa bouchée tout en l'observant. Il écouta le tintement du couteau de Caitlin contre son assiette, le bruit ténu et quasi inaudible de sa respiration, puis lui parvint le parfum aigrelet de l'aneth quand elle ouvrit le bocal de pickles. Il ne put en supporter davantage.

— Eh bien ? dit-il.

Caitlin releva les yeux, surprise par le ton de sa voix.

— Eh bien quoi ?

— C'était le flic, n'est-ce pas ?

— Hein ? Oh, oui, c'était lui, effectivement.

— Il avait du nouveau concernant votre affaire ?

Elle fronça les sourcils tout en léchant une traînée de beurre de cacahouète sur le bout de son index.

— Je ne crois pas. En fait, il voulait juste savoir comment j'allais. C'était gentil de sa part, non ?

Mac rejeta son sandwich à demi entamé sur son assiette et posa sa tasse de café sur le plan de travail, un sourire narquois aux lèvres.

— Absolument, Caitlin, c'était gentil… gentil tout plein. Je ne crois d'ailleurs pas me souvenir d'avoir jamais connu quelqu'un d'aussi gentil.

Interloquée par cette sortie, Caitlin en demeura momentanément interdite.

— Eh bien, lâcha-t-elle lorsqu'elle eut enfin retrouvé l'usage de la parole, je trouve votre comportement assez puéril. Qu'est-ce que ça peut vous faire qu'on me demande des nouvelles de ma santé ?

— Rien.

— Alors arrêtez de vous conduire aussi bizarrement, dit-elle tout en reprenant la fabrication de son sandwich. Si je n'étais pas mieux informée, j'en viendrais presque à me dire que vous êtes jaloux.

— Jaloux, moi ? Ah ! rétorqua-t-il en réussissant à émettre un ricanement incrédule alors même que ses jambes menaçaient de se dérober.

« Oh, mon Dieu. Oh, mon Dieu. Et comment, je suis jaloux… »

Il regarda fébrilement alentour à la recherche de quelque dérivatif et, faute de mieux, récupéra son sandwich dont il arracha une énorme bouchée. Plus il mâchait, cependant, plus il prenait conscience que son existence était en train de partir à vau-l'eau. S'il était venu ici, c'était pour aider son frère, par pour tomber amoureux d'une intello coincée qui le traitait comme s'il valait à peine mieux qu'un serpent.

Caitlin coupa son sandwich en quatre parts égales, puis transporta son assiette à table.

— Mmm, fit-elle en roulant les yeux de plaisir après avoir pris sa première bouchée.

Mac déglutit péniblement. Il aurait bien de la chance si jamais il découvrait le moyen de lui plaire autant que ce fichu sandwich au beurre de cacahouète et aux pickles…

— J'ai quelques coups de fil à passer, dit-il. Histoire de voir comment vont les affaires…

— Je vous en prie, repartit Caitlin tout en avalant une deuxième bouchée. Pour vous, le téléphone est gratuit.

— Rien n'est jamais gratuit dans la vie, grommela-t-il avant de sortir de la pièce.

8.

Mac repoussa les lettres et se leva, le front creusé de profondes rides d'inquiétude. Il venait de relire la masse du courrier anonyme reçu par Caitlin. D'une missive à l'autre la colère de leur auteur allait croissant, et il s'étonnait encore que la police ait pu hésiter un seul instant à prendre ses menaces au sérieux. La première lettre aurait amplement suffi à l'alarmer, lui, et il n'était pas précisément un enfant de chœur !

La veille, il avait faxé une copie du dossier à une amie spécialiste de la psychologie criminelle au *Federal Bureau of Investigation* — autrement dit, le fameux FBI. Il ne lui restait plus maintenant qu'à attendre de voir s'il ne s'était pas trompé dans ses propres conclusions. Son intuition lui soufflait cependant que la vie de Caitlin Bennett était d'ores et déjà en danger. Hélas, se dit-il, comment localiser un ennemi sans visage ? Il avait été un bon flic, et il était aujourd'hui un homme d'affaires meilleur encore — bien meilleur, en tout cas, qu'il ne l'aurait jamais cru — mais à moins que la police ne finisse par tomber sur une piste sérieuse, Caitlin allait pour sa part devoir continuer à être ce qu'elle était déjà actuellement : un gibier exposé aux premiers coups de feu du chasseur.

— Alors, qu'en pensez-vous ?

Il se retourna. Caitlin se tenait sur le seuil de la pièce, les mains sur les hanches, la tête penchée de côté dans une mimique interrogative.

« Je pense que vous êtes à croquer. »

— Je pense que vous aviez raison d'avoir peur. L'expéditeur de ces lettres est un cinglé fini.

Elle blêmit.

Bien qu'il détestât la voir aussi effrayée, il estimait nécessaire de lui faire part de son opinion.

— J'attends un coup de fil d'une amie du Bureau. Peut-être sera-t-elle en mesure de nous aider.

— Quel genre d'amie ? voulut savoir Caitlin, intriguée.

— Une spécialiste du comportement criminel.

— Oh ! fit-elle en songeant à son livre en cours, la peur le cédant en elle à la curiosité. Pourrais-je lui parler quand elle appellera ?

Mac soupira.

— Caitie, je ne sais pas si…

— C'est pour le livre sur lequel je travaille en ce moment, lui expliqua-t-elle. Je suis bloquée dans un des chapitres et je me disais que, peut-être…

Mac se mit à rire.

— Seigneur, vous êtes un sacré numéro, vous savez ?

— Qu'y a-t-il de si drôle ?

— Vous recevez des lettres de menaces d'un détraqué, vous êtes renversée par un camion et tout ce qui vous intéresse, ce sont les recherches à effectuer pour votre bouquin.

Elle sourit un peu gauchement.

— D'accord, vous nous avez percés à jour.

— Qui ça, « nous » ?

— Nous autres, les écrivains. Je crains que beaucoup d'entre nous aient la manie de saisir au vol les expériences de la vie pour les mettre précieusement de côté, tel un écureuil entreposant des noisettes à l'approche de l'hiver. C'est dans nos gènes. On enregistre tout, au cas où on en aurait besoin un jour pour un de nos livres.

— Diable. J'espère que je n'apparaîtrai jamais dans un de vos polars.

Elle prit un air pincé.

— Bien sûr que non… A moins, évidemment, que je n'aie besoin d'un modèle pour le personnage d'un macho affligé d'une vision bornée des femmes.

— Je n'ai pas une vision bornée des femmes.

Elle s'abstint de lui faire remarquer qu'il n'avait pas nié être un macho.

— Je suis prête à parier que si, répliqua-t-elle.

Amusé malgré lui, il lui lança les premiers mots qui lui passaient par l'esprit.

— Et quel serait l'enjeu de ce pari ?

Elle réfléchit un moment, puis se mit à sourire.

— Si je gagne, je veux aller faire un bonhomme de neige dans le jardin.

— Par l'enfer, Caitie, il gèle à pierre fendre, dehors !

— Peut-être, mais il ne neige plus.

Il soupira.

— Et si vous perdez, j'aurai droit à quoi, de mon côté ?

— Eh bien… J'ignore ce que vous aimez au juste.

Un lent sourire apparut sur le visage de Mac.

— Les femmes, répondit-il.

Elle esquissa une moue dédaigneuse.

— Ce n'est pas une nouvelle. Aaron me parle souvent de vos prouesses en la matière.

Mac se renfrogna.

— Je n'appellerais pas ça des prouesses. Je suis libre, c'est tout. Vous savez ce que c'est, quand on est célibataire.

— Si par « libre » vous entendez libertin, alors non, je ne peux pas dire que je sache de quoi vous parlez. Je ne suis pas une fille facile, Connor McKee.

— Je sais, dit-il à mi-voix. C'est en partie mon problème.

Elle le considéra avec humeur.

— Comment ça ?

— Je crois n'avoir jamais connu ce genre de situation auparavant.

— Quel genre de situation ?

— Vous voulez la vérité ?

Soudain, Caitlin ne se sentit plus très sûre d'elle-même.

— Oh, et puis zut... Oublions le pari. Je sors. Si vous désirez m'accompagner, vous êtes le bienvenu.

— Je n'ai pas une vision bornée des femmes.

Elle plissa les paupières et le toisa avec hauteur.

— Vous aimez les femmes avec de gros nénés, un petit derrière moulé à la louche et une taille de guêpe, et si elles gloussent comme des dindes chaque fois qu'elles ouvrent la bouche, c'est encore mieux. Vous avez un faible pour les rousses mais vous ne refuseriez pas les avances d'une blonde aux yeux bleus...

Elle s'interrompit pour croiser les bras et afficha un sourire moqueur.

— Alors, j'ai droit à une bonne note ? s'enquit-elle.

Elle avait si bien décrit la rousse du chalet qu'il en eut honte. Seigneur, se dit-il, était-il devenu si superficiel ?

— Je vais chercher mon manteau.

— Vous reconnaissez donc que j'ai gagné le pari ?

— Ne poussez pas le bouchon trop loin. Je croyais que vous vouliez sortir ?

— Et vos pieds ? Il faut que vous les protégiez du froid.

— Alors, comme ça, après m'avoir forcé la main, vous vous souciez de mes pieds ?

— Connor, par pitié…

Mac sourit jusqu'aux oreilles.

— J'ai apporté une vieille paire de bottes. Elles feront l'affaire.

— Dans ce cas, je vais me changer. Et je vous conseille de m'imiter. Enfilez plusieurs couches de vêtements. C'est plus chaud qu'un lourd manteau, O.K. ?

— Oui, maman.

— Je ne suis pas votre mère, que Dieu accorde le repos à son âme, marmonna Caitlin avant de s'éclipser de la pièce.

« Et moi, je remercie le Seigneur pour tous ses petits bienfaits », songea Mac en se réjouissant de n'avoir aucun lien de parenté avec la jeune femme.

Buddy se retourna, son manteau plié sur le bras.

— J'ai deux, trois trucs à régler. Je serai de retour dans deux heures et quelque, répondit-il.

Il s'en fut avant qu'on ne lui demande plus d'explications et, après avoir endossé son manteau, s'occupa d'enfiler ses gants tout en descendant deux à deux les marches de l'escalier.

Une fois dehors, il tapota le paquet qui lui déformait la poche pour s'assurer qu'il était toujours là.

Comme il relevait les yeux, il vit trois taxis courir tout droit à la catastrophe en arrivant en même temps au carrefour. Les trois chauffeurs actionnèrent leur avertisseur pour signifier à leurs collègues leur ferme volonté de passer le premier. Buddy grimaça en prévision de la collision, puis éclata de rire en voyant les taxis glisser à deux doigts les uns des autres dans une envolée de neige et de jurons. Il imaginait volontiers l'émoi des passagers à l'arrière des véhicules !

La ville émergeait du blizzard et les services de la voirie effectuaient un travail remarquable pour dégager les rues, mais un, sinon deux jours de labeur supplémentaires allaient être nécessaires pour que tout redevienne vraiment normal. Entre-temps, songea Buddy, il avait lui-même une mission à accomplir et celle-ci n'avait rien à voir avec la neige…

Comme il s'engageait sur le trottoir, le froid le frappa comme une gifle en pleine figure. Il fit halte à l'angle du bloc d'immeubles, son haleine formant dans l'air de parfaits petits nuages. Ils mettaient longtemps à se dissiper, comme s'ils rechignaient à quitter la chaleur qui leur avait donné naissance.

Buddy hésitait entre prendre un taxi — à ses risques et périls — et utiliser le métro, mais le destin, ou le hasard, décida à sa place : un taxi vint se ranger devant lui le long du trottoir pour y déposer un client. Interprétant cela comme un signe de bon augure, il se glissa sur la banquette arrière alors que le passager précédent achevait de payer le chauffeur.

— On va où ? s'enquit ce dernier.

— Manhattan… Riverside Drive. Je vous dirai où vous arrêter.

Buddy se renfonça contre la banquette et prit soin de boucler sa ceinture de sécurité tandis que le chauffeur déboîtait.

En route, Buddy eut un point de vue singulier sur une étrange anomalie : les signes distinctifs des bâtiments avaient tellement été estompés par la neige que ces derniers se ressemblaient tous. S'il n'y avait eu les plaques indiquant le nom des rues à chaque carrefour, il aurait pu croire qu'ils tournaient en rond. Les chasse-neige sillonnaient la ville à plein régime, mais ce ne serait pas avant la tombée de la nuit que les principales artères seraient dégagées ; quant aux voies secondaires, elles ne seraient probablement pas carrossables avant trente-six heures.

La pelle à la main, les commerçants s'activaient pour ménager un accès à leur boutique. Une telle quantité de neige avait déjà été repoussée le long des trottoirs que les camions de livraisons étaient obligés de s'arrêter au milieu de la chaussée pour décharger.

— Hé, mon pote[1], c'est un sacré bazar, hein ?

Interloqué d'entendre un inconnu l'appeler par son nom, Buddy mit un certain à comprendre que le chauffeur utilisait ce terme comme une appellation amicale et non parce qu'il l'avait reconnu.

— Je m'excuse, mais que disiez-vous ? demanda-t-il.

— Cette neige. C'est un sacré bazar.

Il haussa les épaules.

— Comme la vie…

Il se pencha soudain en avant, se rapprochant de la vitre de séparation blindée.

— Vous me laisserez au croisement suivant.

Le chauffeur ralentit prudemment. Buddy paya la course et descendit de voiture, étouffant un juron lorsqu'il vit la neige recouvrir ses bottes. Le taxi s'éloigna et il traversa la chaussée

[1] *Buddy,* en anglais, désigne familièrement l'ami, le copain.

d'un pas incertain. Une fois sur le trottoir, il regarda autour de lui pour estimer la distance qui le séparait de son objectif.

S'étant repéré, il sourit. Il lui suffirait de continuer vers le nord jusqu'au prochain croisement, puis de prendre la direction de l'est pour tomber sur la ruelle passant derrière l'immeuble de Caitlin Bennett. Grâce à un ami qui travaillait à l'Hôtel de ville, il avait pu obtenir une copie des plans du bâtiment. L'intérieur de celui-ci, du reste, ne lui était pas totalement inconnu puisqu'il avait déjà eu l'occasion d'y pénétrer. Il ne devrait donc avoir aucune difficulté pour s'y orienter.

Il consulta sa montre pour savoir combien de temps il s'était absenté et le délai qui lui restait pour aller effectuer sa livraison. Quand il releva la tête, son cœur faillit s'arrêter de battre. Caitlin Bennett et son garde du corps marchaient justement dans sa direction ; ils étaient à moins d'un pâté de maisons de lui. Sans réfléchir, il s'engouffra dans le magasin le plus proche, qui se révéla être une papeterie.

— Puis-je vous aider, monsieur ? offrit le vendeur.

— Merci, répondit-il, je regarde, c'est tout.

Il s'écarta de la porte au moment où Caitlin et son garde du corps passaient devant la boutique.

Figé sur place, il scruta les expressions qui animaient le visage de la jeune femme tandis que l'homme lui parlait et se renfrogna en la voyant sourire de ravissement. Son attitude le sidérait. Il l'aurait crue plus intelligente que ça ! Comment osait-elle être heureuse alors que sa vie était en danger ?

Quand enfin le couple eut disparu de son champ de vision, il frémissait de rage. Le moment était venu de passer aux choses sérieuses ! Ce qu'il avait dans sa poche n'était qu'un avant-goût de ce qu'il réservait à cette chère Caitlin. Oh, si seulement il avait pu se transformer en petite souris pour être là quand elle ouvrirait le paquet… Bah ! il devrait se contenter de la certitude d'effacer bientôt ce sourire de son visage.

Tout ce qu'il avait à faire, c'était de forcer la porte de service à l'arrière de l'immeuble, de suivre la carte gravée dans sa mémoire jusqu'à la cage de l'ascenseur menant à l'appartement en terrasse, de laisser sur place son « petit cadeau » et de repartir comme il était venu.

— Je meurs de faim, lui annonça Caitlin avant de désigner le stand d'un vendeur à la sauvette qui avait osé braver le froid. On se prend un bretzel ?

— Vous mangez ce genre de trucs ? dit-il sans pouvoir cacher son dégoût.

Caitlin leva les yeux au ciel tout en fouillant dans sa poche à la recherche de monnaie.

— Quelle poule mouillée vous faites ! Comment croyez-vous pouvoir me protéger contre les méchants si vous n'avez même pas le cran de déguster un simple bretzel ? Ah, zut, j'ai oublié de prendre de l'argent. C'est vous qui payez.

— Je ne suis pas une poule mouillée, marmonna-t-il tout en prenant place avec elle derrière un homme en train d'acheter des pâtisseries à ses deux enfants.

Il dévisagea le vendeur avec suspicion, le regarda donner les bretzels aux enfants, puis prendre le billet que lui tendait le père et lui rendre la monnaie.

— J'aime seulement que ceux qui me servent se lavent les mains de temps en temps, ajouta-t-il à l'adresse de Caitlin.

Celle-ci afficha un sourire amusé et, se penchant vers lui, lui répondit sur un ton de conspiratrice :

— Oh, mais je suis certaine qu'il se les lave dès qu'il rentre chez lui.

Mac la fusilla du regard.

— Vous vous moquez de moi.

Caitlin s'esclaffa.

— Vous êtes si naïf, McKee. Ce n'est vraiment pas difficile de vous mener en bateau.

Il allait se récrier quand il remarqua soudain son propre reflet dans les lunettes de soleil de la jeune femme et fut consterné de voir à quel point il ressemblait à un jeune tourtereau éconduit.

— Allez au diable, grommela-t-il.

Caitlin fronça les sourcils.

— Allons, ne vous mettez pas en colère, lui dit-elle d'une voix douce. Je ne voulais pas vous blesser.

— Restons-en là, voulez-vous ? D'ailleurs, monsieur attend votre commande…

— Oh, c'est vrai ! s'écria Caitlin. Deux bretzels, s'il vous plaît, dit-elle au vendeur.

— Ça fera quatre dollars, repartit celui-ci.

— Pour des bretzels ? s'enquit Mac avec indignation.

— Vous avez trouvé mieux ailleurs ? répliqua le vendeur, parfaitement conscient d'avoir ce jour-là une position dominante sur le marché.

Notant que Caitlin avait déjà avalé une bouchée de son bretzel, Mac tendit l'argent au vendeur, prit sa pâtisserie et s'éloigna du stand.

— C'est aussi pour ça que j'ai quitté New York, dit-il.

— A cause des vendeurs à la sauvette ? s'étonna Caitlin.

— Non. A cause du coût de la vie ici.

— Un véritable foyer n'a pas de prix.

La justesse de ces mots fit se figer Mac.

— Qu'est-ce qui ne va pas ? demanda Caitlin.

Il reporta alors son attention sur elle, sur son visage dont les ecchymoses en voie de résorption étaient soulignées par le pâle soleil d'hiver, et laissa échapper un soupir.

— Tout va bien, répondit-il à mi-voix. Ce bretzel est bien chaud et savoureux et vous, ma chère Caitlin, vous avez le don du verbe. Vous devriez vous lancer dans une carrière d'écrivain, vous savez ?

Sa gentillesse comme son compliment surprirent la jeune femme qui en demeura interdite et se contenta de le fixer d'un regard incrédule.

— Vous avez froid ? s'enquit-il.

Elle secoua la tête.

— Dites-le-moi, quand vous voudrez rentrer.

Elle opina, encore trop ahurie pour parler. Ils reprirent donc leur chemin tout en mangeant et en émettant quelques commentaires sur ce qu'ils voyaient, jusqu'à ce qu'il ne reste plus une seule miette des pâtisseries et que les joues de Caitlin soient devenues rose vif.

— Voilà une heure que nous sommes dehors, déclara Mac. Il est temps de rentrer.

Il lui prit la main pour l'aider à traverser un endroit glissant et ne la relâcha pas ensuite. Caitlin sentit sa gorge se serrer de plus en plus. Si elle n'y prenait pas garde, elle risquait de finir par croire qu'il l'appréciait vraiment… Et si jamais elle nourrissait des illusions à ce sujet, elle ferait mieux de s'en débarrasser tout de suite. Connor McKee n'était pas le genre d'homme dont les femmes comme elle tombaient amoureuses — sauf si elles voulaient avoir le cœur brisé, bien sûr. Il l'avait d'ailleurs admis lui-même : il ne donnait pas dans les relations prolongées or, pour sa part, elle n'était pas femme à se contenter d'aventures sans lendemain. Elle aspirait au contraire à vivre un amour éternel, à fonder un foyer et une famille. Elle rêvait d'être mère, de partager avec ses enfants ce qu'elle n'avait jamais eu elle-même. Oh, certes, elle possédait tout ce que l'argent pouvait procurer — mais guère plus.

Si d'aventure Connor l'appréciait, elle pourrait s'autoriser à croire que l'animosité n'était pas le seul sentiment susceptible de naître entre eux…

Mais guère plus.

Quand ils parvinrent enfin devant son immeuble, elle avait les orteils engourdis et les joues brûlantes de froid. Mike, le vigile, leva les yeux vers eux à leur entrée dans le hall.

— La promenade a été bonne, on dirait, mademoiselle Bennett ?

— Oui, même si j'ai l'impression d'avoir le nez gelé.

Il lui sourit tout en dévisageant l'homme qui se tenait derrière elle.

— Et vous avez apprécié notre belle ville, monsieur McKee ?

Mac lui adressa une moue comique.

— Reposez cette question quand la neige aura fondu si vous ne voulez pas être déçu par ma réponse.

— Ah, ça, pour un temps pourri, c'est un temps pourri, reconnut Mike. Vous pensez rester longtemps ?

— Aussi longtemps qu'il le faudra, repartit Mac avant de se tourner vers Caitlin. J'aimerais discuter avec Mike… de choses et d'autres. Ça ne vous dérange pas ?

Caitlin hésita un instant, puis opina du chef, comprenant qu'il serait insensé de ne pas prévenir le vigile de son propre immeuble que sa vie était en danger.

— Non, répondit-elle, mais si vous n'y voyez pas d'inconvénient, je monte chez moi. Le bas de mon jean est mouillé et j'ai envie d'une bonne douche brûlante et de vêtements secs — dans cet ordre.

Mac allait protester mais se ravisa. Elle se rendait tout droit à l'appartement, et il l'y suivrait dans un instant ; il n'y avait aucun risque à ce qu'elle le précède là-haut de quelques minutes.

— D'accord, dit-il. Je n'en ai pas pour longtemps.

Caitlin salua Mike de la main puis, tout en retirant son écharpe et ses gants, se dirigea vers l'ascenseur. Derrière elle, Mac commençait à expliquer au vigile l'origine de ses blessures ainsi que la menace dont elle était l'objet.

Comme à l'accoutumée, la cabine s'éleva presque sans un bruit. Un bouquet raffiné l'attendait sur le guéridon du vestibule, près de l'ascenseur. Après avoir marqué une pause pour admirer la composition et humer le parfum d'une fleur qu'elle trouvait particulièrement belle, la jeune femme prit son courrier dans le panier prévu à cet effet et pénétra dans l'appartement dont elle désactiva aussitôt l'alarme.

La chaleur régnant à l'intérieur l'enveloppa dès qu'elle eut refermé la porte derrière elle. Elle laissa distraitement tomber ses gants mouillés sur le carrelage blanc et noir de l'entrée, puis ôta son manteau qu'elle suspendit à une patère où elle accrocha ensuite son écharpe. Elle avait les pieds si froids qu'elle les sentait à peine. Comme ses chaussures étaient trempées, elle s'assit sur un banc pour les retirer avant d'emporter son courrier dans le séjour. Bien que la perspective d'une douche chaude exerçât sur elle un attrait puissant, elle voulait d'abord vérifier qu'aucune autre lettre de menace ne lui avait été adressée.

Un rapide coup d'œil aux enveloppes qu'elle tenait à la main la rassura sur ce point : les capitales à l'encre noire qu'affectionnait son correspondant anonyme n'apparaissaient sur aucune d'entre elles. Soulagée, elle mit les lettres de côté et reporta son attention sur le colis qui était joint au courrier. Intriguée, elle le retourna pour en connaître l'expéditeur… et son sang se glaça aussitôt.

Son nom ainsi que des vœux de bonnes fêtes étaient inscrits en grosses lettres noires sur le devant du paquet. Elle souleva ce dernier et le palpa pour en deviner le contenu, puis elle le retourna de nouveau et fixa des yeux le rabat comme si ce dernier risquait de s'enflammer à tout instant.

Finalement elle prit une profonde inspiration, ouvrit le colis et le retourna au-dessus de la table basse avant de le secouer.

Il en tomba d'abord des parcelles poilues, d'un gris sombre souillé de rouge, d'aspect humide…

La tête suivit et Caitlin se mit à hurler.

Ce fut d'un pas assez guilleret qu'il pénétra dans l'ascenseur. Alors que la cabine commençait à s'élever, des souvenirs de la promenade lui revinrent à la mémoire. Il revoyait notamment la texture soyeuse des cheveux de Caitlin éclairés par le soleil et songeait qu'il avait toujours eu un faible pour les femmes qui portaient de la soie — quand il entendit soudain, au-dessus de lui, les hurlements de bête blessée de Caitlin.

Durant d'interminables secondes, il éprouva ce qu'on devait ressentir en regardant l'amour de sa vie mourir sans pouvoir lui porter secours, puis l'ascenseur parvint enfin au dernier étage et les portes de la cabine s'ouvrirent. Mac bondit dans le vestibule en criant le nom de Caitlin, ouvrit la porte d'entrée qui n'était pas verrouillée et se rua dans l'appartement.

Il lui fallut quelques instants éprouvants pour repérer la jeune femme — recroquevillée dans un coin du séjour, la tête sur les genoux et les mains crispées sur la nuque, comme si elle était en train de recevoir des coups. Jadis, quand il était encore flic, il avait vu un homme brûler vif dans sa voiture, et ses cris n'étaient guère différents de ceux qu'il entendait maintenant. La terreur pure qu'ils exprimaient lui déchirait l'âme.

Se raidissant en prévision d'une agression, il inspecta rapidement le séjour du regard. Personne d'autre ne se trouvait dans la pièce. En trois enjambées il fut auprès de Caitlin. Il la redressa et la serra dans ses bras. Puis il l'examina de la tête aux pieds à la recherche d'éventuelles blessures mais ne vit que la peur qui altérait son visage.

— Caitie ! Mon petit… que s'est-il passé ?

Dès que Caitlin entendit la voix de Mac, ses yeux se révulsèrent.

— Ah, non, pas ça ! Il faut que vous restiez lucide ! s'exclama-t-il en la secouant pour lui faire reprendre ses esprits.

Si un danger les guettait, il devait savoir d'où il risquait de surgir.

Caitlin gémit, encore près de s'évanouir. Elle tremblait si fort que Mac était obligé de la soutenir. Ses hurlements s'étaient transformés en gros sanglots convulsifs.

Mac sentait l'affolement le gagner. Quelque chose avait manifestement effrayé la jeune femme et il en ignorait toujours la nature aussi bien que la localisation.

— Caitie, parlez-moi. Je ne peux pas vous aider si vous ne parlez pas.

Elle tendit le doigt puis se couvrit le visage, incapable de regarder plus longtemps dans la direction qu'elle venait de lui indiquer.

Mac pivota vivement sur lui-même et ne vit d'abord rien susceptible de l'alarmer. Il parcourut ainsi la pièce des yeux à deux reprises avant de ramener son attention sur la table basse. Il contempla alors un long moment ce qui s'y trouvait avant de comprendre de quoi il s'agissait.

— Le sale fils de garce, grommela-t-il enfin avant de guider Caitlin jusqu'à un fauteuil près de la fenêtre. Asseyez-vous là. Je reviens de suite.

Il traversa la pièce et s'arrêta devant la table en prenant garde de ne pas toucher ce qui gisait sur son plateau.

— C'est arrivé par le courrier ? s'enquit-il.

— Il n'y a pas de cachet de la poste, répondit-elle.

Les entrailles de Mac se nouèrent. Cela signifiait qu'il était venu jusqu'ici — ou du moins qu'il avait réussi à pénétrer dans l'immeuble, et à atteindre le vestibule.

S'étant accroupi, il jeta un coup d'œil à l'intérieur du colis sans y mettre les doigts et aperçut une tache blanche à l'intérieur. Se redressant, il enleva manteau et gants, les jeta sur l'autre fauteuil, ouvrit son couteau et s'accroupit de nouveau devant la table basse. Tout en veillant à ne rien déranger d'autre, il extirpa peu à peu la feuille de papier qui se trouvait au fond du paquet et la déposa à côté de celui-ci.

Elle ne comportait qu'une seule phrase.

« La prochaine fois, ce sera toi. »

Il regarda le rat.

Il avait été coupé en morceaux.

Le message était clair.

Il retourna le papier de la pointe du couteau et prit alors conscience qu'il ne s'agissait pas d'une feuille mais de l'envers d'une photographie — une photographie de Caitlin.

C'était le portrait qui illustrait d'ordinaire la quatrième de couverture de ses livres, sauf que celui-ci avait été horriblement défiguré.

L'estomac de Mac se noua atrocement lorsqu'il vit les traits qui tailladaient en croix le visage de la jeune femme. Il avait accumulé assez d'expérience au cours des années qu'il avait passées dans la police d'Atlanta pour savoir qu'ils avaient affaire à un individu très dangereux.

Il se releva et referma son couteau qu'il rangea soigneusement dans sa poche tout en continuant à contempler l'abominable message. Puis il se tourna vers Caitlin, la peur le cédant en lui à la colère.

Elle releva la tête et, comme elle regardait en cherchant sur son visage des signes d'espoir, Mac grogna comme s'il avait reçu un coup. Ce n'était pas seulement la pitié qui le portait vers elle et qui motivait sa rage présente. Les bouffées de jalousie épisodiques, les accès de concupiscence débridée qu'il avait éprouvés jusqu'alors s'étaient transformés à son insu en un sentiment auquel il s'était pourtant juré de ne jamais plus succomber.

Il se rapprocha d'elle et la prit en silence dans ses bras. Oui, à un moment donné — entre l'instant où il avait entendu ses hurlements et celui où elle avait failli perdre connaissance — il était tombé amoureux d'elle.

Il ne l'avait pas voulu, certes, mais c'était bel et bien arrivé.

Elle se blottit contre lui comme si elle était née pour être prise dans ses bras. Il ferma les yeux, le menton posé sur sa tête, et la serra un peu plus étroitement contre lui.

— Oh, Connor, bredouilla-t-elle d'une voix tremblante et lourde encore de sanglots réprimés.

— Je sais, dit-il en lui frottant le dos comme si elle était une enfant.

— Je ne veux pas mourir…

Il sentit tout son être se glacer et comprit que Caitlin, désormais — qu'elle le veuille ou non —, était l'élue de son cœur.

— Vous ne mourrez pas, je ne le permettrai pas, murmura-t-il. Je vous le jure, Caitie, je vais tout arranger.

9.

Le portable de Kenny Leibowitz se mit à sonner juste au moment où il entrait dans le hall de l'immeuble de Caitlin. Il s'arrêta aussitôt et, prenant de l'autre main le cadeau qu'il avait apporté, fouilla dans la poche de son manteau pour en sortir l'appareil.

— Leibowitz, dit-il.

— C'est Susan, monsieur Leibowitz. La personne que vous deviez rencontrer à 14 heures souhaite vous voir plus tôt. Vous avez un trou à 13 heures. Cela vous conviendrait ?

Kenny réfléchit rapidement et passa en revue tous les endroits où il devait se rendre après avoir quitté Caitlin.

— Non, c'est trop juste pour moi. Essayez de reporter ce rendez-vous à demain et rappelez-moi pour me tenir au courant. Je ne repasserai pas au bureau aujourd'hui.

— Oui, monsieur, repartit la secrétaire avant de raccrocher.

Kenny se dirigea vers les ascenseurs tout en rangeant le portable dans sa poche et salua Mike de la main au passage.

— Elle m'attend, lui lança-t-il.

Il mentait.

— Oui, monsieur, dit le vigile. Ça ne m'étonne pas.

Kenny pénétra dans la cabine en fronçant les sourcils et appuya sur le bouton de l'étage de Caitlin. La remarque de Mazurka lui semblait curieuse, mais il la chassa bien vite de son esprit pour admirer son reflet dans les miroirs qui tapissaient les parois de l'ascenseur. Se lissant les cheveux, il s'adressa un sourire suffisant tandis que la cabine montait silencieusement vers le toit de l'immeuble. Il était content d'avoir pour clients des gens qui occupaient tout un étage d'un bâtiment. Et il était encore plus ravi quand ces personnes possédaient l'édifice entier, ce qui était le cas de Caitlin. Son bonheur aurait été quasi complet si seulement cette dernière avait bien voulu ne pas seulement le considérer comme son attaché de presse… Mais pour cela, il allait lui falloir abattre quelques barrières, ce qui était précisément le but de sa visite.

Le paquet enrubanné qu'il serrait sous son bras était à la fois un cadeau de Noël et un présent de convalescence. Il n'avait pas reparlé à la jeune femme depuis le jour où elle était sortie de l'hôpital ; l'atmosphère tendue dans laquelle il avait dû la quitter alors lui restait sur le cœur. Certes, elle n'était pas sa seule cliente ni même la plus lucrative, bien qu'elle fût de loin la plus riche, mais il avait consacré trop de temps et d'énergie à se rapprocher d'elle pour renoncer maintenant à la séduire. Ce n'était pas parce que Connor McKee se dressait désormais entre eux — au figuré, sinon au propre — qu'il allait baisser les bras.

Aussi, quand il arriva à l'étage de Caitlin, adopta-t-il une démarche conquérante pour sortir de la cabine, et appuya-t-il vigoureusement sur le bouton de la sonnette. Tout en patientant, il s'exerça à sourire et prépara ses salutations. Ce fut Aaron Workman, cependant, qui vint lui ouvrir, si bien qu'il n'eut pas l'occasion d'user de son charme.

— Ah, c'est vous. Caitlin savait-elle que vous deviez venir ?

Kenny se renfrogna tout en ôtant son manteau et le tendit à Aaron pour qu'il le suspende comme si celui-ci était le valet de la maison.

— Non. Je désirais juste voir comment elle allait. Est-elle dans le séjour ?

— Minute ! s'exclama Aaron en retenant par le bras l'attaché de presse qui passait devant lui. N'entrez pas là-dedans.

— Pourquoi ? Que se passe-t-il ?

Aaron baissa la voix.

— La police est là. Si vous voulez parler à Caitlin, il vous faudra aller patienter dans la cuisine.

Kenny fronça les sourcils.

— La police ? Je croyais qu'elle avait déjà recueilli le témoignage de Caitlin à l'hôpital. Pourquoi est-elle revenue l'importuner ?

Comme Aaron refusait de croiser son regard, il sentit son cœur manquer un battement.

— Workman… Il est encore arrivé quelque chose ?

Aaron haussa les épaules.

La colère envahit Kenny. Oui, pensa-t-il, il s'était passé quelque chose. Et une fois de plus, il était le dernier à être mis au courant de ce qui arrivait à sa cliente. Récupérant son manteau sur le bras d'Aaron, il lui poussa le cadeau dans les mains.

— Tenez, grommela-t-il, veuillez transmettre ceci à Caitlin avec mes compliments, même si c'est vraiment beaucoup d'efforts pour rien. Je suis toujours la dernière personne à être informée de ce qui lui arrive, alors que je devrais être au contraire le premier sur la liste ! Comment puis-je faire mon travail si on me cache tout ?

Il étouffa un juron tout en renfilant rageusement son manteau.

— Dites simplement à Mlle Bennett que je suis passé. Elle a mon numéro.

Puis il quitta l'appartement sans un regard en arrière. Une fois dans l'ascenseur, il appela sa secrétaire.

— Susan, avez-vous déjà annulé mon rendez-vous de 14 heures ?

— Non, monsieur. La ligne de cette personne est toujours occupée.

— Eh bien, quand vous l'aurez au bout du fil, veuillez l'informer que je le verrai à 13 heures, finalement. Je suppose que c'est au même endroit ?

— Oui, monsieur. Il avait prévu de modifier la réservation au cas où vous seriez d'accord pour avancer l'heure de votre rencontre.

— Prévenez-le que je serai là, conclut-il avant couper la communication.

Le visage crispé par une fureur rentrée, il attendit que la cabine rejoigne le rez-de-chaussée. Il était ulcéré d'être ainsi sans cesse tourné en bourrique par Caitlin et de n'avoir droit qu'à des rebuffades de sa part.

Quelques secondes plus tard, au sortir de l'ascenseur, son indignation n'avait en rien diminué.

Mike releva les yeux du journal du matin et lui sourit.

— C'était rapide.

— Comme de dire non, grommela-t-il sans s'arrêter.

*
* *

Aaron alla s'installer dans le fauteuil le plus proche tout en remarquant que les inspecteurs prenaient toujours beaucoup de notes, en particulier la femme, Kowalski. Neil, quant à lui, semblait déterminé à établir un contact plus intime avec Caitlin... Aaron avait surpris l'expression de son frère quand Neil avait pris le siège le plus proche de la jeune femme. Si jamais l'inspecteur avait des vues sur elle, le frangin ne se retirerait pas sans combattre... Cela n'avait pourtant pas empêché Neil de poser une main sur l'épaule de Caitlin, censément pour la réconforter. Aaron estimait pour sa part qu'il allait trop loin.

Il reporta son attention sur la jeune femme. Elle était prostrée à l'angle du canapé, sous sa couverture préférée, l'air bouleversé, les yeux luisant de larmes. A la voir dans cet état, Aaron sentit son estomac se contracter. Il aimait Caitlin comme une sœur, et le danger qui la menaçait se précisait de manière effrayante. La police n'avait toujours aucune piste — pas même l'ombre d'un indice susceptible de leur révéler l'identité du sadique qui s'en prenait ainsi à elle.

Il se renfrogna de plus belle en entendant le ton hésitant, presque atone sur lequel Caitlin répondait aux questions des inspecteurs. Elle avait l'air terriblement fragile et semblait prête à se briser à la première parole un peu rude, au moindre bruit suspect.

Il jeta un coup d'œil à l'enveloppe matelassée, posée par terre près du sac de l'inspecteur Kowalski, et ne put réprimer un frisson. On allait emmener le rat au labo de la police, mais il doutait que les experts en tirent grand-chose. C'était un rat crevé. Point, à la ligne. Evidemment, il était haché en morceaux, mais bon... Il frissonna de nouveau. Quel genre d'esprit tordu pouvait avoir imaginé un coup pareil ?

Son regard passa de Caitlin à Mac. Il prit alors conscience d'un détail qu'il n'avait jamais noté auparavant. Jusqu'à présent, en effet, il avait toujours régné entre ces deux-là une animosité presque palpable. Or, ce ne semblait plus tellement être le cas maintenant. Quelque chose avait changé dans leur relation. Mais quoi ?

Puis Caitlin posa les yeux sur Mac, et aussitôt ce dernier répondit à l'appel muet de son regard en venant s'asseoir sur le canapé à côté d'elle. La jeune femme lui prit le bras, comme si elle se raccrochait à une planche de salut. Des larmes montèrent aux yeux d'Aaron quand il vit son frère sourire, puis envelopper précautionneusement les pieds de Caitlin dans la couverture afin qu'elle ne prenne pas froid. Aaron avait la nette impression qu'aussi bien mentalement que physiquement, Mac s'était interposé entre elle et le reste du monde — auquel cas, se dit-il, que Dieu vienne en aide à quiconque aurait la témérité de vouloir le déloger…

Il se pencha en avant, désireux de mieux entendre la conversation en cours.

A ce contact, Caitlin se retourna vers l'inspecteur.

— Vous me parliez ? s'enquit-elle.

Il hocha la tête.

— Je suis désolée. Que disiez-vous ?

Satisfait d'avoir de nouveau l'attention pleine et entière de la jeune femme, Neil répéta sa question.

— Je sais que vous vivez un moment difficile, mais auriez-vous par hasard aperçu quelqu'un traînant dans le hall de l'immeuble quand vous et M. McKee êtes revenus de promenade ?

— A part Mike, non.

Neil s'adressa à Connor.

— Monsieur McKee, durant votre sortie avec Mlle Bennett, n'avez-vous rien remarqué d'insolite ? Une personne que vous auriez vue à plusieurs reprises, par exemple ?

— Non.

— En êtes-vous certain ? Réfléchissez bien. N'avez-vous vraiment rien noté…

— Inspecteur, j'ai été flic, repartit Mac sèchement. Si nous avions été suivis, je m'en serais rendu compte.

Neil garda une expression neutre.

— Par simple curiosité, puis-je savoir dans quel district vous travailliez ? dit Kowalski.

— Ce n'était pas ici mais à Atlanta. Avant de fonder mon entreprise, j'ai fait partie des forces de l'ordre de cette ville pendant près de dix ans. Je crois d'ailleurs vous l'avoir déjà dit.

— Pourquoi en avez-vous démissionné ? demanda Neil.

Mac toisa l'inspecteur.

— Je n'ai pas été sacqué, si c'est ce que vous insinuez, répondit-il avec humeur. Et cela aussi, il me semble vous l'avoir déjà expliqué. En plus, je ne vois pas en quoi mes changements de carrière vous concernent. C'est le passé de Caitlin qui devrait plutôt vous intéresser, pas le mien.

— C'est juste histoire de ne rien laisser dans l'ombre, repartit Neil.

Mac n'avait pas dit son dernier mot. Il n'appréciait ni la familiarité de l'inspecteur à l'égard de Caitlin, ni la condescendance dont il l'accablait lui-même.

— J'étais dans mon chalet de Vail quand j'ai appris par téléphone que Caitlin avait été blessée. Et vous, où diable étiez-vous ?

Neil accusa le coup, ébranlé par cette attaque imprévue.

— Nous n'avons rien contre vous, monsieur McKee, intervint Kowalski.

Mac posa un regard glacial sur cette dernière.

— Inspecteur Kowalski, c'est ça ?

Elle hocha la tête.

— Avez-vous jamais été à la place du suspect dans un interrogatoire ?

— Non, mais…

— Moi non plus jusqu'à présent, et je vous avoue franchement que c'est insultant.

— Je vous demande pardon ? articula Kowalski.

— Les questions que vous posez… leur formulation… tout ça est parfaitement insultant. A quatre reprises et de quatre manières différentes, vous et votre coéquipier avez remis en cause la mémoire ainsi que la santé mentale de Mlle Bennett. Si elle vous dit qu'elle n'a vu personne, elle n'a vu personne. Si elle ne se rappelle rien, elle ne se rappelle rien. Point final. Et si quelqu'un nous avait suivis… croyez-moi, je l'aurais remarqué.

Il se leva et désigna l'enveloppe au pied de Kowalski.

— Une espèce de salaud a gâché des heures de sa vie à attraper et à massacrer ce rongeur stupide rien que pour effrayer une femme innocente. A mon avis, je crois qu'il a vu sacrément trop de films d'horreur. Je pense aussi qu'il essaie de rabaisser Mlle Bennett — et cela parce qu'il se sait incapable de s'élever à son niveau. Bon, si vous n'avez pas d'autres questions, je vous raccompagne à la porte. Vous souhaiterez sans doute interroger le vigile de l'immeuble, ainsi que procéder à une inspection du bâtiment. Oh, j'allais oublier, et je vous conseille d'en prendre note : le système de sécurité protégeant cet appartement est inviolable. Je le sais, parce que c'est moi qui l'ai conçu et installé. Par conséquent… ce cinglé peut bien envoyer à Mlle Bennett toutes les saloperies qu'il veut, il n'est pas près de toucher à un seul cheveu de sa tête. Compris ?

— Des bombes peuvent être également adressées par la poste, répliqua Neil.

— Les types qui perdent leur temps à couper des rats en huit n'ont pas l'intelligence requise pour fabriquer des bombes. Et puis, avec une bombe, le jeu serait fini, non ? Or le jeu, en l'occurrence, c'est tout ce qui compte.

Caitlin était jusqu'à présent demeurée silencieuse, mais cette dernière remarque de Mac la rendit perplexe.

— Mac ?

Ce dernier se tourna vers elle.

— Oui, Caitie ?

— Que voulez-vous dire par « le jeu, c'est tout ce qui compte » ?

— Réfléchissez un peu, Caitie. Je parie que depuis que la première de ces lettres est arrivée, il aurait pu vous tuer des centaines de fois — mais il ne l'a pas fait. C'est votre peur qui l'excite.

Caitlin écarquilla les yeux à mesure que la justesse de ces propos pénétrait en elle.

— Vous avez raison, lâcha-t-elle enfin à mi-voix. Vous avez parfaitement raison. Je me suis promenée seule dans la rue plein de fois. Il a eu des tas d'occasions de me « châtier », pour reprendre son expression. Or, que fait-il ? Il m'écrit. Peut-être la police avait-elle raison depuis le début !

Elle bondit sur ses pieds.

— Peut-être ai-je imaginé tout le reste. Peut-être suis-je vraiment tombée par accident devant ce camion. Peut-être n'ai-je effectivement eu de contact avec ce cinglé que par l'intermédiaire de ces lettres.

Tout le monde, Aaron compris, regardait maintenant la jeune femme comme si elle avait perdu le peu d'esprit qui lui restait.

— Mais de quoi parlez-vous donc ? demanda Mac.

— Vous venez de le dire à l'instant. Il écrit — comme moi. Seulement, lui, il écrit des lettres, alors que moi, ce sont des livres. Ce n'est pas le sujet de mes romans qui le dérange. C'est le fait que je peux créer plus que de la peur…

Elle s'interrompit un instant et secoua la tête, désespérant de se faire comprendre.

— Je m'explique, reprit-elle en se mettant à arpenter la pièce. Quand un auteur commence un nouveau livre, il ou elle crée tout un monde, un monde peuplé de personnages avec toute une palette variée de conflits et de problèmes. Et tandis que se déroule l'intrigue, nous, écrivains, contrôlons tout. Parfois, bien sûr, les personnages nous échappent, mais là n'est pas la question. Ce que je veux dire, c'est que… en un certain sens, nous donnons naissance à une autre vie que la nôtre… même si c'est seulement sur le papier. Or cet homme, quel qu'il soit, n'a aucun pouvoir. Aucun contrôle sur rien. La seule chose qu'il sait créer, c'est la peur, et bien que ses lettres soient objectivement incapables de me nuire, je lui ai donné prise sur moi en cédant à la panique.

Elle frappa la table basse du plat de la main.

— Mais c'est terminé ! Plus jamais je ne me laisserai effrayer.

Neil se leva et se rapprocha de Caitlin.

— Mademoiselle Bennett, s'il vous plaît, je vous prie instamment de reconsidérer votre position. Ne mettez pas votre vie en danger au nom d'une théorie aussi bancale. Sous-estimer cet homme serait une grave erreur. Vous ne savez pas de quoi il est capable.

— Mon coéquipier a raison, approuva Kowalski.

Mac estima que les deux inspecteurs mettaient un peu trop la pression sur Caitlin. Celle-ci paraissait à la fois irritée et perdue. Sans réfléchir, il s'interposa entre elle et eux, donnant ainsi à la jeune femme un peu de champ libre.

— Ecoutez, déclara-t-il, pour l'instant, personne ne peut prédire ce que l'avenir nous réserve. La seule certitude que vous pouvez tous avoir c'est que, si ce petit salaud essaie de s'en prendre à Caitlin, il devra d'abord me passer sur le corps.

Caitlin laissa échapper un hoquet de stupeur à peine audible mais qui n'échappa pas à Aaron. Ce dernier se mit à taquiner son frère sur cette démonstration impromptue d'esprit chevaleresque, puis il remarqua l'expression de Caitlin. Jugeant qu'il y avait soudain beaucoup trop de monde dans la pièce, il décida que le moment était venu pour l'autre frère de se porter à son tour au secours de la jeune femme.

— Je vous raccompagne, annonça-t-il aux policiers.

Il les invita du geste à le suivre et, sans attendre leur réponse, leur ouvrit le chemin, les obligeant par là même à lui emboîter le pas et à laisser Mac et Caitlin seuls ensemble.

La jeune femme était encore sous le choc. Elle avait bien entendu ce que Mac venait de dire, mais elle commençait tout juste à mesurer la portée de cette promesse. Lorsqu'elle vit son expression ainsi que la colère froide qui brillait dans ses yeux, son cœur se mit à battre la chamade.

— Mac ?

Ses traits s'adoucirent quelque peu quand il se tourna vers elle pour lui répondre.

— Oui, Caitie ?

— Tout à l'heure, quand vous avez dit que le cinglé devrait d'abord vous passer sur le corps avant de pouvoir s'en prendre à moi… vous étiez sérieux, n'est-ce pas ?

Ses narines palpitèrent.

— Absolument.

— Pourquoi ? Je n'ai cessé de me montrer désagréable avec vous depuis que vous êtes ici. Il y a encore un jour ou deux, je n'étais même pas sûre que vous m'appréciiez.

Il prit une profonde inspiration, comme s'il soupesait sa réponse, puis esquissa un pâle sourire.

— Il y a un jour ou deux, je n'étais pas sûr de vous apprécier, moi non plus.

— Qu'est-ce qui a changé depuis ?

— Nous.

— Mais comment…

— Vous voulez des précisions ? la coupa-t-il. Bon, soit. D'abord, si je ne partage pas vraiment vos goûts culinaires, j'aime votre franchise. Ensuite je trouve que vous êtes la femme la plus courageuse que j'aie jamais connue. Enfin, je vous trouve belle, sexy et j'adore vous embrasser. Je crois, ajouta-t-il d'une voix douce, que ça fait déjà pas mal de raisons, non ?

Les mains de Caitlin s'étaient mises à trembler si fort qu'elle dut les serrer l'une contre l'autre dans l'espoir qu'il ne le remarquerait pas.

— Je ne vois pas comment vous pouvez me trouver sexy, dit-elle. J'ai le visage tout bleu et noir.

— Et vert un peu aussi, répliqua-t-il en désignant ses sourcils. Surtout autour des points de suture.

Elle leva les yeux au ciel.

— Vous, vous savez parler aux femmes. Ça ne m'étonne pas qu'elles vous tombent toutes dans les bras.

— Ce ne sont pas *les femmes* qui m'intéressent, seulement vous.

— Je ne veux pas que vous soyez intéressé par moi, murmura-t-elle.

Mac s'avança vers elle et lui prit le visage entre les mains.

— Pourquoi, Caitie ? Pourquoi ne voulez-vous pas que je m'attache à vous ?

Elle leva vers lui son regard pur et franc.

— Parce que ça ne durera pas. C'est impossible… Nous sommes trop différents. Et je ne veux pas souffrir.

— Jamais je ne vous ferai souffrir, repartit-il doucement tout en caressant des pouces le dessous de sa lèvre inférieure.

Caitlin sentit le désir s'embraser au fond d'elle quand ses doigts effleurèrent sa bouche, puis sa joue. Elle frémit, craignant de se liquéfier si elle le laissait continuer ainsi.

— Vous n'en auriez pas l'intention mais c'est ce qui arriverait quand même, argua-t-elle. Il ne peut pas en être autrement.

— *Jamais* je ne vous ferai du mal, répéta-t-il avant de se pencher vers elle.

Ses lèvres se joignirent à celles de la jeune femme, en un baiser tendre d'abord, puis de plus en plus intense. Caitlin noua bientôt ses bras autour de son cou et se blottit contre son corps puissant. Cependant Mac la sentait toujours trembler contre lui, percevait encore chez elle de l'hésitation — or il aspirait à bien plus de sa part.

Entendant des pas se rapprocher inopinément, ils se séparèrent. Quand Aaron entra dans la pièce, Caitlin se dirigeait déjà vers la cuisine tandis que Mac était campé devant la fenêtre, les mains dans les poches.

— J'ai manqué quelque chose ? s'enquit Aaron.

Mac se tourna vers lui, les traits impassibles.

— Pardon ?

— Ne fais pas l'innocent avec moi, répliqua Aaron. J'ai vu comment vous vous regardiez tout à l'heure, et j'ai beau ne pas pratiquer le sexe opposé, je sais reconnaître l'étincelle du désir quand je la vois.

— S'il n'y avait que du désir, maugréa Mac sans réfléchir.

Il étouffa un juron.

— Aaron, je suis en train de perdre la tête.

— Comment ça ?

— C'est Caitlin... Je voulais justement éviter ça.

Aaron se retint d'applaudir et continua à jouer les imbéciles.

— Je ne te suis pas. Eviter quoi ?

Mac fusilla son demi-frère du regard et pointa un doigt accusateur vers son sourire narquois.

— Si cette affaire n'était pas aussi grave, je serais presque porté à croire que c'est toi qui as tout manigancé dans le seul but de nous réunir. Voilà des années que tu me rebats les oreilles avec ça.

Le sourire d'Aaron s'élargit plus encore.

— Et... ça a marché ?

Mac se renfrogna.

— Si par « marcher » tu veux dire que je suis fou d'inquiétude pour elle, la réponse est oui... Nous devons impérativement trouver qui la menace ainsi et le faire coffrer — avant que je ne commette l'irréparable.

Aaron cessa de sourire.

— Arrête de parler par devinettes, bon sang. Tu ne peux pas t'exprimer clairement, pour une fois ?

Mac soupira.

— Je suis attiré par Caitlin.

Aaron écarquilla les yeux.

— Et alors ? Où est le problème ? C'est une femme merveilleuse. Qu'est-ce qui te chagrine là-dedans ?

— Tu sais très bien que je ne m'engage jamais.

— Oui, oui, dit Aaron en levant la main, je connais la chanson. Voilà des années que tu me serines ça. Mais, honnêtement, c'est plus une mesure de précaution que ta véritable nature, non ? Sarah n'est plus de ce monde depuis longtemps et tu sors encore avec des rouquines qui seraient incapables d'épeler leur propre prénom.

Il donna un coup de poing amical dans l'épaule de Mac.

— Allez, frangin, avoue. Ça t'est finalement arrivé, hein ?

— Quoi donc ? marmonna Mac.

— Tu es tombé amoureux. Bon, il est vraiment temps que j'aille dire au revoir à Caitlin et que je vous laisse seuls tous les deux.

L'estomac de Mac se noua aussitôt.

— Allons, Aaron, tu ne vas pas partir maintenant. Reste au moins dîner avec nous.

Aaron hésita un instant puis secoua la tête.

— J'ai un rendez-vous dans moins d'une heure. Quant à dîner avec vous, c'est impossible. Je suis déjà invité au restaurant.

Mac fourra les mains dans ses poches et rentra la tête dans les épaules.

— Bon, amuse-toi bien…

— Toi aussi. Et essaie d'être gentil, pendant que tu y es.

— Ben voyons. Comme si être gentil et s'amuser avaient jamais été synonymes !

Aaron s'esclaffa.

— Quel dommage que tu sois si grand, quand même.

Mac fronça les sourcils.

— Qu'est-ce que ma taille a à voir avec tout ça ?

— Plus haut on est, plus dure est la chute, frérot.

Mac lâcha un soupir résigné.

— Tu ne devais pas décamper, toi ?

— Considère-moi comme déjà parti, dit Aaron. A propos, juste au cas où tu aurais envie de l'impressionner, elle aime bien…

— Peu importe ce qu'elle aime, l'interrompit Mac. Ça n'arrivera pas, point final. Je te rappelle si j'ai du nouveau dans l'affaire. Je ne te raccompagne pas, tu connais le chemin. J'ai quelques coups de fil à passer. Dieu seul sait comment se porte la boîte sans moi.

— Si tu tiens si peu à avoir le moindre rapport avec Caitlin, comment se fait-il que tu aies tout laissé tomber dès que je t'ai appris qu'elle avait des ennuis ?

Mac jeta à son frère un regard plus noir que l'enfer.

— Bon, bon, reprit l'éditeur, ce n'est pas grave. Tu n'es pas obligé de me répondre. Mais penses-y quand même, veux-tu ? Tu sais ce que dit le proverbe, que l'amour est proche de la haine. Personnellement, je crois qu'il y a toujours eu quelque chose entre vous mais que vous n'avez jamais eu le courage de l'admettre.

Sur ce, Aaron tourna les talons. Mac l'entendit saluer Caitlin, puis claquer la porte d'entrée derrière lui. Quelques secondes plus tard, le téléphone sonna. Mac attendit que la jeune femme décroche. Peu après, un bruit de pas se rapprocha dans le couloir, en provenance du bureau. Il retint son souffle. Caitlin fit son apparition, le téléphone à la main.

— C'est pour vous… Atlanta.

— Caitlin, je…

— Je vais travailler dans mon bureau pendant quelques heures. N'hésitez pas à vous commander quelque chose si vous avez faim.

Elle repartit aussi sec.

Tout en la suivant des yeux, Mac porta en soupirant le combiné à son oreille.

10.

— De quoi ai-je l'air ? demanda Caitlin en rejoignant Mac dans la salle d'attente du cabinet médical.

Ses points de suture avaient été enlevés, enfin ! — qu'on lui retire les fils n'avait d'ailleurs pas été sans douleur pour la jeune femme — et remplacés par de tout petits sparadraps.

Mac examina son arcade sourcilière, puis la regarda droit dans les yeux.

— Vous avez pleuré.

Elle grimaça.

— C'est généralement ce que je fais quand j'ai mal, mais maintenant ça va. Alors, comment vous me trouvez ?

— Bien.

— Bien ? C'est le moins cher des adjectifs qualificatifs sur le marché, vous auriez pu faire un effort. Rien que pour ça, vous allez m'emmener dans les grands magasins.

— Dans les grands magasins ? Enfin, Caitie, voyons…

— C'est presque Noël, le coupa la jeune femme. Je n'ai toujours pas de cadeau pour Aaron et j'aimerais bien acheter quelque chose aussi à oncle John et à Mike.

Mac fronça les sourcils.

— J'ignorais que votre père avait un frère encore en vie.

— Il n’avait pas de frère.

— Alors qui est oncle John ?

Caitlin sourit.

— John Steiner. Il a été le chauffeur de papa pendant des années. Il n’a pas voulu partir en retraite. C’est un homme simple et bon, et il m’est aussi dévoué qu’il le fut à mon père. Il n’est pas vraiment un parent mais je l’aime autant que s’il faisait partie de ma famille.

Jaloux de la tendresse avec laquelle elle parlait de cet homme, Mac répliqua les premières paroles qui lui venaient à l’esprit.

— Vous inspirez donc la loyauté ? J’en suis surpris.

Caitlin lui agita l’index sous le nez.

— Encore un mauvais point pour vous. Maintenant, vous allez devoir en plus m’inviter à dîner.

— N’abusez pas, très chère, où c’est vous qui servirez de dessert, rétorqua-t-il tout en aidant la jeune femme à enfiler son manteau.

Il l’avait fait rougir et il en éprouva une certaine satisfaction.

— Bon, *pretty woman*, par où commençons-nous notre tournée des boutiques ruineuses ?

— Chez FAO Schwartz.

— Pour Aaron ?

— Avez-vous donc l’intention de m’asticoter durant tout l’après-midi ? Parce que, si c’est le cas, vous pouvez retourner tout de suite à l’appartement. Je saurai très bien faire mes achats et dîner sans vous. Ce ne sera pas la première fois qu’un homme m’aura laissée tomber.

Mac la fusilla du regard. Il l’avait trouvée insupportable depuis le matin et devinait que son irritation n’était pas sans rapport avec leur baiser. Eh bien, elle allait voir de quel bois il se chauffait lui-même. Lui aussi se sentait d'humeur querelleuse. Elle ne le savait peut-être pas, mais elle n'était pas la seule qui cherchait fébrilement à retrouver ses repères à la suite du tour nouveau qu'avaient pris leurs relations.

Ils rejoignirent l'ascenseur sans ajouter un mot. Mac appuya sur le bouton d'appel puis, comme ils attendaient la cabine en silence, il remarqua que les deux derniers boutons du manteau de la jeune femme n'étaient pas attachés.

— Vous en avez oublié deux, dit-il avant de la retourner doucement vers lui et d'achever de boutonner son vêtement. Il fait froid dehors. Vous ne voudriez quand même pas tomber malade par-dessus le marché, non ?

L'hostilité qui jusqu'alors présidait à leurs rapports s'évanouit aussitôt.

— Non, répondit-elle en relevant la tête vers lui.

Tout en observant l'air concentré avec lequel il refermait son manteau, elle nota la présence de petites paillettes dorées dans le bleu de ses yeux, objectivement, pensa-t-elle, tout à fait fascinantes.

— Et voilà, c'est mieux comme ça, déclara-t-il juste au moment où arrivait la cabine.

Comme ils sortaient de l'immeuble et se retrouvaient dans la rue, Mac sentit Caitlin glisser la main sous son coude.

— Prenons-nous un taxi ?

— Non, répondit-elle. FAO Schwartz est à deux pas d'ici, et un peu d'exercice ne me fera pas de mal. C'est d'ailleurs la devise des écrivains qui passent leur vie vissés devant un écran : « Un peu d'exercice ne me ferait pas de mal », ajouta-t-elle d'un air maussade.

Ils partirent donc à pied, tantôt en suivant le mouvement de la foule, tantôt en s'y opposant. Mac remarqua bientôt le mutisme inhabituel de la jeune femme. Baissant les yeux vers elle, il comprit que quelque chose n'allait pas. Elle était blanche comme un linge et dévisageait avec une expression apeurée tous les passants qui les croisaient. Il lui vint alors brusquement à l'esprit que c'était la première fois que Caitlin se risquait en public depuis qu'elle avait reçu le rat.

— Ça va ? lui demanda-t-il.

Elle hocha la tête en guise de réponse.

Ils franchirent un croisement, puis un second avant d'être arrêtés par la circulation au carrefour suivant. Immobiles sur le trottoir, ils attendirent avec d'autres personnes que le feu passe au rouge. Mac sentait la jeune femme trembler contre lui. Sans rien lui dire, il la prit par les épaules et les pressa légèrement pour la rassurer.

Cette gentillesse eut raison des dernières résistances de Caitlin qui se mit à pleurer. Doucement, sans un bruit, elle pivota vers lui et enfouit son visage contre sa poitrine, le dos secoué de sanglots étouffés.

Les voitures s'arrêtèrent. Ils ne bougèrent pas. Les piétons les dépassaient et se dispersaient de part et d'autre de leur couple telles des vagues contournant un rocher. Un jeune homme distrait les bouscula même un peu rudement, mais Mac était trop préoccupé par Caitlin pour s'en formaliser. Il ne cherchait en cet instant qu'à la protéger. Inspectant la foule pour repérer le moindre signe de danger, il ne distingua rien susceptible de l'inquiéter. Lorsque les badauds furent moins nombreux, il écarta la jeune femme du trottoir et, l'ayant entraînée vers l'immeuble le plus proche, la serra plus étroitement dans ses bras. Elle continuait à pleurer.

— Caitie ? Qu'est-ce qu'il y a ?

— Je ne peux pas, bredouilla-t-elle. J'ai beau essayer, je n'y arrive pas.

— Vous n'arrivez pas à quoi ?

Elle releva la tête. Son visage était sillonné de larmes.

— A faire comme si rien ne s'était passé. Je sais bien ce que j'ai dit aux policiers… que c'était peut-être un accident quand on m'a poussée sous le camion. Mais je n'y crois pas. J'ai senti cette main au bas de mon dos, il me suffit de fermer les yeux pour sentir encore la pression violente des doigts. Je pourrais écrire un roman sur cette main ! Quelqu'un veut me tuer et j'ignore totalement pourquoi. J'ai peur. Oh, Seigneur, ce que j'ai peur…

Mac en aurait hurlé ; il avait besoin de se libérer de la rage que soulevait en lui l'injustice dont Caitlin était victime. S'il avait eu devant lui l'enfant de salaud qui prenait plaisir à la torturer ainsi mentalement, il l'aurait remis dans un sale état entre les mains de la police.

— Venez, dit-il en la prenant par le bras pour la ramener vers la rue alors qu'une file de taxis s'approchait d'eux. On rentre à la maison.

L'autorité naturelle de Mac fit que le premier taxi qui maraudait dans le secteur se rangea le long du trottoir sitôt qu'il le héla. Quelques instants plus tard, Caitlin se glissait sur la banquette arrière du véhicule et Mac, s'asseyant près d'elle, la serrait dans ses bras. Encore tremblante, elle posa sa tête contre son torse et ferma les yeux. Durant tout le trajet du retour, elle ne cessa de remercier Dieu de la présence de cet homme à ses côtés. De cet homme-là en particulier. Si le Diable avait probablement créé son persécuteur, pensa-t-elle, Dieu se vengeait bien avec celui-là…

Peu après ils entraient dans l'appartement. Mac débrancha l'alarme puis aida la jeune femme à ôter son manteau.

— Voulez-vous vous reposer ? Avez-vous faim ? Je peux vous préparer quelque chose à manger.

Elle se retourna vers lui, les yeux encore brillants de larmes, et noua ses bras autour de son cou. Elle vit la surprise se peindre sur son visage et sut que sa prochaine initiative le choquerait encore plus.

— Ce que je désire, c'est que vous me fassiez l'amour. J'en ai assez d'avoir peur. J'ai besoin de me rappeler ce que c'est que la vie, que la joie.

— Caitie… mon ange… ce ne serait pas…

— Mac, pour l'amour du ciel, vous avez déjà couché avec des femmes pour des motifs plus futiles, l'interrompit-elle. Suis-je donc affreuse au point que rien ne vous attire en moi ?

Il gémit et la souleva dans ses bras.

— C'est justement là le problème ! Vous m'attirez trop, et depuis trop longtemps. Seulement, si j'écoutais mes désirs, ce ne serait… pas prudent. Moi aussi, j'ai envie de vous faire l'amour mais… ça changerait tout entre nous.

— Pas forcément, bredouilla-t-elle.

— Si, dit-il en enfouissant sa tête dans son cou pour l'embrasser doucement.

Caitie fut secouée par un sanglot.

— J'ai juste besoin de ressentir autre chose que du désespoir.

Mac en demeura un moment interdit et, relevant la tête, la dévisagea. Ses cheveux emmêlés par le vent, ses lèvres légèrement gonflées, les minuscules sparadraps, poignants comme un souvenir d'enfance, qui ornaient son arcade sourcilière, jusqu'à l'ecchymose qui marquait encore légèrement une de ses joues lui semblaient adorables. Non, jamais aucune femme ne lui avait paru plus désirable — et jamais désir plus condamnable. Mais avait-il vraiment le cœur de se refuser à elle ? Non, pas maintenant. Pas après l'avoir vue pleurer ainsi.

— Comment disais-tu, mon amour ? murmura-t-il. Oui, c'est cela… allons nous rappeler ce que c'est que la vie, que la joie !

Il la porta le long du couloir jusqu'à sa chambre où il la remit sur ses pieds. Puis, sans rien ajouter, il entreprit de se dévêtir, lui donnant ainsi le temps de revenir sur sa décision si elle le souhaitait. Quand il eut terminé, il s'aperçut qu'elle avait déjà enlevé elle-même ses chaussures et son pull.

— Attends, ma chérie, laisse-moi faire, lui dit-il avant de lui ôter le reste de ses habits.

Il ouvrit alors le lit et l'étendit sur le drap.

Le cœur de Caitlin battait à tout rompre, sa peau la picotait et rougissait. Mac se pencha vers elle, son corps mince et musclé tendu par le désir. Elle le prit entre ses mains alors qu'il s'allongeait sur elle. Elle l'entendit gémir, puis sentit la tiédeur de son haleine sur sa joue. Ensuite, tout se mêla dans son esprit : les mains de Mac, sa bouche, la chaleur de son corps…

Leur union combla sa chair autant qu'elle apaisa son esprit.

Oui, mon Dieu, il faisait bon vivre en ce bas monde, malgré les fourbes et les méchants.

Caitlin remua dans son sommeil ; il la pressa plus étroitement contre lui. Une ride légère se creusait entre les sourcils de la jeune femme et sa lèvre inférieure frémissait. Il devina qu'elle était en train de rêver. Dieu seul savait quelle scène horrible se jouait dans son esprit…

— Du calme, chuchota-t-il. Je suis là.

Au son de sa voix, Caitlin se détendit aussitôt.

— Tu ne crains plus rien, Caitie… Tu es en sécurité.

Elle soupira et roula sur le côté, se collant contre lui. Un de ses bras pendait hors du lit.

Il se retourna à son tour pour s'emboîter contre elle et ramena sur eux les couvertures. Elle était chaude et douce. Il eut le cœur serré de la sentir si vulnérable. Passant un bras par-dessus son flanc, il la serra contre lui, la main posée sous la rondeur de sa poitrine, et ferma les yeux. S'il était fier qu'elle lui eût demandé de lui faire l'amour, il éprouvait en même temps du remords d'avoir accédé à sa prière. Elle s'était fiée à lui au point de l'accueillir sous son toit, puis dans son lit. Et un autre événement était survenu entre-temps, un événement qu'elle ignorait. Il ne savait quand il le lui apprendrait ni même s'il le lui révélerait un jour, mais alors qu'il jouait auprès d'elle les chevaliers servants, il avait baissé sa garde et c'était dans son cœur que lui, il l'avait accueillie.

Dans ses moments les plus raisonnables, il admettait que les leçons de l'expérience s'intégraient naturellement à la psyché humaine. Mais ces moments-là étaient devenus rares et, désormais, la raison n'avait plus qu'une place épisodique dans l'univers de Buddy.

Plus il était obsédé par Caitlin Bennett, plus le sens des réalités lui échappait. Au travail, il montrait une figure compétente et responsable. Les gens venaient lui demander de régler leurs problèmes et, la plupart du temps, il leur donnait satisfaction.

Personne ne savait quels efforts lui coûtait cette apparence de calme et de maîtrise de soi. Il était au-dessus de tout soupçon et pourtant, en quittant son poste, c'était aussi sa santé mentale qu'il laissait derrière lui. La façade sociale était la prison du démon qui le rongeait — un démon assez malin pour jouer les employés modèles.

Une fois dehors, dans la rue, il eut l'impression que les sons étaient amplifiés et que les couleurs débordaient et bavaient l'une sur l'autre en une sorte de kaléidoscope dément. Il voyait remuer les lèvres des passants et comprenait donc qu'ils étaient en train de parler, mais leurs propos résonnaient dans sa tête de telle manière que consonnes et voyelles se mêlaient pour ne plus former qu'une rumeur indistincte. Le monde qui l'entourait n'était qu'une parodie, une vallée de misère où il n'avait pas sa place. Personne ne savait qui il était vraiment, personne ne pouvait le savoir.

Dans sa panique, il allongea le pas et se mit bientôt à courir pour rejoindre la station de métro. Sitôt dans le wagon, il se laissa tomber sur un siège et, fermant les yeux, posa sa tête contre la vitre derrière son dos. Quelqu'un prit place à côté de lui et le heurta du coude quand la rame redémarra. Il garda les paupières closes, par crainte de perdre complètement les pédales. Dès qu'il entendit le haut-parleur annoncer sa station, il bondit comme s'il avait été catapulté de son siège et se fraya un chemin pour gagner le quai. Il se coula ensuite dans la foule qui remontait vers la rue. Peu après, il émergeait des entrailles de la cité et prit une série d'inspirations brèves et frémissantes, tel un nouveau-né goûtant l'air du monde dans lequel il viendrait d'être éjecté.

— Hé, monsieur, poussez-vous, s'il vous plaît, lui demanda un passant.

— Excusez-moi, bafouilla-t-il.

Puis il enfonça les mains dans ses poches, baissa la tête contre le vent et reprit son chemin.

Quand il atteignit enfin son appartement, il était sur le point de hurler. Il inséra sa clé dans la serrure d'une main tremblante et, après avoir claqué et verrouillé la porte derrière lui, traversa le logement sans prêter attention à la poussière ni aux couverts sales et se rendit dans sa chambre. Là, il actionna l'interrupteur et sa folie apparut en pleine lumière. Caitlin était partout présente dans la pièce : sur les murs, au plafond et même sur le sol que jonchaient des bouts et des morceaux d'elle. Seul le lit avait été épargné.

Buddy ôta manteau et gants, qu'il laissa tomber par terre. Il retira ensuite ses chaussures, puis le reste de ses vêtements et se retrouva nu. Indifférent au tas d'habits qui s'entassaient à ses pieds, il s'étendit sur le lit et tira les couvertures sur sa tête. Dormir. Il avait juste besoin de dormir un peu. Après, tout irait bien…

— Je suis là, mère… juste à côté de toi.

— Il faut que ça cesse, Buddy. Il faut que ça cesse.

Il plaqua les mains sur ses oreilles. Il n'en pouvait plus de l'entendre répéter cela. Depuis un mois, jour après jour, elle le suppliait de mettre un terme à ses souffrances… Le cancer qu'elle avait si longtemps combattu avait eu raison de ses résistances et de son espoir. Les tumeurs formaient de gros nœuds sous sa peau ; leur poison s'insinuait dans ses organes vitaux et grignotait ses forces à chacune de ses inspirations. A moins de lui mettre le canon d'un revolver sur la tempe, il ne restait plus qu'à attendre son décès. Et, ô Seigneur… il avait beau adorer sa mère, il l'attendait comme une délivrance.

Cette pensée lui donnait des remords qui le détruisaient, lui aussi, petit à petit. Elle était la seule personne qui l'ait jamais aimé. Elle lui avait presque tout sacrifié pour qu'il n'ait pas honte de leur pauvreté devant ses camarades d'école. Et voilà qu'il n'avait même pas le cran d'exaucer son vœu d'en finir avec l'existence ? Comment pouvait-il se montrer aussi lâche ?

Elle toussa et se mit à gémir.

Il la regarda en retenant son souffle et en priant le ciel pour que celui qu'elle venait d'inspirer soit le dernier. Hélas, comme toujours, sa prière ne fut pas entendue.

Elle laissa échapper un hoquet de douleur, ses doigts se crispèrent sur le drap…

Buddy posa sa tête sur le matelas à côté d'elle et ferma les yeux.

— Pitié, supplia-t-il. Pitié, Seigneur, c'est trop. Elle ne peut pas en supporter davantage… et moi non plus.

— Monsieur… ça ne va pas ? Vous avez besoin de quelque chose ?

Une infirmière se tenait près du lit. Il ne l'avait pas entendue entrer.

— Non… non. Je n'ai besoin de rien.

L'infirmière lui sourit gentiment et tapota le bras de sa mère.

— Elle n'est pas dans un de ses meilleurs jours, n'est-ce pas ?

« Un de ses meilleurs jours » ? Buddy la dévisagea durement. Pourquoi diable ne lui lâchait-on pas carrément la vérité ? Pour l'amour du ciel, sa mère était en train de mourir ! Pourquoi ne lui disait-on pas simplement : « Votre mère n'en a plus pour longtemps » ?

— Elle souffre, articula-t-il.

— Le médecin lui a déjà donné la dose maximale.

— Je sais.

L'infirmière soupira.

— Il faut prendre son mal en patience…

Et elle pensait le soulager avec ses lieux communs ? Une seule minute de plus serait encore une minute de trop, songea-t-il. Mais il s'abstint de l'exprimer tout haut.

— Sonnez-moi en cas de besoin, ajouta l'infirmière avant de quitter la pièce.

La mère de Buddy geignit. Il se leva brusquement et alla se camper devant la fenêtre pour ne plus voir sa chair blême et dévastée.

— Buddy est un bon garçon.

Ces mots le transpercèrent comme un coup de couteau dans le dos. Au-delà des murs de l'hôpital, la nuit était si obscure que le retour du soleil semblait presque improbable. Il commençait à neiger. Il détestait le froid. Quand le printemps serait revenu…

Quand le printemps serait revenu, sa mère reposerait dans un cercueil par six pieds sous terre. Son printemps à elle s'était enfui. Elle était dans l'hiver de son existence — son dernier hiver — et celui-ci ne se terminerait jamais trop tôt pour lui.

— J'ai mal, Buddy. Guéris-moi d'un bisou.

Il se retourna vers elle, les traits déformés par l'angoisse, et se rapprocha du lit. L'odeur de la mort planait tout autour de la malade. Il se pencha vers elle et, honteux de retenir son souffle, déposa sur sa joue un baiser bref et léger.

Ce simple contact parut avoir un effet magique. Dès que sa mère sentit ses lèvres, elle cessa aussitôt de s'agiter. Sa respiration se calma, ses doigts relâchèrent le drap et tous les muscles de son corps se détendirent.

Il eut un soupir déchirant.

— Je t'aime, mère.

Elle ouvrit soudain les yeux. Interloqué, il recula d'un pas.

— La douleur… Libère-moi de la douleur.

— Je ne peux pas, murmura-t-il. Tu n'as pas le droit de me demander ça.

Elle cilla et des larmes perlèrent au coin de ses yeux.

— Mon fils…

— Oui, je suis ton fils.

— Fais plaisir à ta maman…

La décision naquit alors en lui, non à la manière d'une révélation brutale et aveuglante, mais comme une lente et fatale résignation au geste ultime qu'il pouvait, qu'il devait accomplir pour elle, pour la paix de son âme.

Tout son être se coupait progressivement du monde extérieur tandis qu'il prenait un mouchoir dans la boîte posée sur la table de chevet et le roulait en boule dans ses mains.

— Ferme les yeux, chuchota-t-il.

Sa mère lui obéit, et il appliqua le mouchoir contre ses narines en veillant à ne presser aucune partie de son visage qui risquerait ensuite d'en garder une trace. Puis il recouvrit sa bouche de son autre main et attendit que tout fut terminé.

A sa grande surprise, elle se cabra sous son étreinte. Il aurait plutôt cru qu'elle demeurerait tranquille, il aurait tant voulu que la chose se fasse comme naturellement — comme dans un film… Mais il estima que ces soubresauts étaient seulement dus à l'instinct de survie. Ne faisait-il pas ce qu'elle n'avait cessé de lui demander ?

Ses petits doigts fluets se refermèrent autour de son poignet, leurs ongles fragiles s'enfonçant profondément dans sa chair. Il tint bon néanmoins et continua à l'étouffer.

Subitement tout fut fini. Les doigts de sa mère se desserrèrent et sa main retomba sur le lit. Il rangea le mouchoir dans sa poche, jeta un rapide coup d'œil à l'électrocardiographe dont l'écran affichait un signal plat et courut vers la porte.

— Infirmière ! Infirmière ! s'écria-t-il en se ruant dans le couloir. Venez vite. Ma mère ne respire plus !

Enfer et damnation. Il neigeait toujours. Seigneur, comme il détestait le froid… Le froid et la neige. Surtout la neige. Il y en avait partout le jour de l'enterrement de sa mère.

Son estomac gargouillait… Il s'habilla sommairement et gagna la cuisine pour manger un morceau.

Le réfrigérateur était pratiquement vide. Après une rapide inspection des placards, il comprit que, s'il désirait satisfaire sa faim, il allait devoir commander des plats ou aller en acheter dehors… Tout à coup, la perspective de passer une nouvelle nuit solitaire dans cet appartement lui parut insupportable. Se hâtant de retourner dans la chambre, il entreprit de s'habiller pour sortir. Par curiosité, il alluma le système de surveillance et écouta un instant le contenu de la bande en cours d'enregistrement. Rien. Caitlin et son gorille devaient dormir. Il coupa les haut-parleurs et se pencha en avant pour enfiler ses bottes. Quand il aurait le temps, se promit-il, il écouterait toutes les bandes. Pour l'heure, il souhaitait seulement manger.

A un moment, il s'immobilisa et releva la tête en croyant entendre des grattements dans le mur. Puis, la mémoire lui revenant, il esquissa un sourire. Ce n'était pas le rat — ça, il en était sacrément sûr. Il avait envoyé cette satanée bestiole à Caitlin. Un retour à l'envoyeur, en somme. Caitlin n'était-elle pas le rat qui hantait les murs de son existence ?

Ce ne fut qu'après être sorti de l'immeuble qu'il songea à consulter sa montre. Il était presque minuit. S'il se dépêchait il pourrait peut-être atteindre le Dubai's Market avant l'heure de fermeture… Il partit au petit trot.

Dix pâtés de maisons plus loin, il eut un « Ouf » à la vue de la boutique encore allumée. Il avait déjà l'impression de sentir dans sa bouche le goût du sandwich au pastrami et au pain de seigle. A son grand désarroi, alors qu'il était encore à un demi-pâté de maisons de l'épicerie, la devanture de cette dernière fut soudain plongée dans le noir. Avisant une femme qui sortait de la boutique, le dos tourné à la rue, il courut vers elle.

— Attendez ! s'écria-t-il. Attendez !

Angela Dubai se retourna et prit peur en voyant un homme se précipiter vers elle dans l'obscurité.

Elle se retourna aussitôt vers la porte qu'elle venait de fermer pour la déverrouiller et trouver refuge à l'intérieur du magasin. Son cœur battait de plus en plus fort à ses tympans à mesure que le bruit de pas se rapprochait. Elle réussit enfin à pousser le loquet et se rua dans l'épicerie, mais avant qu'elle ait eu le temps de claquer le battant derrière elle, une main s'abattit sur son épaule. Elle hurla et, faisant volte-face, se jeta poings en avant sur l'inconnu.

Buddy la frappa sans réfléchir. Elle tomba à terre, l'anneau des clés encore accroché à son doigt. Buddy fut surpris de la voir s'effondrer ainsi.

— Pauvre idiote. Je voulais juste un sandwich.

Il ramassa ensuite les clés et referma la porte.

Sa victime demeurait étendue à ses pieds, le cou tordu selon un angle bizarre. Il comprit qu'elle était morte.

— C'est entièrement ta faute, marmonna-t-il avant de la tirer le long de l'allée centrale pour l'éloigner de la vitrine.

Alors qu'il l'entraînait dans les profondeurs de la boutique, la lueur d'une veilleuse tomba sur son visage. Il la reconnut aussitôt pour l'avoir souvent rencontrée dans l'épicerie. C'était la fille du propriétaire. Elle s'appelait Angie ou Agnes, quelque chose comme ça. Ses cheveux sombres mi-longs s'étaient échappés du foulard qu'elle avait noué autour de sa tête avant de sortir…

A force de la contempler, l'esprit encore embrumé par son cauchemar, il en vint à la confondre avec Caitlin.

— Caitlin ? Qu'est-ce que tu fais là ? Je n'arrête pas de te tuer… Tu n'as rien à faire sur cette terre !

Dans un brusque accès de rage, il sortit son couteau et tailla da le visage de la jeune femme. Le cœur de celle-ci s'étant arrêté, ses plaies ne laissèrent suinter qu'un mince filet de sang.

— Je voulais seulement un sandwich, répéta-t-il avant d'essuyer son couteau sur le manteau de sa victime et de le remettre dans sa poche comme si rien ne s'était passé.

Il parcourut tranquillement les allées pour prendre un peu de pain, de la viande et un pack de six bières. Puis il sortit du magasin et en referma la porte. Un peu plus loin, il jeta les clés dans une bouche d'égout et reprit son chemin.

Caitlin se réveilla en sursaut, les yeux écarquillés de terreur, et se découvrit blottie dans les bras de Mac. Tout lui revint aussitôt à la mémoire, depuis son invite éhontée jusqu'au moment où ils s'étaient retrouvés tous les deux dans son lit. Peu désireuse d'affronter les conséquences de son acte, elle demeura immobile pour ne pas réveiller Mac et s'efforça de mettre un peu d'ordre dans ses idées.

Mais le plus gênant n'était pas là. Ce qui l'embarrassait le plus, c'était que cette expérience lui avait ouvert les yeux sur un aspect totalement nouveau de sa personnalité. Elle devait en effet admettre que, durant toutes ces années, elle n'avait cessé de se mentir à elle-même et que, loin de détester le demi-frère d'Aaron, elle était éprise de lui. Dieu seul savait depuis combien de temps elle éprouvait ces sentiments à son égard... Sans doute depuis le début.

Inconsciemment, elle avait substitué du dédain au désir, sachant qu'elle n'était pas son type de femme. Seigneur, pensa-t-elle en soupirant silencieusement, elle aurait dû continuer de garder ses distances avec lui. Hélas, comment l'aurait-elle pu, alors qu'il avait décidé de devenir son garde du corps ?

Ou plutôt non, se corrigea-t-elle, ce n'était pas lui qui l'avait décidé mais Aaron. C'était sa faute si Mac habitait aujourd'hui sous le même toit qu'elle. Elle aurait très bien pu engager elle-même un professionnel. Ce n'était pas l'argent qui lui manquait. D'ailleurs, elle était pratiquement persuadée que ce jeu du chat et de la souris auquel se livrait son tourmenteur pouvait continuer indéfiniment.

Tiraillée ainsi entre le souvenir du plaisir partagé et l'embarras dans lequel la plongeait la situation présente, elle passa un long moment à réfléchir sans aboutir à aucune solution.

A la fin, elle jeta un coup d'œil au réveil et constata qu'il était 2 heures du matin passées de quelques minutes. Mieux valait repenser à tout cela après avoir pris un peu de repos. Pivotant dans les bras de Mac, elle se pelotonna contre sa poitrine, rassurée par sa présence — même si elle savait celle-ci éphémère.

Elle ne tarda pas à se rendormir. Et à rêver.

Caitlin retint son souffle dans l'attente de la réponse de son père, espérant que cette dernière serait différente de la précédente.

Devlin Bennett releva les yeux des notes qu'il était en train de jeter sur le papier et considéra sa fille avec irritation. Il attendait un appel imminent et n'avait plus que quelques minutes pour se préparer à l'entretien.

— Ecoute, Caitlin, je t'ai déjà dit ce que j'en pensais la semaine dernière et je n'ai pas changé d'opinion depuis. Ce jeune homme n'est tout simplement pas de notre rang. Tu peux comprendre ça, tout de même, non ?

Caitlin, dont les yeux se mouillaient, retint ses larmes. Devlin détestait la voir pleurer, or elle avait besoin de s'attirer ses bonnes grâces pour obtenir gain de cause. S'il lui interdisait de se rendre au bal de fin d'année avec Charlie, elle était sûre d'en mourir.

— Son père possède sa propre compagnie d'assurances, lui rappela-t-elle.

— Une compagnie au bord de la faillite, répliqua-t-il.

Caitlin s'empourpra.

— Comment le sais-tu ?

— J'ai passé quelques coups de fil. Il est hors de question que je laisse ma fille se lier avec une famille d'incapables.

— Charlie n'est pas un incapable, papa, s'indigna-t-elle. Il est le premier de sa classe.

Devlin lui fit les gros yeux.

— On ne discute pas, jeune fille. Tu as entendu ma réponse.

Caitlin, immobile, fixa l'homme qui était son père. Elle l'adorait, mais il lui arrivait aussi souvent de lui en vouloir. Son obsession du standing et de la bienséance le rendait pratiquement invivable.

— Je suis occupé, ajouta-t-il sèchement.

Caitlin tressaillit comme sous l'effet d'un coup, puis redressa crânement le menton.

— Je te laisse donc à tes affaires, puisqu'elles sont si importantes, articula-t-elle avant de se ruer hors de la pièce.

Elle n'avait pas plus tôt franchi le seuil du bureau que Devlin comprenait qu'il avait commis un impair. Cependant, avant qu'il puisse la rappeler, le téléphone sonna. Partagé entre ses devoirs de père et la perspective de signer un nouveau contrat juteux, il n'hésita pas longtemps et décrocha le téléphone.

Caitlin traversa en courant la demeure paternelle sans prêter attention à l'opulence du décor. Lorsqu'elle eut enfin atteint sa chambre, elle en claqua la porte derrière elle et se jeta sur son lit où elle se mit à sangloter.

Rien ni personne ne trouvait jamais grâce aux yeux de son père. Pas même sa propre fille ! Il n'avait qu'un seul amour : celui de l'argent. De l'argent et du pouvoir…

Elle pleura ainsi jusqu'à en avoir la gorge douloureuse et les paupières si tuméfiées qu'elles se fermaient toutes seules. A deux reprises la gouvernante vint frapper à sa porte ; chaque fois elle lui cria de s'en aller. Aucune parole n'aurait pu la consoler de sa peine… Un jour tout serait différent. Quand elle serait devenue adulte, elle n'aurait d'ordre à recevoir de personne. Elle finirait bien par trouver quelqu'un qui l'aime pour elle-même et non à cause de la fortune de Devlin Bennett.

Alors elle épouserait cet homme et aurait des bébés avec lui, et elle ne serait plus jamais seule.

Caitlin s'éveilla brusquement et sentit ses joues mouillées de larmes. Elle roula sur le dos et se couvrit le visage des mains. Voilà des années qu'elle n'avait repensé à cette altercation. Pourquoi en souffrait-elle encore ? Pourquoi en pleurait-elle toujours ?

Comme elle demeurait sans bouger dans le noir, elle perçut soudain des bruits d'eau en provenance de la salle de bains et la mémoire lui revint instantanément.

« Mac ! »

Ils avaient fait l'amour. Et avec quelle tendresse, quelle ardeur, quelle passion ! Elle en avait été ébranlée jusqu'au tréfonds d'elle-même et se sentait à la fois purifiée et emplie d'un bien-être qu'elle n'avait jamais connu jusqu'alors.

Etait-ce donc ce qu'on ressentait quand on tombait amoureux ? Devait-elle interpréter ainsi ce revirement du cœur qui la poussait aujourd'hui à chérir l'homme qu'elle détestait naguère ? Mais qu'éprouvait-elle au juste pour lui, à part une immense gratitude pour la générosité qu'il avait montrée en ne la repoussant pas ? Etait-elle réellement en train de s'éprendre de Connor McKee ou leurs étreintes de la veille au soir n'étaient-elles qu'un contrecoup de la tension qui les avait opposés l'un à l'autre ?

Elle ferma les yeux pour mieux savourer les souvenirs de la nuit passée. Elle ignorait comment nommer les émotions qui la chaviraient mais elle ne pouvait en nier la réalité. Connor lui faisait du bien — beaucoup de bien. Il lui avait donné un sentiment de sécurité, lui avait apporté de la joie. Seigneur, songea-t-elle, si seulement il était plus constant…

11.

Elle trouva la solution à ses problèmes au milieu de sa douche matinale. Une solution si simple qu'elle s'étonna de ne pas y avoir pensé plus tôt. Evidemment, elle allait mettre ainsi sa vie en danger, mais en danger, sa vie l'était déjà. Et puis, si elle avait raison et arrivait à pousser son tourmenteur à sortir de l'ombre, cela vaudrait bien quelques heures d'angoisse supplémentaires.

Pressée de mettre son plan à exécution, elle sortit de la cabine, se sécha et s'habilla en quatrième vitesse. Sans plus d'apprêt qu'un coup de peigne pour discipliner ses cheveux humides, elle enfila un peignoir, une paire de chaussettes chaudes ainsi que des chaussons et courut au téléphone.

— Le petit déjeuner est presque prêt, lui annonça Mac.

— Je passe un coup de fil et j'arrive…

Elle s'installa à son bureau. Ce ne fut qu'en entendant la sonnerie retentir à l'autre bout de la ligne qu'elle pensa à regarder l'heure. Elle s'aperçut alors que Kenny ne se rendrait pas à son travail avant au moins une heure. Elle raccrocha donc avant que le répondeur ne s'enclenche et composa le numéro personnel de son attaché de presse. Il répondit à la troisième sonnerie. Aux bruits de mastication qui résonnèrent dans l'écouteur, elle comprit qu'elle avait interrompu son petit déjeuner.

— Kenny, c'est moi, Caitlin.

Au lieu de la saluer avec chaleur, comme à son habitude, il garda le silence. Elle soupira. Il devait être furieux contre elle. Et il n'avait pas tort.

— Merci pour les chocolats que tu m'as apportés l'autre jour.

Il émit un vague grommellement.

— Tu sais que ce sont mes préférés, ajouta-t-elle.

— Je t'en prie. Tu as besoin de quelque chose ?

— Oui, mais tu dois me jurer de garder le secret.

Kenny avala si rapidement sa bouchée qu'il manqua s'en étrangler. Un secret ? Juste entre eux deux ? Voilà qui lui plaisait. Voilà qui lui plaisait même beaucoup.

— Quel genre de secret ?

Caitlin jeta un coup d'œil par-dessus son épaule pour s'assurer qu'elle était toujours seule dans la pièce.

— Tu es au courant pour les lettres anonymes, la police et tout le bataclan ? dit-elle à voix basse.

— A peine, repartit-il sur un ton ironique.

— O.K., je le mérite, admit-elle. Mais ne m'en veux pas trop, Kenny. Tu n'aurais pas pu m'aider de toute façon, et au début je ne tenais pas à ce que tout le monde le sache.

— Je ne suis pas tout le monde.

— D'accord, d'accord. Je reconnais que c'était lâche de ma part. Je me disais que, si personne n'était au courant, c'était comme s'il ne s'était rien passé… Malheureusement, la situation a empiré. Le jour où tu es passé à la maison… quand la police est venue…

— Oui ?

— J'avais trouvé autre chose dans mon courrier… une chose horrible.

Kenny était maintenant franchement intrigué.

— Quoi donc ?

— Un rat… coupé en morceaux, avec une photo de moi et un message disant que, la prochaine fois, ce serait mon tour.

— Caitlin ! J'ignorais totalement que c'était devenu aussi grave. Je suis navré… vraiment navré.

— Ce n'est pas tout. Hudson House avait également reçu des lettres anonymes, dont une menace de bombe. J'étais terrorisée, Kenny. Tu me comprends, n'est-ce pas ?

Elle l'entendit soupirer et devina qu'elle l'avait attendri.

— Oui, dit-il. Aussi bizarre que cela puisse paraître, je trouve ça assez logique. Bon, que puis-je faire ?

— Je veux que tu informes discrètement la presse que je suis harcelée par un cinglé. Que les médias sachent que j'ai été hospitalisée à la suite d'une tentative de meurtre.

— Hein ? s'exclama Kenny, effaré, d'une voix suraiguë. Pourquoi ?

— Eh bien, les journalistes voudront alors m'interviewer et…

— Mais tu n'aimes pas donner des interviews ! Tu me reproches tout le temps de t'en organiser trop. Tu ne vas quand même pas te servir de toute cette histoire pour vendre plus de livres ? Ça ne ressemblerait pas à la Caitlin que je connais, ça.

Il s'interrompit pour pouffer.

— Ça ressemblerait plus à moi !

Caitlin s'esclaffa.

— C'est toi qui l'as dit. Bon, si je veux que les médias soient au courant, c'est pour qu'à l'occasion des entretiens qu'ils ne manqueront pas de me réclamer, je puisse humilier en public ce malade mental.

— Au risque de le pousser à bout ? Tu ne crains pas qu'il te saute dessus pour de bon, ce coup-ci ?

— Je ne le crains pas, je l'espère. J'en ai plus qu'assez de trembler pour ma vie. Je veux mettre un terme à cette comédie, une bonne fois pour toutes.

— Doux Jésus, Caitlin, il n'est pas question que je prête la main à ça. Et s'il te tuait ? Je me le reprocherais jusqu'à la fin de mes jours.

— Kenny, il a déjà tenté de me tuer. Quitte à risquer ma peau, autant que ce soit en essayant de la sauver, non ?

Il y eut une nouvelle et longue pause à l'autre bout de la ligne. Puis Kenny se remit à soupirer. Caitlin se mordit la lèvre inférieure dans l'attente de sa décision.

— Kenny ?

— Très bien, très bien. Je me charge de tout. J'ai juste quelques coups de fil à donner. Ça devrait passer dans tous les médias d'ici ce soir. Tiens-toi prête.

— Merci, Kenny. Je te revaudrai ça.

— Contente-toi pour l'instant de faire attention à toi. Hulk est au parfum ?

— Hulk ? Qui est-ce ?

— Un personnage de bandes dessinées gros, laid et vert. Et, accessoirement, le malabar qui te colle à la peau comme la sale verrue qu'il est. Alors, est-il informé de cette… tactique, oui ou non ?

— Il finira bien par le savoir. Bon, il faut que je te laisse. Je compte sur toi, Kenny. On se rappelle.

— A tes ordres, princesse, conclut-il d'une voix traînante avant de raccrocher.

Caitlin soupira à son tour en songeant qu'il faudrait sans doute à Kenny bien plus que de simples remerciements pour oublier sa rancœur. Elle ne pouvait cependant se laisser arrêter par de telles considérations. Elle avait mis son projet en branle et c'était tout ce qui importait.

Ce fut d'une démarche légère qu'elle se rendit ensuite dans la cuisine. Elle avait peur, certes, mais elle se réjouissait en même temps d'avoir repris un tant soit peu la main. Après tout, elle n'était pas la fille de Devlin Bennett pour rien ! Elle devrait quand même être capable de se débarrasser d'un sale petit pervers qui s'amusait à la rendre chèvre.

Mac se tourna vers elle comme elle pénétrait dans la pièce.

— Tu m'as l'air bien contente de toi, remarqua-t-il.

Elle le gratifia d'un grand sourire.

— Grâce à toi, répliqua-t-elle timidement.

Elle l'embrassa sur la joue, puis avisa le plat qu'il était en train de préparer.

— Miam ! fit-elle. Des crêpes.

Mac lui rendit son sourire, heureux de constater qu'elle ne semblait nullement gênée par le souvenir de leurs étreintes.

— Oui, des crêpes. Quant à ce qui s'est passé cette nuit, crois-moi, tout le plaisir était pour moi.

— Pas tout le plaisir, non, rectifia-t-elle avec un air mutin.

— Ravi de l'apprendre. Pour ta peine, tu auras droit à autant de crêpes que tu veux.

Elle éclata de rire.

Ils s'assirent à table pour déguster tranquillement leur petit déjeuner, un peu embarrassés tout de même par le tour nouveau qu'avaient pris leurs relations. Caitlin n'en savoura pas moins ce moment de paix et de détente. Le soir venu, plus rien ne serait pareil. En un sens, cela la rendait triste. Connor McKee n'était pas du genre à se caser, mais il n'était pas exclu qu'il change… et si cela arrivait, elle pourrait bien accepter de tomber amoureuse de lui.

Ils passèrent sous le ruban gardant des curieux le lieu du crime et se dirigèrent vers la boutique où avait été découverte la dernière victime.

— Ouais, et toujours pas le moindre petit bout de piste, renchérit Paulie.

Sal aperçut, au-delà des policiers en uniforme, une femme qui sortait du bâtiment.

— Hé, Booker ! la héla-t-il. Attendez un peu.

La jeune assistante du légiste s'arrêta à mi-chemin de sa voiture.

— Dites donc, lança-t-elle à l'inspecteur, vos gars se tournent les pouces ou quoi ? C'est le troisième meurtre commis par la même personne.

— Merci, grommela Sal. Vous venez de répondre à ma question.

— Quelle question ? s'enquit Angela Booker.

— Celle que j'allais vous poser. Si vous pouvez avancer qu'il s'agit du même meurtrier, je suppose que c'est parce qu'elle porte au visage des coupures identiques à celles des précédentes victimes ?

— Exact, et elle était déjà morte au moment où elle les a reçues. Cela dit, à la différence des autres, elle n'a pas été violée.

— Vous en êtes sûre ?

— Elle porte encore tous ses vêtements et je ne pense pas qu'elle ait été violée et rhabillée ensuite. En tout cas, ce n'est pas le modus operandi habituel de notre tueur. J'en saurai plus quand on l'aura amenée au labo.

— Vous croyez qu'il s'agit d'un imitateur ?

Angela haussa les épaules.

— C'est vous les flics, mais l'hypothèse est difficilement tenable. A ma connaissance, les journaux n'ont toujours pas révélé que nous avions affaire à un meurtrier en série. Je ne vois donc pas qui d'autre que lui-même serait en mesure de savoir comment il procède.

— Ouais, c'est vrai, admit Sal tout en tapant des pieds pour se réchauffer. Envoyez-moi une copie de votre rapport dès que vous l'aurez terminé, d'accord ?

— Entendu, dit la légiste avant de rejoindre sa voiture.

Sal jeta un coup d'œil à Paulie.

— Finissons-en, lui dit-il.

Ils pénétrèrent dans le bâtiment et enregistrèrent la configuration des lieux. Ils repérèrent bientôt, dans le fond de la boutique, un homme âgé qui pleurait à chaudes larmes.

— Qui est-ce ? demanda Sal au policier en uniforme posté devant la porte.

— Le propriétaire. Ari Dubai. Il a découvert le corps ce matin en venant ouvrir l'épicerie. C'est sa fille.

— Et elle, elle s'appelait comment ?

— Angela Dubai.

Sal hocha la tête.

— Où se trouve le corps ?

— Dans l'allée 3, répondit le policier.

Une fois contournée la tête de gondole, ils découvrirent deux employés de la morgue en train d'empaqueter le corps.

— Hé, minute, les gars ! dit Sal. Laissez-moi jeter un coup d'œil.

— C'est pas beau à voir, le prévint l'un d'eux.

— La mort n'est jamais belle, dit Sal tout en abaissant la fermeture à glissière du sac pour dégager le visage de la femme.

Comme les autres, en effet, une double entaille en forme de croix l'avait défigurée.

— Le fils de garce, grommela l'inspecteur tout en continuant à baisser la glissière pour vérifier que, conformément aux dires d'Angela Booker, la victime n'avait pas été violée.

Ses vêtements étaient froissés et tachés de sang mais ne semblaient pas lui avoir été enlevés puis remis ensuite.

— Paulie ?

Le coéquipier de Sal opina.

— Ouais, je pense aussi que c'est le même type.

Sal referma le sac et adressa un hochement de tête aux employés de la morgue.

— Je vous la rends. Prenez bien soin d'elle.

— Allons parler au père, suggéra Paulie. Peut-être aura-t-il quelque chose d'intéressant à nous dire.

Le vieil homme était assis dans un fauteuil dans un recoin du magasin, les épaules voûtées, le visage caché dans les mains.

Sal lui toucha le dos.

— Monsieur Dubai ?

Le père de la victime releva la tête.

— Je suis l'inspecteur Amato, se présenta Sal. Et voici mon coéquipier, l'inspecteur Hahn. Nous aimerions vous poser quelques questions.

— Moi aussi, j'ai quelques questions à vous poser, répliqua Ari Dubai, les yeux remplis de larmes et le menton frémissant. J'ai entendu un de vos collègues dire que d'autres femmes étaient mortes de la même façon que mon Angela.

En son for intérieur, Sal maudit la grande gueule des patrouilleurs. Ils ne pouvaient donc pas tenir leur langue, pour une fois ?

— Eh bien, pas exactement, commença-t-il. Tant que nous n'avons pas le rapport du médecin légiste, nous ne pouvons affirmer avec certitude…

— Y a-t-il eu d'autres femmes qui ont eu le visage coupé comme ma fille, oui ou non ? l'interrompit le père d'Angela.

Sal ne pouvait pas mentir — pas à cet homme.

— Oui.

— Combien ?

— Deux, monsieur, mais…

Le vieil homme se leva.

— La presse n'en a jamais parlé.

— Nous avons préféré ne pas alarmer les citoyens avant de…

Ari Dubai se redressa. Ses yeux sombres dardaient comme des éclairs de rage et de souffrance.

— Si j'avais appris l'existence de cette menace, jamais je n'aurais laissé ma fille fermer seule la boutique. Je suis vieux, mais je suis encore un homme. Je…

Sa voix se brisa.

— Ce n'est pas normal qu'un parent survive à son enfant. Non, ce n'est pas normal.

— Non, monsieur, compatit Sal. Ecoutez, je suis désolé, mais il faut que je vous pose certaines questions.

Le père d'Angela tressaillit, puis se laissa retomber dans le fauteuil.

— Quand avez-vous parlé à votre fille pour la dernière fois ? demanda Sal.

— Hier soir, au téléphone, juste avant qu'elle ferme le magasin. Il devait être minuit. On était resté ouvert tard à cause des vacances.

— Je vois. Et que vous a-t-elle dit ?

— Eh bien, qu'elle allait mettre la recette de la journée dans le coffre et qu'on se reverrait demain… Enfin, je veux dire aujourd'hui.

— Elle n'habite pas chez vous ?

— Non. Elle a… elle avait son propre appartement à quelques rues d'ici.

— Et ici, il ne manque rien ? Le coffre a-t-il été forcé ?

— Non, non, il est intact. En revanche, le bac à viande était ouvert. Il n'y avait rien d'autre d'anormal…

Sa voix se brisa de nouveau.

— Mon bébé… mon pauvre petit bébé…

Sal jeta un coup d'œil à Paulie puis reporta son attention sur le père de la victime.

— Le bac à viande ? répéta-t-il.

Le vieil homme poussa un soupir frémissant.

— Oui, c'est un réfrigérateur horizontal avec des portes coulissantes… Une d'entre elles avait été repoussée. Je ne peux pas croire qu'Angela ait oublié de la refermer. Toute la viande est gâtée, maintenant. Jamais elle n'aurait fait une chose pareille.

Il se remit à pleurer.

— Mais qu'est-ce que j'en ai à fiche, hein ? De la viande perdue, c'est rien du tout. Ma petite fille n'est plus là…

Paulie serra le bras de Sal et désigna le plafond du menton. Sal suivit la direction de son regard et, comprenant ce que lui montrait son coéquipier, écarquilla les yeux.

— Monsieur ? Vous avez un système de vidéosurveillance à l'intérieur de l'établissement ?

— Ouais, mais il n'y a que la caméra de devant qui marche. J'avais prévu de faire réparer celle-là… Avec les vacances et tout, je n'ai pas eu le temps.

— Toutefois vous en avez bien une qui fonctionne ?

L'épicier hocha la tête.

— Oui. Celle près de la porte.

— Nous autorisez-vous à prendre la bande ? Peut-être pourrons-nous en tirer des indices susceptibles de nous aider à identifier le meurtrier de votre fille.

— Oui, oui, répondit Ari Dubai. Tout ce que vous voulez pourvu que vous arrêtiez ce monstre.

Il alla dans la réserve et en revint un instant plus tard avec une cassette vidéo.

— Tenez, dit-il. L'heure et la date sont incrustées en bas de l'image.

— Merci, monsieur Dubai. Vous nous avez été d'une grande aide.

Comme les deux inspecteurs s'apprêtaient à repartir, le vieil homme saisit Sal par le poignet.

— Arrêtez cet homme. Arrêtez-le vite… avant qu'il s'en prenne à une autre femme.

— Oui, monsieur. C'est bien notre intention.

En laissant le commerçant dans le fond de sa boutique, Sal Amato regretta de ne pouvoir abandonner de la même façon ses remords derrière lui.

— Ça n'aurait jamais dû arriver, grommela-t-il.

— Rien de tout cela n'aurait jamais dû arriver, repartit Paulie. Cela dit, ce n'est pas notre faute si toutes ces femmes sont mortes.

— Non, mais ça le sera si leur assassin continue à tuer sans que nous puissions l'en empêcher.

— Peut-être la cassette va-t-elle nous fournir un début de piste.

— Ouais, peut-être. Dieu sait que nous en aurions bien besoin…

— Tiens, voilà Neil et Kowalski…

— Ah, bien. Le lieutenant nous a permis de mettre tout le monde sur le coup ; ces deux-là vont pouvoir interroger le voisinage.

— Paraît qu'il y a eu encore une victime ? s'enquit J. R. en rejoignant Amato et Hahn avec Trudy.

— Ouais, il semblerait, répondit Sal.

— « Il semblerait » ? En quoi ce cas-ci est-il différent des précédents ? demanda Trudy Kowalski.

— La victime porte les mêmes entailles au visage que les deux autres, mais d'après Booker, elle n'aurait pas été violée.

Trudy haussa les épaules.

— C'est que ce salaud n'en avait pas envie. Une fois sur deux, c'est ce qui arrive aussi à mon bonhomme.

Ils sourirent. Il était connu dans la brigade que le mari de Trudy, Mick, était un peu trop porté sur la bouteille.

— Bon, vous restez là à bayer aux corneilles ou vous nous donnez un coup de main ? dit Sal.

— On attend vos ordres, repartit J. R.

— Visitez les bâtiments alentour. Vérifiez si personne n'a vu ou entendu quelque chose de suspect vers minuit.

— C'est l'heure du décès ?

— Peut-être. Posez toujours la question et notez ce qu'il en sort.

— Compris, acquiesça Neil avant de désigner la cassette que tenait Sal. C'est quoi ?

Sal afficha un sourire carnassier.

— Il y avait une caméra en fonctionnement dans la boutique. La roue tourne peut-être enfin en notre faveur.

J. R. considéra une seconde la cassette, puis releva les yeux vers Sal.

— Ça nous changerait, hein ? Cette femme a eu de la déveine, hier soir, mais si ça se trouve, c'est notre jour de chance, aujourd'hui.

Sal fit la grimace.

— On peut seulement l'espérer. Bon, on se retrouve au poste.

Neil et Kowalski hochèrent la tête et s'éloignèrent. Au terme d'un bref échange, ils se séparèrent pour quadriller le voisinage.

— Il n'est pas si mauvais que ça, dit Paulie en revenant avec Sal vers leur voiture.

— Qui ça ?

— Neil.

— Bah ! Je n'ai jamais dit qu'il était mauvais. Je n'aime pas ses cheveux, c'est tout.

Paulie eut une moue amusée.

— Parce que tu trouves qu'il en a beaucoup trop par rapport à toi ? Encore heureux que je ne mesure qu'un mètre soixante-deux ! Autrement je me retrouverais moi aussi sur ta liste noire.

Sal le gratifia d'un grand sourire.

— Mais non. Tu es bien trop laid pour que je sois jaloux de toi.

Paulie s'esclaffa.

Peu après, ils reprenaient le chemin du poste, impatients de visionner la cassette. Malheureusement la circulation était dense et, lorsqu'ils furent enfin à destination, le désordre le plus complet régnait dans les locaux du commissariat. Une coupure d'électricité avait duré juste assez longtemps pour mettre en berne les ordinateurs ; l'enregistrement des arrestations avait été suspendu et deux fourgonnettes de la compagnie d'électricité étaient garées devant l'immeuble.

— Diable, marmonna Sal en se rangeant devant le poste. Qu'est-il arrivé ?

Les deux hommes descendirent de voiture, et Sal apostropha un collègue inspecteur qui s'apprêtait à monter dans la sienne.

— Hé, Murphy, qu'est-ce qui se passe ?

— Plus de jus, répondit l'interpellé. Le courant est revenu mais c'est encore le boxon à l'intérieur. Les ordinateurs sont plantés et une demi-douzaine de suspects dont on enregistrait les arrestations ont profité de l'obscurité pour essayer de filer.

— Je croyais qu'on avait un générateur de secours pour prévenir justement ce genre de situation.

L'inspecteur eut une grimace comique.

— Le lieutenant le croyait aussi. Il est furax et des têtes risquent de tomber… Si vous devez aller le voir, arborez votre plus beau sourire. Il tuerait sa mère pour un cookie trop cuit.

Sal échangea un regard avec Paulie et tapota la cassette vidéo dans sa poche.

— On a peut-être là de quoi lui rendre sa bonne humeur.

— Ou peut-être pas, tempéra Paulie. Mieux vaut ne pas vendre la peau de l'ours avant de l'avoir tué.

— Ouais. Tu as raison.

Ils se dépêchèrent d'entrer dans le bâtiment pour échapper au froid. Comme les en avait prévenus Murphy, l'intérieur du poste était plongé dans le chaos. Entre les réparateurs et toutes les personnes — criminels, flics et victimes — qui fréquentaient d'ordinaire les lieux, on ne s'y retrouvait plus.

Une fois parvenus devant le bureau du lieutenant, ils marquèrent une pause. Puis, sur un signe de tête d'Amato, Paulie frappa à la porte.

— Qu'est-ce que c'est ? s'exclama une voix tonitruante.

Après avoir levé ensemble les yeux au ciel, les deux inspecteurs pénétrèrent dans la pièce.

— Lieutenant, nous revenons à l'instant du lieu du crime, annonça Sal. Le légiste est presque sûr que la victime retrouvée dans l'épicerie a été tailladée à coups de couteau par la même personne que celle qui a tué les deux premières femmes, Dorian et Polanski.

— Comment ça « presque » ? rugit Franconi qui avait vécu une matinée trop agitée pour supporter les subtilités rhétoriques de ses subordonnés.

— Le légiste doute que cette victime-ci ait été violée.

Franconi frappa son bureau du plat de la main et se leva de son fauteuil.

— Je ne veux pas des doutes, bon Dieu ! hurla-t-il. Je veux des réponses. Si le légiste a raison, alors le meurtrier a frappé une troisième fois, point barre. Autrement dit, nous avons affaire à un tueur en série, et nous savons tous ce qu'amène ce genre de saloperie : des imitateurs. Bon sang, je déteste les assassins copieurs. Et je déteste aussi tous ces barjos qui se pointent après coup pour s'accuser des crimes d'un autre pour la simple raison qu'ils n'ont pas le cran de reconnaître la futilité de leur propre existence !

Il s'interrompit pour prendre son bureau à deux mains et, se penchant en avant, reprit la parole d'une voix à peine moins forte.

— Après ça, je ne vais pas y couper, il va falloir que je me tape les journalistes, et je n'ai strictement rien à leur dire sinon que des femmes meurent l'une après l'autre dans notre district et que nous ne savons toujours pas pourquoi.

Amato sortit la cassette vidéo de la poche de son manteau et la tendit à son supérieur.

— Peut-être trouverez-vous l'inspiration là-dedans.

— Qu'est-ce que c'est ?

— La bande filmée par le système de vidéosurveillance du magasin, le soir du crime.

Franconi lui arracha l'objet des mains.

— Pourquoi ne pas me l'avoir montrée plus tôt ?

Le lieutenant traversa le bureau à grandes enjambées en direction de la télévision.

Amato et Hahn croisèrent mentalement les doigts en le regardant allumer l'appareil et le magnétoscope puis insérer la cassette dans le lecteur.

— Prenez un siège et voyons ce que nous avons là, leur ordonna Franconi.

Les yeux fixés sur l'écran, ils retinrent leur souffle tandis que le lieutenant enfonçait la touche Play.

Une heure et demie plus tard, ils visionnaient toujours la bande lorsque Neil et Kowalski frappèrent à la porte et entrèrent à leur tour dans le bureau.

— C'est la cassette que vous avez récupérée à l'épicerie ? s'enquit Neil.

— Ouais, venez ici et fermez la porte, dit Franconi.

J. R. et Trudy obtempérèrent.

— Vous avez vu quelque chose d'intéressant ? demanda Trudy.

— Jusqu'à présent, non, répondit Sal avant de désigner les chiffres en bas de l'écran. Mais on approche de l'heure de fermeture. Vous voyez ? Il est 23 h 45.

Neil posa une fesse sur l'angle du bureau du lieutenant. Sa coéquipière, elle, s'installa sur la dernière chaise restante.

— D'après le légiste, le meurtre aurait eu lieu aux environs de minuit, c'est ça ? s'enquit-il.

— Absolument, repartit Sal. Tiens, elle commence à ranger. Elle a pris l'argent de la caisse et l'a déposé dans un sachet en plastique… Bon, la voilà qui sort du champ de la caméra.

— Manquait-il de l'argent ? voulut savoir Kowalski.

Sal secoua la tête.

— Non. Tout était encore dans le coffre quand son père est arrivé à l'épicerie ce matin.

— Regardez, intervint Paulie. Elle est en train de passer le chiffon sur le bac à viande. Là, les portes sont fermées, mais son père a bien dit qu'il en avait trouvé une ouverte, n'est-ce pas ?

Sal fronça les sourcils.

— Ouais, c'est vrai. Peut-être… Ah, non, elle s'éloigne.

Il se renfrogna de plus belle.

— Ça n'a pas de sens. Tiens, elle met maintenant son manteau et ses gants. Elle range un portefeuille dans sa poche. Et… vous pigez ce qu'elle fait, là ? Oh, j'ai saisi : elle téléphone.

— Son vieux nous a dit qu'elle l'avait appelé juste avant la fermeture, lui rappela Paulie. Ça doit être à ce moment-là.

Sal pointa un doigt vers la télévision.

— Elle va vers la porte… Peux pas voir son visage, juste sa nuque. Quelle idée, aussi, de pointer l'objectif de la caméra sur la caisse plutôt que sur la porte !

— Ça se comprend, répliqua Franconi avec un reste d'humeur. C'est généralement la caisse que les voleurs piquent dans les magasins, pas la porte.

— Je sais, je sais, concéda Sal. Mais on ne va pas être beaucoup avancés si tout ce qui se passe devant la porte reste caché.

— Ce n'est pas encore fini, maugréa le lieutenant.

Sur l'écran, la jeune femme éteignit les néons, ne laissant allumées que les veilleuses. Puis il n'y eut plus rien d'autre à voir que les allées du magasin, les boîtes de conserve sur les rayons et l'éclat des phares d'une voiture qui passait dans la rue.

Soudain Angela Dubai réapparut, la bouche ouverte sur un cri silencieux. Trudy émit un hoquet de stupeur quand une main d'homme surgit brusquement dans le champ de la caméra pour attraper la jeune femme par le col de son manteau. Le visage de cette dernière se tourna vers l'objectif quand son agresseur la fit pivoter sur elle-même. Puis elle se mit à frapper ce dernier avec des gestes désordonnés.

— Seigneur, murmura Kowalski. Elle a dû avoir la trouille de sa vie.

— Le voilà ! s'exclama Paulie. Le voilà ! On l'a !

Hélas, l'homme était de dos et tous scrutèrent avidement l'écran en priant le ciel pour que l'assassin présente à son tour son visage à la caméra.

— Tourne-toi, bougre de salopard, grogna Sal. Allez… montre-nous donc ta sale gueule.

Son souhait ne fut pas exaucé. Ils ne distinguèrent de l'homme que l'arrière de son crâne et ses épaules. Il n'y avait rien d'insolite chez lui, aucun signe particulier qui aurait pu permettre de le distinguer des millions d'autres hommes habitant la cité.

Ils le virent porter le coup fatal à sa victime qui s'effondra par terre, puis prendre celle-ci par les pieds et la tirer de l'autre côté de la gondole garnie de boîtes de conserve.

— Non ! s'écria Sal. C'est pas possible !

Ils contemplèrent avec horreur le rayon de l'épicerie, sachant ce qui devait se passer de l'autre côté à ce moment-là.

Une minute s'écoula, puis une deuxième et une troisième. Ils pensaient que tout était terminé quand le meurtrier traversa l'espace compris entre la tête de gondole et l'objectif de la caméra.

— On ne peut toujours pas voir son visage, gémit Sal. On ne peut toujours pas voir le visage de ce fils de garce !

— Attendez ! s'exclama Trudy. Revenez en arrière. Il a quelque chose sur lui.

Franconi enfonça la touche Rewind puis pressa de nouveau la touche Play. L'homme réapparut.

— Stop ! dit Trudy.

Le lieutenant appuya sur Pause.

Ils étudièrent l'image en silence.

Paulie bondit sur ses pieds, les faisant tous sursauter.

— Le bac à viande ! C'est lui qui l'a laissé ouvert. Cette ordure a pris de quoi se confectionner un casse-croûte ! Là, dans sa main droite, c'est un paquet de pain en tranches et, sous son bras, ce machin blanc qui dépasse, je parie que c'est le papier dans lequel il s'est tranquillement emballé un bifteck.

Le lieutenant remit la cassette en route.

— Vous avez raison, Hahn. Et là, dans son autre main, c'est pas un pack de six bières qu'il se trimballe ?

Neil se leva du bureau, le regard vide, les traits figés.

— Il l'a tuée et a pris des provisions… ou bien est-il venu à l'épicerie pour acheter des provisions et l'a-t-il tuée ensuite, sans en avoir eu l'intention au départ ?

Les autres le dévisagèrent comme s'il avait perdu l'esprit.

— Que voulez-vous dire ? s'enquit le lieutenant Franconi.

— Sal a bien précisé qu'elle n'avait pas été violée, n'est-ce pas ?

Amato opina.

— Le légiste en doute.

— Par conséquent… cela rend ce cas un peu différent des autres, d'accord ?

— Oui, mais…

— Pas de mais, répliqua Neil. Réfléchissez un instant. Pourquoi a-t-il opéré différemment ? Toutes les autres fois, c'était une question de pouvoir et de domination. Il est celui qui détient la force, donc il tue. Et il doit y avoir chez les victimes quelque chose qu'il déteste, alors il les viole en signe ultime de mépris.

Franconi se redressa à son tour.

— Continuez, Neil.

Ce dernier se frotta le menton du gras du pouce avec un air pénétré.

— Donc, reprit-il après quelques secondes de réflexion, cette fois-ci il ne l'a pas violée. Pourquoi ? Peut-être désirait-il simplement s'acheter de quoi manger. Peut-être le désir de tuer ne lui est-il venu qu'après coup. Allez savoir… On ignore toujours ce qui déclenche chez lui la pulsion meurtrière. Ses motivations nous sont inconnues. On l'a seulement vu tuer cette femme. Cependant, après, il a pris de la nourriture. Première différence. Par ailleurs, les deux homicides précédents ont eu lieu dans des endroits retirés, n'est-ce pas ? Or celui-ci s'est déroulé dans une boutique, pratiquement en public. Deuxième différence. D'accord, c'était l'heure de la fermeture, mais la devanture donne malgré tout sur la rue — une rue passante, on l'a vu sur la cassette, et bien éclairée, qui plus est. J'en conclus qu'il n'a pas agi par préméditation. C'est arrivé comme ça, c'est tout.

Franconi le considéra un moment puis hocha lentement la tête.

— Ça se tient, reconnut-il. Vous êtes dans la brigade depuis… quoi ? Un an ? Eh bien, voilà qui prouve que la valeur n'attend pas le nombre des années…

Neil parut touché par le compliment du lieutenant mais se garda d'exprimer sa satisfaction. Il connaissait la chanson : le respect, dans ce boulot, ça se méritait.

— Bon, qu'est-ce qu'on fait, maintenant ? demanda Sal.

— Je vous veux tous sur le coup, répondit Franconi. Fouillez-moi le passé de cette Angela Dubai. Il doit y avoir entre les trois victimes un lien qui nous échappe encore.

— Très bien, acquiesça Sal. Je n'ai franchement pas envie de voir une autre femme massacrée comme ça ni d'avoir à annoncer à d'autres parents que leur fille a été détaillée comme une pièce de boucherie.

— C'est Amato qui continue à diriger l'enquête, précisa Franconi. Vous prenez vos ordres de lui et lui les prend de moi, pigé ?

Les quatre inspecteurs hochèrent la tête puis quittèrent ensemble la pièce.

— Quelle est la suite du programme ? s'enquit Neil une fois qu'ils furent rassemblés dans le bureau d'Amato.

— Angela Dubai, repartit ce dernier. Trouvez-moi tout ce que vous pourrez sur elle, depuis l'adresse de son pressing jusqu'au nom de ses relations. Etait-elle mariée ? Fiancée ? Vous connaissez le topo. Paulie et moi allons relire de notre côté les dossiers des deux précédents homicides, au cas où on aurait loupé quelque chose.

J. R. se tourna vers sa coéquipière.

— On pourra abattre plus de boulot si on part chacun de notre côté, lui dit-il. Tu t'occupes du père. Essaie de savoir si sa fille n'avait pas une bonne copine. Les jeunes femmes confient plus volontiers leurs aventures sentimentales à leurs bonnes copines qu'à leur papa.

— Et toi, tu fais quoi ? dit Trudy.

J. R. se retourna vers Sal.

— Les Dubai sont catholiques. Je pensais commencer par aller m'entretenir avec le curé de leur paroisse. Je doute qu'il me révèle quoi que ce soit, mais il pourra au moins me préciser si Angela lui avait lâché ou non un gros morceau à la confession ces derniers temps.

— Bien vu, approuva Sal. Pendant que vous y êtes, épluchez aussi ses finances. Ça ne donnera peut-être pas grand-chose mais on n'a pas encore fouillé de ce côté-là.

Trudy fronça les sourcils.

— Ce n'est pas en tuant ses débiteurs qu'on récupère son argent, d'habitude

Sal haussa les épaules.

— A moins qu'il ne s'agisse d'une manœuvre d'intimidation qui aurait mal tourné… Souvenez-vous de ce qu'a dit le lieutenant : il ne faut négliger aucune piste.

Sur ce, ils se séparèrent et se mirent au travail, conscients d'être pressés par le temps et de n'être pourtant guère plus avancés qu'auparavant dans leur enquête.

12.

Ce fut à 16 h 15 que le téléphone de Caitlin commença à sonner. Elle ne prit pas la peine de décrocher (après tout, les répondeurs n'étaient pas faits pour les chiens), plongée qu'elle était dans l'écriture de son roman. Quand elle écrivait, elle oubliait tout. En l'occurrence, elle oubliait que Mac se trouvait aussi dans l'appartement et que, par ailleurs, elle avait demandé à Kenny de divulguer ses mésaventures à la presse…

Ses pensées s'attachaient à son héroïne. Bon, se disait-elle, comment une femme ne mesurant pas plus d'un mètre cinquante-sept serait-elle capable de… ?

— Caitlin !

Le rugissement la fit sursauter et perdre le fil de ses réflexions. En soupirant, elle sauvegarda le paragraphe qu'elle venait d'écrire, se leva et sortit de son bureau d'une démarche irritée, dans la ferme intention de signifier à Connor McKee que, lorsqu'un écrivain était aux prises avec les affres de la création, il ne devait être dérangé qu'en cas de troisième guerre mondiale. Elle avait parcouru la moitié du couloir quand elle prit conscience que son apparence ne lui permettrait pas d'être entendue avec tout le sérieux espéré. Ses cheveux sombres étaient attachés en un chignon flapi sur le sommet de son crâne et les deux parties de son survêtement n'allaient pas ensemble. Le haut était gris, le bas orange, et les oreilles de ses chaussons-peluches marron en forme de chiots — cadeau d'Aaron au Noël précédent — ballottaient à chacun de ses pas.

— Vous criâtes ? s'enquit-elle ironiquement en pénétrant dans le séjour.

Le visage de Mac était livide et ses yeux flamboyants de colère.

— Sais-tu qui vient de téléphoner ?

La mémoire revint aussitôt à la jeune femme. « Oh-oh, songea-t-elle, la rumeur s'est répandue… » Elle secoua la tête en espérant que Mac ne percerait pas son mensonge.

— C'était un reporter du *Times*, poursuivit-il.

— Je suis interviewée à la sortie de chacun de mes livres. Je ne vois pas où est le problème.

Mac jeta le téléphone sans fil sur le canapé et étouffa un juron.

— Le problème ? C'est plus grave qu'un simple problème, Caitlin. Le reporter voulait t'interroger sur les lettres de menaces que tu as reçues et obtenir confirmation de ta récente hospitalisation à la suite d'une tentative de meurtre.

— Eh bien…

— C'est tout ce que tu trouves à dire ?

Elle haussa les épaules.

— Il était à prévoir que ça se sache un jour ou l'autre.

— Pourquoi ? Je n'en ai pas dit un mot à quiconque. Et ce n'est certainement pas Aaron qui a cafté. Je ne vois vraiment pas qui…

Il s'interrompit brusquement et plissa les paupières d'un air suspicieux. Caitlin se mordit la lèvre inférieure et se mit à tirer sur le bas de son sweater.

— Et tu lui as répondu quoi ? demanda-t-elle.

— Que tu n'étais pas disponible.

— Merci. Je suppose que c'est la meilleure conduite à adopter pour le moment.

— Tu le supposes ?

— Eh bien, je pense qu'à terme, il faudra bien que je leur concède…

— Non… A terme, tu ne feras rien du tout.

— Mais…

Mac la prit par les épaules et dut se retenir de la secouer.

— Caitlin !

— Tu me fais mal.

— Non, je ne te fais pas mal, et tu le sais très bien. Regarde-moi.

Elle redressa le menton et s'efforça de ne pas avoir l'air coupable en croisant son regard.

— Pour ta gouverne, articula-t-elle, je te signale que je désapprouve ton attitude.

Il jura de nouveau à mi-voix.

— Et pour ta gouverne à toi, je t'avouerai franchement que je te crois bien moins innocente que tu le prétends.

— Je ne joue pas à ces petits jeux-là, répliqua-t-elle.

Les traits de Mac s'adoucirent. Il la prit dans ses bras et la serra étroitement contre lui.

— Tant mieux, Caitie, car ce n'est pas un jeu. C'est une affaire extrêmement grave.

Elle se blottit contre lui tout en regrettant in petto d'être responsable de ses inquiétudes. Avait-elle commis une erreur ?

— Je dois appeler les inspecteurs qui s'occupent de ton dossier, reprit-il. Il faut qu'ils soient mis au courant de ce nouveau développement.

— Mais…

— Pas de mais, jeune dame. Peut-être vont-ils enfin daigner t'accorder leur protection.

— Je n'ai pas besoin d'autre protection que toi.

A ces mots, Mac sentit son cœur se dilater de joie, puis se serrer d'anxiété.

Seigneur, se dit-il, tout cela devenait de plus en plus effrayant ! Non seulement il avait fini par tomber amoureux de la femme impossible sur laquelle il avait juré de veiller, mais désormais la vie de cette dernière était, littéralement, entre ses mains. Il avait besoin de renforts. De gros renforts avec de gros fusils… Il soupira et lui donna un bref câlin avant de l'embrasser sur le front.

— J'appelle quand même l'inspecteur Neil.

Caitlin se posa dans le fauteuil le plus proche. Tout se déroulait comme elle l'avait prévu — sauf qu'elle ne s'attendait pas à en éprouver du remords. Se renfonçant dans le fauteuil, les mains croisées sur les genoux, elle regarda Mac décrocher le combiné.

Il pivota vers elle et, l'ayant toisée de la tête aux pieds, réprima un sourire tandis que les premières sonneries résonnaient à l'autre bout de la ligne. En cet instant, il aurait été bien malaisé de deviner l'étendue de sa fortune, tant elle ressemblait au mannequin d'un fripier… Seul un homme éperdument amoureux comme lui pouvait la trouver séduisante, dans cette tenue !

— Où diable as-tu déniché ces chaussons ? s'enquit-il comme on tardait à répondre à son appel.

— Dans ma cheminée, le Noël dernier. Pour toutes réclamations, adresse-toi à ton frère.

Mac leva les yeux au ciel, puis se retourna brusquement : on décrochait.

— J'ai besoin de parler à l'inspecteur Neil, annonça-t-il.

— Il est en mission, repartit une voix féminine. Je peux vous passer quelqu'un d'autre, si vous le désirez.

Mac fronça les sourcils.

— Sa coéquipière, l'inspecteur Kowalski, serait-elle là, par hasard ?

— Non plus.

— Ecoutez, c'est très important. Vous n'avez aucun moyen de leur transmettre un message ?

— Si, mais je ne peux pas vous dire quand ils…

— Peu importe, la coupa Mac. Nous allons venir au poste.

— Mais, monsieur, je…

Mac raccrocha et pointa l'index en direction de Caitlin.

— Change de vêtements. On sort en ville.

Caitlin écarquilla les yeux.

— Mais…

— Je dois aller au commissariat, et il n'est pas question que tu restes ici toute seule, alors, s'il te plaît, va t'habiller. Et vite. Je n'ai pas envie qu'on se retrouve bloqués dans les bouchons des heures de pointe.

— C'est toute la journée l'heure de pointe à New York, répliqua Caitlin tout en se levant du fauteuil.

— Caitlin…

Elle comprit au ton de sa voix qu'il ne plaisantait pas.

— Ça va, j'y vais, grommela-t-elle.

Elle songea soudain que cette virée impromptue au poste pouvait servir ses plans.

Il n'était pas impossible, en effet, que quelques journalistes rôdent autour de l'immeuble et guettent sa sortie. Si tel était le cas, elle aurait là l'opportunité qu'elle attendait. Pressée d'en finir, elle changea rapidement de tenue et choisit un gros pull bleu, un pantalon de laine noire ainsi que des bottes de Cosaque montant jusqu'aux genoux pour protéger ses mollets de la neige qui encombrait toujours les rues.

Elle détacha ensuite ses cheveux dont elle aimait sentir le poids et la tiédeur effleurer ses épaules. Enfin, après s'être appliqué un peu de crème hydratante sur le visage pour le préserver du froid et un trait de rouge claquant sur les lèvres, elle s'estima parée à affronter son destin.

— Je suis prête, dit-elle en revenant dans le séjour.

Les lèvres de Mac firent le mouvement de siffler, sans produire aucun son.

— Tu es magnifique.

— Euh, merci… Tu n'es pas trop mal non plus.

Il se rembrunit.

— Tiens, enfile ton manteau, lui ordonna-t-il d'une voix bourrue. Un taxi nous attend en bas.

Elle obtempéra tout en le suivant jusqu'à l'ascenseur. Mac avait l'air de plus en plus soucieux.

— Qu'est-ce qui ne va pas ?

— Rien.

Il mentait. En fait, il venait juste de se rendre compte combien il était aberrant d'imaginer qu'une personne du rang de Caitlin Bennett puisse jamais s'éprendre d'un homme comme lui. Il était d'une classe sociale nettement inférieure à la sienne… Certes, ils avaient couché ensemble, mais au jour d'aujourd'hui cela ne tenait plus guère lieu d'engagement. Il devait bien l'admettre, ça ne pouvait pas marcher. Le clash était inévitable — et cette idée ne le rendait pas seulement triste, elle le faisait souffrir.

Ils ressortirent de la cabine sans dire un mot. Ce silence ne dura pas… Dès qu'ils furent dehors, trois personnes se ruèrent vers eux en criant le nom de Caitlin.

Stupéfait, Mac s'avança pour s'interposer entre eux et Caitlin tout en repoussant celle-ci à l'intérieur du hall de l'immeuble.

— Attendez ! s'écria une femme. S'il vous plaît, mademoiselle Bennett. Nous aimerions recueillir vos déclarations au sujet du harcèlement dont vous seriez actuellement victime.

— Mac, dit Caitlin, ce sont des journalistes. Il faut que je leur parle. Plus vite ils auront leur papier, plus vite ils me laisseront tranquille.

— On ne bouge plus ! s'exclama Mac en braquant son index vers le trio.

Puis il pivota sur lui-même, coinçant la jeune femme entre lui et les portes vitrées du hall.

— Je n'aime pas ça, grommela-t-il.

— Et moi je n'aime pas être le souffre-douleur d'un cinglé. Tu ne sais pas ce que ça fait, de trembler chaque fois qu'on sonne à la porte. J'ai même peur en ouvrant mon courrier, pour l'amour du ciel. Il faut que tout cela finisse, et si parler à ces journalistes peut nous aider, alors je suis prête à tenter le coup.

— C'est toi qui as alerté la presse, n'est-ce pas ? demanda Mac à voix basse, l'air lugubre.

Elle refusa de lui répondre et se faufila sous son bras pour rejoindre les journalistes.

— Avant de dire quoi que ce soit, puis-je voir vos cartes ?

Les trois reporters produisirent des documents prouvant qu'ils travaillaient pour les trois principaux quotidiens de la ville. Caitlin hocha la tête.

— Vous pouvez poser vos questions.

Ce fut la femme qui commença.

— Mademoiselle Bennett, est-il vrai que vous ayez reçu des lettres de menaces ?

— Oui, c'est vrai.

— Avez-vous une idée de l'identité de leur auteur ?

— Non, mais je sais que c'est une personne au caractère infantile et lâche.

— Pourquoi ça ?

— Ces lettres sont rédigées dans un style mélodramatique et écrites à l'encre rouge, avec des petites gouttes de sang sous chaque mot, comme dans les plus mauvais films d'horreur d'Hollywood. Récemment, ce correspondant anonyme en est venu à découper des rongeurs et à m'en adresser les morceaux. C'est là, à mon avis, le comportement typique d'un adolescent dérangé. Je ne trouve pas ces envois effrayants mais simplement répugnants.

Elle entendit Mac inspirer sèchement et serra les dents.

L'un des hommes se lança à son tour.

— Nous avons cru comprendre que vous avez été récemment hospitalisée à la suite d'une agression d'un de vos lecteurs. Est-ce exact ? Est-ce que cette cicatrice que vous portez au-dessus de l'œil est une séquelle de cet incident ?

— Aux deux questions, ma réponse est oui.

— Vous n'avez pas eu peur à ce moment-là ?

— Du camion qui m'a heurtée, si. De ce pitoyable individu, non. Il était trop lâche, je le répète, pour m'affronter en face et a dû se contenter d'une bourrade dans le dos, comme un enfant en crise.

Le troisième journaliste s'avança.

— Avez-vous pu le voir ? La police l'a-t-elle identifié ?

— Non, je ne l'ai pas vu. L'incident est survenu à un carrefour où attendaient beaucoup de piétons. J'ai été délibérément poussée sous les roues d'un camion qui approchait de l'intersection. Seuls les réflexes du chauffeur m'ont sauvé la vie. Quant à la police, elle poursuit son enquête. C'est tout ce que j'avais à vous dire. Maintenant, si vous voulez bien m'excuser, nous avons un rendez-vous.

— Merci, mademoiselle Bennett.

— Je vous en prie, répondit-elle avant de se diriger vers le taxi, laissant Mac planté sur le trottoir.

Celui-ci finit par lui emboîter le pas. Quand il la rejoignit à l'arrière du véhicule, son silence n'augurait rien de bon, pas plus que le coup d'œil dont il la gratifia avant d'aboyer leur destination au chauffeur.

— Mac ?

Il ne daigna même pas la regarder.

Elle soupira.

— Je n'avais pas le choix.

Il se tint coi.

— Bon sang, Connor, c'est ma vie. J'ai quand même le droit de prendre toute seule les décisions qui me concernent, non ?

— Effectivement, admit-il. Aucun contrat ne nous lie et tu n'es nullement obligée de me demander la permission de mettre ta vie en danger.

— Mais, Mac…

— Le mal est fait, Caitlin. Il va maintenant falloir en assumer les conséquences. J'espère seulement que le cinglé qui te harcèle n'a pas la tête trop près du bonnet, parce que autrement ce n'est pas un simple cadavre de rat que tu risques de recevoir dans ton courrier.

Cette perspective donna la chair de poule à la jeune femme. Cependant elle se ressaisit bien vite. Devlin Bennett, lui, aurait su affronter cette situation sans trembler. Elle était sa fille. Elle saurait se montrer digne de lui.

Dix minutes plus tard, ils arrivaient au commissariat. Mac paya le chauffeur du taxi, puis ouvrit la portière à Caitlin. Il lui prêta ensuite son bras pour l'aider à traverser le trottoir verglacé. Bien que le ciel fût gris et couvert, aucune nouvelle chute de neige n'était prévue — pour le moment, du moins.

Comme ils pénétraient dans le poste, ils furent frappés par la chaleur ainsi que par la confusion qui y régnaient. Une SDF s'était attribué un coin du sas et le planton de service ignorait charitablement sa présence. Caitlin vit Mac la regarder au passage, puis la dévisager de nouveau alors qu'ils s'étaient arrêtés de l'autre côté du sas pour se repérer. Sur leur droite, le fonctionnaire préposé à l'enregistrement des arrestations s'efforçait d'établir la fiche d'un voleur à la tire tandis que la victime de ce dernier, une dame âgée, piaillait sur l'un et sur l'autre en réclamant la restitution de son sac à main.

— Où allons-nous ? s'enquit Caitlin.

— Je l'ignore, mais je vais bientôt le savoir, dit Mac avant de la prendre par la main pour l'entraîner vers le comptoir de la réception.

Le sergent, qui ne savait plus trop où donner de la tête, posa à peine les yeux sur eux.

— Vous désirez ?

— Parler à l'inspecteur Neil ou à l'inspecteur Kowalski.

— Ils ne sont pas là, répondit le policier. Laissez vos coordonnées et ils vous rappelleront.

— Non.

La sécheresse du ton employé par Mac leur valut enfin l'attention pleine et entière du sergent.

— Non ? Comment ça, non ? Non, vous ne voulez pas laisser vos coordonnées, ou non, vous ne voulez pas qu'ils vous rappellent ?

— Non aux deux, répliqua Mac. Ecoutez, sergent. J'ai été dans les forces de l'ordre d'Atlanta pendant près de dix ans, alors je connais la musique. Neil et Kowalski sont actuellement en train d'enquêter sur des faits relatifs à cette dame, Caitlin Bennett, et il est impératif qu'ils soient informés des nouveaux développements survenus dans cette affaire.

Le sergent afficha un air franchement intéressé.

— C. D. Bennett, la romancière ?

Caitlin se glissa devant Mac et salua le policier.

— J'ai lu tous vos bouquins, déclara le sergent. J'ai même le dernier ici. Regardez…

Caitlin sourit en le voyant plonger la main sous la banque pour en sortir un exemplaire de *Sur le fil*.

— Ça vous dérangerait de me le dédicacer ? s'enquit-il avant de lui présenter le livre sans même attendre sa réponse.

— Non. J'en serai au contraire enchantée, sergent, repartit Caitlin. Quel est votre petit nom ?

Le policier faillit en rougir.

— Walter.

Il l’observa avec attention pendant qu’elle signait la page de garde. Dès qu’elle lui eut rendu l’ouvrage, il s’empressa de le rouvrir pour lire tout haut la dédicace.

— « Au sergent Walter Blum, en remerciement de son aide. »

La jeune femme se pencha alors par-dessus le comptoir, son plus beau sourire aux lèvres.

— N’y a-t-il personne… vraiment personne susceptible de nous recevoir en l’absence de l’inspecteur Neil ? roucoula-t-elle. C’est très important.

— Oui, madame, je comprends bien. Euh, donnez-moi juste une minute. Je vais voir qui est là.

Caitlin se retourna vers Mac et tapota le devant de son manteau.

— Il va voir qui est là, lui annonça-t-elle sur un ton suave.

— J’ai entendu, marmonna Mac, bien forcé de se résigner à voir un autre homme succomber à son charme.

Il se consola quelque peu en pensant que celui-là, au moins, était assez âgé pour être le père de la jeune femme.

En attendant son retour, il examina encore une fois la vieille femme qui se tenait dans le sas. Il y avait quelque chose en elle qui…

— Mademoiselle Bennett ? s’enquit le sergent.

— Oui ? dit Caitlin.

— L’inspecteur Amato vous attend. Vous le trouverez au premier, deuxième porte à gauche.

— Merci, sergent Blum, vous nous avez été d’un grand secours.

— Tout le plaisir a été pour moi, mademoiselle Bennett. Vous êtes géniale, vous savez.

— Et vous, vous avez bon goût.

Caitlin s'éloigna de la banque. Comme elle se dirigeait vers l'escalier, elle prit soudain conscience que Mac n'était plus derrière elle, et se figea.

— Mac, qu'est-ce que… ?

Elle se retourna et, d'abord, ne le vit pas. Enfin elle l'aperçut de l'autre côté de la porte vitrée, en train de parler à la vieille femme devant laquelle ils étaient passés en entrant. Il avait la tête penchée vers elle et une main posée sur son épaule. L'insistance avec laquelle il s'exprimait était aussi visible que le désarroi qui se peignait sur le visage de son interlocutrice. Puis, sous les yeux de Caitlin, il se mit à fouiller dans sa poche et en sortit ce qui semblait être des billets et de la monnaie. Quand il déposa le tout dans la main de la SDF, Caitlin ne put retenir une larme.

Mac venait de lui apparaître sous un autre jour, et sa conduite soulevait en elle une bouffée de tendresse qui la prenait de court. Elle détourna les yeux, honteuse de n'avoir pas eu une seule pensée généreuse à l'égard de cette personne démunie alors qu'elle-même possédait tant. Lorsqu'elle regarda de nouveau dans la direction de la vieille dame, celle-ci avait disparu et Mac revenait vers elle.

Il s'arrêta au pied de l'escalier. Il avait les yeux un peu trop brillants et une légère rougeur colorait ses joues.

— Désolé de t'avoir retardée, dit-il.

Caitlin ne prononça pas un mot. Elle prit simplement son visage entre ses mains et l'embrassa sur la bouche.

— Hé, m'dame, je peux être le suivant ?

Caitlin interrompit leur baiser à contrecœur pour reporter son attention sur le jeune présomptueux en uniforme qui venait de lui adresser la parole.

— Non, répliqua-t-elle avant de monter les marches.

Cette fois-ci, Mac lui emboîta le pas.

— Note bien que je ne m'en plains pas, dit-il une fois atteint le premier palier, mais que me vaut cet honneur ?

Caitlin leva les yeux vers lui.

— La noblesse de ton comportement.

— Je n'ai absolument rien de noble.

— Je crois que la vieille dame de tout à l'heure ne serait pas d'accord avec toi, repartit-elle tranquillement.

Mac détourna la tête.

— C'est une ancienne institutrice.

— Je m'étonne qu'elle ait eu le temps de t'en apprendre autant. D'ordinaire, les sans-abri n'aiment pas trop parler d'eux.

— Elle n'a pas eu besoin de me le dire. La première année où je suis venu habiter ici avec Aaron… c'était *mon* institutrice.

— Oh, Mac…

Caitlin soupira.

— La vie est bien triste, tu ne trouves pas ? ajouta-t-elle. Je me demande comment elle a fini par échouer sur le pavé. Peut-être devrions-nous la retrouver. Je pourrais…

— Non, dit Mac. J'ai déjà essayé. Elle n'a plus que sa fierté, Caitie, et je ne veux pas lui prendre ça en plus. Elle a une sœur à Erie, en Pennsylvanie. Peut-être utilisera-t-elle cet argent pour se rendre là-bas en car.

— Combien lui as-tu donné ?

Il haussa les épaules.

— Tout ce que j'avais sur moi. Ça devait faire dans les quatre cents dollars. C'est toi qui vas devoir payer le taxi pour le retour.

— Avec joie. Et j'estime que tu mérites plus qu'un baiser.

Il la dévisagea et ne put s'empêcher de caresser des désirs auxquels il savait ne pas avoir droit.

— Ce n'est que partie remise. Dès que nous serons chez toi, nous trouverons bien un moyen…

Elle lui décocha une bourrade dans le bras.

— Ne gâche pas ce moment, McKee. Bon ! Allons voir ce sieur Amato et rentrons vite à la maison…

Il était en train d'épingler sur le mur la photographie de la troisième à côté des deux autres quand un coup fut frappé à la porte. C'était un collègue inspecteur.

— Hé, Amato. Blum nous envoie des personnes qui désireraient te parler.

— A quel sujet ? s'enquit Sal.

— Tu n'auras qu'à le leur demander, repartit l'homme avant de retourner à son bureau en laissant la porte entrouverte et Mac et Caitlin plantés sur le seuil.

Légèrement contrarié par cette interruption, Sal jeta sur la table les punaises qu'il tenait à la main et se plaqua un sourire sur le visage.

La lumière se fit lentement en elle, telle une image apparaissant peu à peu dans le bain du révélateur. La forme de leur tête… la longueur et la couleur de leurs cheveux… parfois même certains de leurs traits…

Elle avait le sentiment de contempler un reflet brouillé d'elle-même. Puis elle étudia les clichés pris sur les lieux des crimes, en particulier les gros plans des visages, et remarqua une autre ressemblance qui manqua lui faucher les jambes.

« C'est impossible. Par pitié, Seigneur, faites que je me trompe. »

Hélas, il était évident qu'elle ne se trompait pas. Son estomac se révulsa et la pièce se mit à osciller autour d'elle. Dans sa panique, elle tendit le bras pour se raccrocher à Mac — mais ses genoux se dérobèrent. La dernière chose qu'elle vit fut l'expression atterrée de Mac tandis qu'elle glissait vers le sol.

Caitlin gémit. On lui passait un objet froid sur la figure… Elle perçut des murmures étouffés non loin d'elle.

— Caitie… ma chérie… tu m'entends ?

Elle avait la langue pâteuse et les oreilles qui sifflaient. Quand elle ouvrit la bouche, elle eut l'impression que ses paroles montaient du fond d'un tonneau. Elle battit des paupières et ouvrit les yeux.

— Mac ? Qu'est-ce que… ?

— Merci, mon Dieu, dit-il en écartant le mouchoir humide qu'on lui avait prêté. Tu t'es évanouie.

— Je ne me suis pas évanouie.

Mac leva la tête et fit une grimace comique à l'inspecteur.

— Elle va mieux.

— Comment vous pouvez le savoir ? lança Amato.

— Elle me contredit.

Ne se rappelant pas encore très bien ce qui lui était arrivé et mortifiée de se retrouver étendue par terre sur le dos, sous les yeux d'une demi-douzaine de personnes, Caitlin agrippa Mac par le bras.

— Aide-moi à me relever, marmonna-t-elle.

Obtempérant, il la guida vers le siège le plus proche.

— Que s'est-il passé, ma douce ? Tu avais l'air bien et, l'instant d'après, je te vois tomber dans les pommes.

— Je ne suis pas…

Elle pâlit soudain, la mémoire lui revenant. Se redressant aussitôt, elle bouscula les hommes qui l'entouraient et alla se planter devant le mur où étaient punaisées les photographies.

— Hé ! s'exclama Amato comme Mac suivait la jeune femme. Attendez un peu ! Vous n'avez pas le droit…

Aucun des deux ne l'écoutait. Lâchant un juron sonore, il les rejoignit devant le panneau d'affichage.

— Madame, vous outrepassez vos droits. Je vous somme…

Caitlin ne lui prêtait aucune attention. Plus elle contemplait les portraits, plus elle était certaine que son intuition avait été bonne. Se tournant à demi, elle interrogea Mac du regard.

— Tu ne vois donc pas ? dit-elle d'une voix vibrante d'incrédulité.

Mac la prit par le bras.

— Caitie, éloigne-toi de là. Il s'agit manifestement d'une enquête en cours sur une affaire très grave et s'y intéresser pour de simples raisons documentaires est pour le moins déplacé.

Caitlin en aurait hurlé. Dégageant brutalement son bras, elle revint vers les clichés.

— Je me fiche de mon roman ! Vraiment, tu ne remarques rien ?

Elle désigna les portraits des victimes pris avant leur mort. Si l'un d'entre eux était un agrandissement et les deux autres, à l'évidence, des clichés de studio, la similitude entre les trois n'en était pas moins saisissante.

— Que faut-il voir, à la fin ? s'impatienta Amato.

Caitlin pivota vers lui et agita la main en direction des photographies avec une frustration évidente.

— La ressemblance. Seigneur Dieu… Regardez !

Et elle alla se placer contre le mur, juste à côté du portrait de la troisième victime, face aux hommes présents dans la pièce, comme un suspect au cours d'une confrontation.

Mac fut le premier à comprendre. Les visages des trois victimes et celui de Caitlin, bien qu'ils ne soient franchement pas identiques, appartenaient tous au même type : celui de jeunes femmes minces et séduisantes aux cheveux sombres et mi-longs. Si leurs ressemblances ne lui avaient pas sauté aux yeux jusqu'à présent, c'était parce qu'il les avait considérés séparément ; voir ainsi la tête de Caitlin à côté de celle des autres femmes avait provoqué chez lui le déclic.

Les yeux de la première victime ainsi que son nez étaient presque semblables à ceux de Caitlin, même si par ailleurs la forme de ses lèvres et celle de son menton étaient différentes. La deuxième victime, pour sa part, avait exactement le sourire de la romancière. Quant à la dernière, la disposition de ses dents comme leur taille correspondaient à celles de la jeune femme. Enfin, toutes les quatre étaient coiffées de la même manière.

Son regard se déplaça ensuite de leurs portraits souriants vers les photographies qui avaient été prises sur les lieux des crimes et qui montraient les horreurs qu'elles avaient dû subir. Dans deux cas, les corps dénudés étaient étendus dans la neige, leur visage abominablement tailladé. Ces coupures présentaient la forme…

Il repensa soudain au cliché qui avait été joint au rat.

— Oh, mon Dieu. Oh, non.

— Tu le vois, toi aussi, n'est-ce pas ? s'enquit Caitlin.

Mac déglutit pour lutter contre une brusque envie de vomir et se tourna vers l'inspecteur Amato, dont il saisit rudement le bras.

— Nous avons besoin de l'inspecteur Neil.

— Il n'est pas là, répondit Amato. Et je veux savoir ce qui se passe, à la fin. J'ignore qui vous êtes, mais vous allez me fiche...

— Mademoiselle est Caitlin Bennett, l'auteur de romans policiers, l'interrompit Mac. Neil et Kowalski s'occupent de son dossier depuis bientôt une semaine. Au cours des six derniers mois, Mlle Bennett a reçu plusieurs lettres comminatoires et son éditeur une menace de bombe, toutes émanant de la même personne. La semaine dernière, quelqu'un l'a délibérément poussée sous les roues d'un camion et c'est un miracle qu'elle soit encore de ce monde. Le surlendemain, à son retour de l'hôpital, elle a trouvé dans son courrier un paquet contenant un rat découpé en morceaux et une photographie d'elle. Son visage avait été lacéré d'une croix. Au dos de cette photographie était inscrit un message la prévenant que, la prochaine fois, ce serait elle qui aurait droit au même traitement que le rat. Neil a emporté ce cliché. Il a sa place ici.

— Ecoutez, repartit Amato, je comprends ce que cette situation peut avoir de perturbant pour mademoiselle, mais je ne vois pas...

Mac le poussa au-devant de Caitlin.

— Regardez-la donc. Toutes ces femmes lui ressemblent. Et vous voyez comment ces deux-là ont été défigurées ? La photo jointe au rat montrait exactement les mêmes entailles.

Amato en resta bouche bée. Etait-ce possible ? Tenaient-ils enfin la piste qui leur manquait ? Il tenta de faire abstraction du désagrément que lui avait procuré l'intrusion du couple et d'examiner objectivement la jeune femme qui se tenait debout en face de lui. Il commença alors à comprendre ce qu'elle-même et son compagnon voulaient lui dire.

— Attendez un peu, marmonna-t-il avant de se ruer hors de la pièce.

Mac se rapprocha de Caitlin. Elle avait toujours l'air hagard et terrorisé.

— Caitie… ma chérie, est-ce que… ?

— Oh, Mac. Qu'ai-je fait ?

— Comment ça ?

— Les reporters… les journaux. Je viens de provoquer un homme qui a déjà tué trois femmes !

Il avait pour sa part oublié les journalistes. Il s'efforça toutefois de cacher sa peur, estimant superflu d'augmenter encore la panique de Caitlin.

— Tout va s'arranger. Crois-moi. Tu n'as peut-être pas envie d'entendre ça en ce moment, mais je ne veux pas te perdre, tu sais.

— Alors ne me perds pas, murmura-t-elle en enfouissant son visage contre son torse.

Peu après, Amato revenait en compagnie d'un autre homme. Mac supposa qu'il s'agissait de leur lieutenant. Il ne se trompait pas.

— Voici le lieutenant Franconi, le présenta Amato. Je lui ai rapporté votre théorie et il a pensé qu'il devrait venir en juger par lui-même.

Caitlin le regarda feuilleter le dossier préparé par J. R. Neil et en sortir un cliché taché de sang qu'il punaisa au mur à côté des trois autres.

— Mademoiselle Bennett, lui dit-il, auriez-vous l'obligeance de vous tenir au même endroit que tout à l'heure ?

Caitlin s'exécuta et guetta la réaction des trois hommes. Mac avait l'air défait. Mais elle savait qu'il la comprenait. C'était la police qu'il lui fallait surtout convaincre.

— Dieu tout-puissant, s'exclama Amato. Elle a raison.

Franconi se renfrogna.

— J'aimerais bien savoir pourquoi personne ne s'en est aperçu plus tôt. Qui diable s'occupe du dossier de cette dame ?

— Neil et Kowalski, chef. Pour être juste, il ne faut pas oublier que nous avons demandé à tout le monde de suspendre les affaires en cours pour nous aider, Paulie et moi, sur cette série de meurtres. Leurs autres enquêtes en ont souffert, c'est forcé.

— Retrouvez-les, ordonna Franconi. Amenez-les ici et essayez pour une fois de raisonner correctement, tous les quatre. Mademoiselle Bennett, au nom de mon équipe, je vous présente mes excuses. Vous pouvez être sûre qu'à partir de maintenant, tout ce que vous direz sera pris au sérieux, très au sérieux. A ce propos, si ça ne vous dérange pas, je vous demanderai de ne pas partir tout de suite. Mes inspecteurs vont avoir quelques questions à vous poser.

— Nous ne bougeons pas, assura Mac.

— Qui êtes-vous, monsieur ? s'enquit Franconi.

Avant que Mac puisse répondre, Caitlin lui prit le bras et posa la tête sur son épaule.

— Il reste avec moi, murmura-t-elle.

Franconi haussa les épaules.

— A votre guise.

Puis il pointa le doigt en direction d'Amato.

— Il semblerait qu'on tienne enfin une piste. Ne la lâchez pas.

13.

Caitlin se pencha en avant, la tête entre les mains, et fixa le plateau de la table. Une migraine atroce lui enserrait les tempes et la faim faisait gargouiller son estomac. Elle aurait juré que l'entretien durait depuis des heures et elle se sentait près de pleurer.

— Inspecteur Neil, dit-elle, pour la dernière fois je vous répète que je ne me connais aucun ennemi. Cet individu s'est mis à me harceler sans raison.

— Il y a toujours une raison, répliqua le policier.

Elle leva les yeux vers lui et le dévisagea avec un regard de biche aux abois.

— Dans ce cas, expliquez-la-moi, répliqua-t-elle d'une voix tremblante. Parce que, moi, je ne la vois vraiment pas.

Jusqu'alors, Mac avait délibérément gardé le silence. Quand il vit la jeune femme au bord des larmes, il ne put se contenir plus longtemps.

— Ecoutez, les gars, Mlle Bennett est sortie d'hôpital il y a moins d'une semaine. Voilà des heures qu'elle n'a rien mangé et, à son regard, il est patent qu'elle souffre d'une migraine carabinée. Elle a déjà répondu cent fois à toutes vos questions. Peut-être pourrait-on changer de méthode ? Vous n'avez qu'à balancer tout ce que vous savez, et on verra bien si ça lui évoque quelque chose.

J. R. se rembrunit. Il n'aimait pas le garde du corps de Caitlin, et cela se voyait.

— Je doute que…

— C'est une excellente idée, le coupa Amato. On ne vous a jamais dit que vous feriez un bon flic, McKee ?

Mac sourit. Désormais les policiers n'ignoraient rien de sa précédente carrière, ni du motif de sa présence auprès de Caitlin. Tout comme elle, cependant, ils ignoraient encore une chose : que sa loyauté envers son demi-frère avait été supplantée en son cœur par son amour pour la jeune femme.

Amato désigna du doigt son coéquipier, Paulie.

— Hé, Paulie. Va nous chercher la cassette du magasin Dubai. Il n'y a pas grand-chose à voir dessus, mais on ne sait jamais… au cas où un détail serait susceptible de rappeler un souvenir à Mlle Bennett.

— Elle est dans le bureau du lieutenant, repartit Paulie. Je reviens tout de suite.

Trudy Kowalski se pencha vers Caitlin et posa une main sur son bras.

— Je sais que c'est dur, mademoiselle Bennett, mais tenez le coup, d'accord ?

Caitlin hocha la tête.

— Avez-vous pensé à enquêter sur le passé de son père ? s'enquit Mac en regardant Neil.

Se sentant attaqué, ce dernier se tint sur la défensive.

— Nous n'avions aucune raison de supposer que cette affaire avait le moindre rapport avec son père. Les lettres proviennent à l'évidence d'un lecteur déséquilibré, or à la différence de Mlle Bennett, Devlin Bennett n'était pas un écrivain.

— D'après le criminologue que j'ai contacté, les lettres ne comportent aucune allusion au travail de Mlle Bennett et la menacent simplement d'un châtiment.

Neil rougit de colère.

— Un criminologue ? Où l'avez-vous déniché, celui-là ?

— Celle-là, corrigea Mac. Et l'endroit où je l'ai dénichée, comme vous dites, n'est autre que l'académie de Quantico, en Virginie. Un éminent membre du FBI, inspecteur. Et vous, quelles sont vos qualifications ?

Neil s'empourpra de plus belle.

— Vous avez appelé le FBI ? A notre insu ?

— Votre enquête n'avançait pas et aucun crime, à ce que je sache, n'est propriété privée. S'il devait appartenir à quelqu'un, du reste, ce serait plutôt à la victime.

Amato vint s'interposer entre les deux hommes.

— Messieurs, premier et dernier avertissement : on se calme !

Les interpellés se séparèrent de quelques pas.

— Merci, dit Sal. Et que cet incident ne se reproduise plus.

— Je ne suis pas sous vos ordres, monsieur, lui rappela Mac sèchement. Mon seul et unique objectif est la sécurité de Caitlin.

— C'est noté, acquiesça Amato. Mais vous conviendrez que nous irons beaucoup plus loin si nous ménageons nos susceptibilités respectives. Maintenant, si vous voulez bien me rapporter les conclusions de votre criminologue, je serai ravi de les entendre.

Mac opina.

— Elle tend à penser que l'expéditeur des lettres a un grief personnel contre Caitlin, qu'il doit avoir à peine la trentaine et qu'il n'a jamais été marié.

J. R. émit un reniflement moqueur et leva les mains au ciel en signe d'incrédulité.

— Ah oui ? Et comment a-t-elle pu deviner *ça ?*

— Je n'en sais rien, repartit Mac. Peut-être grâce à une tache de sauce à pizza retrouvée sur les lettres... Comment pourrais-je le savoir ? C'est elle, l'experte, pas moi.

Amato fusilla du regard Neil qui se rassit à contrecœur.

Caitlin, de son côté, avait été tellement fatiguée par les questions des inspecteurs qu'elle n'écoutait plus personne et n'avait plus qu'un seul désir : rentrer chez elle.

— Vous a-t-elle appris autre chose ? demanda Amato.

— Oui. D'après elle, Caitlin ne serait qu'un bouc émissaire chargé de la faute d'une tierce personne, expliqua Mac. Le maniaque ne viserait aucunement Caitlin en tant que telle. En d'autres termes, il ne lui a jamais rien reproché ni ne l'a désignée comme la méchante. Il se contente simplement de répéter qu'elle sera châtiée, sans révéler de quoi... Je vais vous donner les coordonnées de cet agent. Elle sera plus qu'enchantée de vous aider. Dites-lui simplement que vous appelez de ma part.

Amato hocha la tête.

— Mademoiselle Bennett, votre père avait-il des ennemis ?

Caitlin réprima l'envie d'éclater de rire.

— Un homme comme mon père doit s'en faire des centaines, sinon même des milliers au cours de son existence. Il était riche, influent et très secret.

Amato se renfrogna.

— Réfléchissez, je vous en prie. Aucun nom ne vous vient à l'esprit ?

— Inspecteur, j'ignorais pratiquement tout des affaires de mon père. Il avait élevé un mur entre son travail et nous.

— Par « nous », vous entendez vous et votre mère ?

— Oui.

— Et elle, n'en savait-elle pas plus que vous ?

— Elle est morte des années avant mon père, et je n'ai par ailleurs ni oncle, ni tante, ni cousin, ni cousine.

Elle tourna à demi la tête vers Mac et ajouta :

— Je n'ai que quelques amis très chers.

Mac faillit protester. Il ne voulait pas être son ami. Il voulait… Que souhaitait-il au juste ? Etre son amant, ça, c'était sûr. Et être aimé d'elle en retour. Mais leur relation allait-elle plus loin que ça ? Tout en la voyant assise là, devant lui, figure même de l'élégance discrète, il se rappela l'allure qu'elle avait un peu plus tôt ce jour-là, avec ses pièces de survêtements dépareillés et ces satanés chaussons en forme de chiots, et sentit sa gorge se serrer. C'était cela qu'il voulait. Elle. Pour toujours. Dans n'importe quelle tenue, de n'importe quelle humeur, pourvu qu'elle s'endorme chaque soir dans ses bras…

Et dire qu'il avait passé la majeure partie de sa vie d'adulte à se persuader qu'il n'était pas fait pour le mariage ! Voilà qu'aujourd'hui il ne désirait plus que cela — passer l'anneau au doigt de Caitlin. Qu'elle porte son nom et ses enfants. Dans cet ordre.

— Ouais, des amis, répéta-t-il.

— Et les relations de travail de votre père ? reprit Amato. N'avait-il aucun associé, aucun collaborateur susceptible de nous en dire plus sur lui ?

— Ses avocats, peut-être, Bernstein et Stella. Il n'est pas impossible qu'ils aient eu vent de faits jamais parvenus à ma connaissance.

— Personne d'autre ?

Caitlin allait répondre par la négative quand un visage surgit soudain dans sa mémoire.

— Juanita Delarosa !

— Qui est-ce ? demanda Amato.

— Elle a été la secrétaire particulière de mon père pendant plus de trente-cinq ans. Elle est partie à la retraite quand il est mort. Elle habite dans le New Jersey.

— Vous avez son adresse ?

— Je crois. Mac, veux-tu me passer mon sac ?

Ce dernier le lui tendit et la vit fouiller son contenu avant d'en extirper un petit carnet en cuir. Quelques instants plus tard, Caitlin relevait les yeux vers l'inspecteur.

— Tenez, dit-elle, la voilà.

Amato prit le carnet et nota le nom et l'adresse de la femme en question.

— S'il y a quelque chose à savoir sur mon père, ajouta-t-elle en rangeant le carnet dans son sac, c'est elle qui pourra vous le dire.

— Merci, dit Amato. Nous allons la joindre immédiatement.

Sur ces entrefaites, Paulie réapparut.

— J'ai la cassette, annonça-t-il avant de se tourner vers la télévision et d'insérer la bande dans le magnétoscope.

Mac jeta un coup d'œil à Caitlin.

— Caitie... tu penses tenir le choc ?

Elle haussa les épaules.

— J'ai le cœur au bord des lèvres et le crâne sur le point d'exploser. A part ça, tout va bien.

— Finissons-en rapidement, suggéra Mac aux policiers. il faut que je la ramène à la maison.

Neil toisa Mac d'un air courroucé, puis reporta son attention sur Caitlin. Il voyait bien lui-même combien elle était pâle et semblait mal à l'aise. Il se pencha vers elle et serra un bref moment ses mains entre les siennes.

— Je suis vraiment navré, mademoiselle Bennett. Certains moments pénibles sont parfois inévitables.

Puis il s'adressa à Mac qu'il dévisagea d'un air neutre.

— Nous vous demandons seulement quelques minutes de plus. Vous serez ensuite libres de partir. Heureusement pour vous, Mlle Dubai n'a pas mis longtemps à mourir.

Une expression atterrée se peignit sur le visage de Caitlin.

— Vous voulez dire que vous avez un enregistrement de son assassinat mais que vous n'avez toujours pas identifié son meurtrier ?

— Regardez cette cassette et vous comprendrez, repartit Paulie tout en actionnant les commandes de l'appareil.

Caitlin se redressa brusquement et trouva aussitôt Mac à son côté.

— Je suis là, lui murmura-t-il en la prenant dans ses bras.

Elle s'adossa contre lui, rassurée par sa présence et par sa force.

La bande démarra. Quand elle eut fini de défiler, Caitlin sanglotait.

— Remettez un peu avant la fin, demanda Mac.

Caitlin se couvrit le visage.

— Oh, mon Dieu, Mac, je ne peux pas supporter de…

— S'il vous plaît, insista-t-il auprès de l'inspecteur Hahn. Je crois avoir vu quelque chose. Revenez un peu en arrière.

Paulie rembobina légèrement la cassette, puis enfonça la touche Play. L'enregistrement repartit de l'instant où le meurtrier revenait dans le champ de la caméra, ses emplettes faites.

Mac bondit bientôt vers la télévision et pointa un doigt vers l'écran.

— Là ! Repassez encore une fois ce moment-là.

Kowalski fronça les sourcils.

— Je ne vois rien.

— Vous allez voir, lui assura Mac. Inspecteur Hahn ?

Paulie s'exécuta.

— Stop ! s'écria Mac.

La bande était figée sur une image qui ne montrait apparemment pas grand-chose, sinon la première des gondoles de la petite épicerie familiale, la vitrine brillamment éclairée par les phares d'une voiture qui passait alors dans la rue ainsi que, découpées en contre-jour, la nuque et les épaules de l'assassin qui se dirigeait vers la sortie.

— On ne le voit toujours que de dos, remarqua Amato.

Mac désigna la vitrine derrière la silhouette de l'homme.

— Là. Vous ne distinguez rien ?

Neil se rapprocha de l'écran pour mieux voir ce que Mac leur montrait puis, relevant la tête, arbora un sourire curieux, presque contrit.

— Eh bien, dit-il, ça m'a tout l'air d'être un reflet du visage du type.

— Où ça ? Où ça ? tonna Amato. Je ne vois rien !

— Mettez vos lunettes, lui suggéra Trudy. Maintenant que je le sais, ça me crève les yeux.

Amato sortit ses lunettes du bureau et les assujettit sur son nez.

— Saloperie, grommela-t-il bientôt. Comment a-t-on pu louper ça ?

— Je le vois, moi aussi, dit Caitlin.

— Et vous ne le reconnaissez pas, par hasard ? risqua Amato.

Caitlin s'avança à son tour pour examiner l'image et secoua la tête.

— Non. C'est trop flou.

— On va confier ça aux gars du labo, déclara Amato.

— S'ils ne peuvent rien en tirer, envoyez-le à l'agent de Quantico, leur conseilla Mac. Là-bas, ils ont des ordinateurs capables de repérer une chiure de mouche sur une toile cirée photographiée par satellite. S'il y a moyen de rendre cette image un tant soit peu plus nette, ils y arriveront.

Amato braqua un index vers Paulie.

— Fais plusieurs copies de cette bande. Tu en donneras une au labo et l'autre aux fédéraux avec les compliments du sieur McKee ici présent.

Paulie éjecta sans attendre la cassette du magnétoscope et sortit de la pièce tandis qu'Amato vidait le fond de café froid qui restait dans son gobelet.

— Eh bien, jeunes gens, reprit-il, je crois que vous pouvez désormais regagner vos pénates. Si vous avez d'autres idées ou d'autres souvenirs qui vous reviennent en tête, appelez-nous tout de suite. Je crois que vous avez ma carte, McKee.

Epuisée de soulagement, Caitlin se retourna pour récupérer son manteau et vit que l'inspecteur Neil était précisément en train de le lui tendre.

— Avec votre permission…

— Merci, répondit-elle, réconfortée par le contact de ce vêtement familier.

Tout ce qu'elle avait vu et enduré au cours de l'après-midi avait presque été aussi éprouvant pour elle qu'une nouvelle agression.

Avant qu'elle puisse s'éloigner, Neil lui prit la main.

— Vous avez ma carte. Comme je vous l'ai déjà dit, si vous avez besoin de moi… pour quoi que ce soit, n'hésitez pas à me téléphoner, de jour comme de nuit.

Trop exténuée pour apprécier cette marque d'attention, elle sourit vaguement à l'inspecteur. Elle n'avait besoin que de Mac…

Ce dernier était plongé dans une conversation avec Amato et Kowalski.

— Mac ?

Il se tourna aussitôt vers elle, plein de sollicitude.

— Prête ?

Elle opina.

— Tu as toujours faim ?

Son regard se porta vers le mur et les photographies des femmes assassinées. Ses yeux se remplirent de larmes.

— J'ai l'impression que je n'aurai plus jamais faim de ma vie.

Mac l'attira contre lui.

— Ce n'est pas ta faute, Caitie. Convaincs-t'en.

Trudy Kowalski tapota l'épaule de la jeune femme en signe de sympathie.

— Il a raison, mademoiselle Bennett. Vous ne pouvez pas vous reprocher le décès de ces femmes. C'est leur meurtrier qui en porte la responsabilité, pas vous.

— Je le sais bien, admit Caitlin. Ça ne rend pas leur mort plus facilement acceptable pour autant.

Mac la serra brièvement contre lui, puis lui offrit son mouchoir.

— Essuie-toi les yeux. Je t'emmène chez l'Italien. On y mange de la bonne nourriture qui tient au corps, et tu te sentiras mieux quand tu auras le ventre plein.

Caitlin hocha la tête, puis salua Amato.

— Inspecteur, je vous suis reconnaissante.

Elle s'adressa ensuite à Trudy et à J. R.

— Vous avez tous été si gentils. Merci d'avance pour votre aide. Je suis tellement fatiguée d'avoir peur…

Trudy, dans un sourire, lui fit un clin d'œil.

— Porter assistance est notre vocation. Et merci à vous, mademoiselle Bennett. Vous nous avez apporté un éclairage totalement nouveau sur cette affaire.

Mac prit Caitlin par le bras. Ils n'avaient pas encore quitté la pièce qu'Amato beuglait des ordres à l'intention de Kowalski et de Neil et leur attribuait à chacun une mission spécifique.

Soulagés de constater que, pour le moment, la solution de leurs problèmes ne dépendait plus d'eux, Mac et Caitlin s'éloignèrent sans plus tarder. Toutefois, alors même qu'ils se retrouvaient sur le trottoir et hélaient un taxi pour se rendre au restaurant, Caitlin savait qu'elle aurait beau fuir aussi loin que possible, jamais elle n'échapperait aux événements en cours. Tant que le meurtrier ne serait pas sous les verrous, elle ne serait qu'une condamnée en sursis.

Le reste de la journée de Kenny suivit le train-train habituel. Chaque fois que le téléphone sonnait, il pensait que c'était

Caitlin qui voulait le féliciter. Et chaque fois son espoir était déçu. Tant et si bien que, le soir venu, elle ne l'avait toujours pas appelé. Pas une seule fois. Pas même pour le remercier.

Cette blessure infligée à son ego lui était toutefois moins douloureuse que la nécessité d'admettre qu'aux yeux de la romancière, il n'était peut-être rien de plus qu'un simple employé. Elle le payait pour accomplir certaines tâches et, tant qu'il la contentait, leurs relations demeureraient… ce qu'elles étaient.

Et il ne pourrait rien attendre de plus de sa part ?

C'était là une réalité qu'il n'arrivait pas à accepter.

Hélas, comme le répétait sa mère jadis, « la vérité est une pilule amère »…

Ce fut d'un pas lent et le cœur lourd qu'il quitta son bureau ce jour-là. Et la morsure du vent froid fut comme une poignée de sel jetée sur ses plaies lorsqu'une fois dehors il tenta vainement de héler un taxi. Finalement, la nuque courbée et la tête rentrée dans les épaules pour se protéger de la bise, il se résigna à rentrer chez lui à pied.

La provocation de la jeune femme atteignit pleinement sa cible. Buddy l'aperçut en première page des journaux alors qu'il rentrait du travail. N'en croyant pas ses yeux, il acheta un des quotidiens et le lut pendant le trajet en métro. Quand il eut atteint son appartement, il frémissait de rage.

La garce ! Elle avait osé le traiter d'adolescent dérangé ! Osé prétendre qu'elle n'avait pas peur !

Il allait lui montrer ce qu'était vraiment la peur. Oui, il lui ferait regretter amèrement ses propos.

Sitôt rentré chez lui, il jeta le journal par terre et s'y essuya les pieds, maculant ses pages de neige boueuse.

Il avait vécu une journée infernale et eu le plus grand mal à garder son sang-froid. En outre, si ce n'était un bagel au petit déjeuner, il n'avait rien mangé ; et il soupçonnait fort que ce régime sec — et ses excès de café — était responsable de la migraine qui l'accablait…

Mais il se sustenterait plus tard — après avoir fini de préparer le petit « cadeau » qu'il réservait à Caitlin Bennett.

Quand ce dernier aurait rempli son office, elle n'irait plus crâner devant les journalistes.

Ainsi le tas sur la bibliothèque basse, derrière lui, était-il constitué de manuscrits refusés attendant d'être renvoyés par sa secrétaire à leur expéditeur. Par terre se trouvaient les envois qui n'avaient pas encore été ouverts ni lus ; et à la droite du bureau, les épreuves corrigées par les auteurs sous contrat. La plus petite des piles, sur la gauche du meuble, rassemblait les œuvres susceptibles d'être éditées. Certaines avaient besoin d'être condensées, d'autres développées, mais toutes contenaient des histoires intéressantes.

La découverte de nouveaux talents était la motivation principale qui avait poussé Aaron à choisir cette profession. C'était dans une petite maison de Pennsylvanie qu'il avait assumé son premier poste d'éditeur, il y avait des années de cela. Cette entreprise avait depuis disparu mais cette expérience l'avait lancé dans la carrière et lui avait permis de prendre conscience qu'il était fait pour ce métier. Il en était aujourd'hui à sa quatorzième année chez Hudson House. La société était prospère et lui-même s'y sentait aussi heureux que possible — si du moins il pouvait faire abstraction de ce qui arrivait à Caitlin.

Il n'avait guère l'habitude, en tant qu'éditeur, de nouer des relations personnelles avec ses auteurs. N'empêche, il aimait Caitlin comme la sœur qu'il n'avait jamais eue, d'une amitié qui n'avait cessé de grandir depuis le tout premier livre sur lequel ils avaient travaillé ensemble. Désormais il la considérait comme une de ses meilleures amies et si, dans la journée, il était capable de refouler la peur qu'il éprouvait pour elle, la nuit venue, quand il retrouvait la solitude de son appartement, il lui était impossible de continuer à l'ignorer. Il ne savait comment il aurait tenu le coup si son frère n'était pas venu à la rescousse.

A cette pensée il marqua une pause, les mains sur le clavier de son ordinateur, et sourit. Il mesurait sa chance d'avoir Mac pour frère — et commençait à soupçonner Caitlin de partager cette opinion. Il avait été très déçu quand il les avait présentés l'un à l'autre. Les deux personnes qu'il aimait le plus au monde se témoignant dès l'abord une franche hostilité, il y avait de quoi vous perturber !

A présent, il n'était pas loin de croire qu'il s'agissait plutôt d'une attirance mutuelle, que tous deux avaient simplement eu peur d'admettre.

Il jeta un coup d'œil à la pendule, puis reprit la rédaction de la lettre qu'il était en train de taper. Sitôt cette tâche achevée, se dit-il, il téléphonerait à Mac. Il avait tenté de le joindre la veille durant, sans résultat. Peut-être pourraient-ils sortir dîner ensemble, ce soir ? Quand on ne la poussait pas, Caitlin restait terrée dans son trou.

Quelques minutes plus tard, il appuya sur la touche de sauvegarde et commanda l'impression de la lettre. Puis il alla se servir une tasse de café frais en attendant que l'imprimante ait achevé son travail.

— Monsieur Workman, votre courrier.

Il se retourna et leva les yeux au ciel en avisant la nouvelle pile de papiers que sa secrétaire venait de déposer sur son bureau.

— Ça ne finira donc jamais ? grommela-t-il.

Son assistante sourit.

— Non, et vous en seriez le premier désolé si cela arrivait, répliqua-t-elle.

Il soupira.

— Vous avez raison. Merci.

Il reposa sa tasse et commença à fouiller dans la pile.

— Rien d'intéressant ?

— Les envois habituels. Trois synopsis dont vous aviez passé commande et deux autres qui nous ont été envoyés spontanément.

— Donnez ces derniers à un lecteur. Je n'ai pas le temps de m'en occuper moi-même.

— Entendu, dit sa secrétaire en reprenant les deux enveloppes en question. Oh, j'ai failli oublier : vous avez également reçu un courrier en urgence portant la mention « personnel ». Je ne l'ai pas ouvert.

Aaron prit l'enveloppe qu'elle lui désignait. Il chercha au verso une adresse d'expéditeur. Il n'y en avait pas.

— Merci, Teresa. J'y jetterai un œil dans une minute. J'aimerais pouvoir terminer mon café sans tacher le devant de ma chemise.

Teresa s'esclaffa. Aaron était connu au bureau pour être incapable de mener à bien sans dégât deux tâches à la fois — comme, par exemple, boire et lire. Plus d'un manuscrit avait d'ailleurs souffert de sa maladresse.

Teresa partie, Aaron s'approcha de la fenêtre et se mit à contempler la ville en contrebas tout en sirotant son café. Même du septième étage, les rues présentaient un aspect lamentable. Naguère d'une blancheur de lis, la neige était maintenant une sorte de gadoue durcie qui s'accumulait en gros tas aux carrefours — et en remblais énormes, parfois impossibles à franchir, tout le long des trottoirs. Si le temps demeurait clair pendant plus de deux jours d'affilée, sans chute de neige supplémentaire, ils pourraient se dépêtrer de cette situation ; sinon, à court terme, la cité serait paralysée.

Fronçant le nez devant ce triste spectacle, Aaron avala une nouvelle gorgée de café avant d'aller se rasseoir à son bureau. Le liséré rouge, blanc et bleu du courrier urgent éveillait sa curiosité. Oh, il était plus que probable qu'en usant de la mention « personnel », un apprenti écrivain avait espéré distinguer son synopsis des autres. Néanmoins, la seule présence de cette lettre sur sa table de travail exerçait sur lui le même attrait que la vision d'un paquet encore enveloppé sous le sapin le lendemain de Noël…

Se reprochant d'un grognement de retarder l'inévitable, il reposa sa tasse de café et tendit la main vers la lettre. Celle-ci ne comportait d'autre indication de sa provenance que le cachet de la poste de New York. Il souleva un des coins du rabat et tira dessus.

Il y eut un éclair, une explosion, une sensation de chaleur intense. Aaron hurla, et tout devint noir autour de lui.

— Résidence Bennett.

— Mademoiselle Bennett ! Ici Teresa Lane, de Hudson House Publishing.

— Bonjour, Teresa. Comment allez-vous ?

— Oh, mademoiselle Bennett. Il est arrivé une chose affreuse !

Le sourire de la jeune femme se figea sur son visage. Après ce qu'elle avait vécu au commissariat la veille, elle n'était pas sûre de pouvoir supporter d'autres mauvaises nouvelles.

— Que s'est-il passé ?

— On m'a dit que le frère de M. Workman logeait chez vous. C'est exact ?

Caitlin resserra sa prise sur le combiné.

— Oui… Oui… Il est là. De quelle chose affreuse parliez-vous, Teresa ?

— C'est M. Workman. Il y a eu une explosion… Il est…

— Oh, Seigneur, murmura Caitlin en se laissant glisser par terre, les jambes soudain en coton. S'il vous plaît, je vous en prie, ne me dites pas qu'il est…

— Non, non, mais on l'a emmené au New York General.

— Nous y allons sur-le-champ.

Elle avait à peine raccroché le téléphone qu'elle criait déjà le nom de Mac.

Ce dernier sortit du bureau le pistolet à la main, l'arrêtant net dans son élan. Elle n'eut pas le temps d'enregistrer que c'était la première fois qu'elle le voyait armé.

— Qu'est-ce qu'il y a, Caitlin ?

— Aaron… Il a été blessé. Nous devons immédiatement aller à l'hôpital.

Mac blêmit.

— Où ? Comment ?

Caitlin eut à peine la force de lui répondre.

— Il y a eu une explosion à son bureau. Je n'en sais pas plus.

— Jésus, dit Mac avant de se ruer vers sa chambre. Change-toi. Vite !

Caitlin obtempéra, jugeant le moment mal choisi pour rappeler à Mac que son tourmenteur avait menacé d'envoyer une bombe à sa maison d'édition pour punir celle-ci de publier ses ouvrages. De même elle préféra ne pas trop songer que c'étaient fort probablement les propos qu'elle avait tenus devant les journalistes qui avaient poussé cet ignoble individu à l'action. Elle pouvait seulement prier le ciel pour qu'Aaron soit encore vivant lorsqu'ils arriveraient à l'hôpital.

14.

L'inspecteur Amato accueillit Mac et Caitlin à l'entrée des urgences.

— Mon frère… où est-il ?

— On l'a emmené au bloc il y a environ un quart d'heure.

— Oh, Seigneur !

Mac s'adossa en gémissant contre le mur. Perdre Aaron — la seule famille qui lui restait — serait pour lui une catastrophe. Même s'ils ne partageaient pas le même sang, des années d'affection et de camaraderie les liaient l'un à l'autre.

— On nous a parlé d'une explosion, dit Caitlin. S'agissait-il d'une bombe ?

— D'une lettre piégée, pour être plus exact, répondit Amato. Contenant juste assez d'explosif pour atteindre la personne qui l'ouvre.

Caitlin lança un coup d'œil à Mac et lui serra la main.

— Les blessures d'Aaron… sont-elles graves, inspecteur ?

— Ça, il faudra que vous le demandiez au médecin. Tout ce que je sais, c'est qu'il a été brûlé au visage et aux mains. Je crains que ses yeux n'aient été également touchés… Enfin, on ne connaîtra l'étendue exacte des dégâts que lorsqu'il sera sorti du bloc.

La première vague de panique passée, Mac demeurait abasourdi et cherchait ses repères.

— Amato, vous avez dit que c'était une explosion…

— Oui.

— Alors que faites-vous là ? Vous êtes de la police criminelle, n'est-ce pas ?

— Quand la bombe a explosé, la vitre devant laquelle se tenait votre frère a été soufflée dehors et de gros éclats de verre sont tombés dans la rue en contrebas. L'un d'entre eux a tué un homme qui venait de descendre d'un taxi. Du coup, l'expéditeur de la lettre est devenu un meurtrier.

Caitlin se figea, tétanisée par une envie de hurler sans plus s'arrêter. Tout ne cessait d'aller de mal en pis !

— Seigneur Dieu… C'est ma faute… C'est ma faute.

Mac lui prit le bras et l'attira contre lui.

— Je t'en prie, Caitie, reste lucide. J'ai besoin de toi, sur ce coup-là.

L'émotion qui altérait sa voix secoua plus encore la jeune femme que les nouvelles qu'elle venait d'apprendre. Mac était pour elle un roc, inébranlable ; il n'était pas censé chanceler ainsi. Un frisson glacé la saisit et, quand elle vit le bouleversement qui se peignait sur les traits de Mac, elle ne put que se répandre en excuses.

— Je suis désolée… vraiment désolée.

— C'est bon, murmura-t-il. Mais ne me quitte pas, d'accord ?

Refoulant ses larmes, Caitlin se retourna vers l'inspecteur.

— Que pouvez-vous nous dire… ? Au sujet de l'explosion, s'entend.

— Pas grand-chose. Une équipe est actuellement sur les lieux. Je devrais recevoir un rapport détaillé demain ou après-demain. En attendant, je ne peux que vous recommander la plus grande prudence dans la manipulation de votre propre courrier. Le mieux serait que vous chargiez dorénavant un expert du déminage de l'examiner.

L'incrédulité envahit de nouveau Caitlin, de même qu'un sentiment de colère croissant.

— C'est incroyable, marmonna-t-elle. Cet homme n'a pas seulement tué un innocent, il s'est immiscé dans tous les recoins de mon existence. Si seulement nous savions pourquoi, nous pourrions sans doute l'identifier…

— J'ai demandé à Neil et Kowalski d'enquêter sur les anciens associés de votre père. Peut-être aurons-nous plus de chance de ce côté-là.

— Avez-vous parlé à Juanita Delarosa, l'ancienne secrétaire particulière de papa ?

— L'inspecteur Kowalski a essayé de la joindre par téléphone, sans succès. Si je ne me trompe pas, elle et Neil doivent se rendre demain dans le New Jersey pour voir si elle habite encore à la même adresse.

Il consulta sa montre et soupira.

— Navré, il faut que je retourne au poste. Si vous avez besoin de quoi que ce soit, appelez-nous. Désolé pour votre frère, McKee.

Caitlin hésita un instant puis, comme si elle avouait un péché, lâcha soudain :

— C'est mon éditeur, vous savez.

Amato ne put cacher sa stupeur : ce dernier détail raccrochait directement cet attentat à tout le reste de l'affaire.

— Non, je ne le savais pas, articula-t-il.

— C'est ma faute, ce qui lui est arrivé, ajouta Caitlin.

Pour le coup, Amato parut franchement perplexe.

— Comment ça ?

Caitlin se mordit l'intérieur de la lèvre pour se calmer les nerfs.

— Vous avez lu les articles qui ont paru sur moi hier soir ?

— Oui, mais j'ai supposé que…

Mac pressa brièvement les épaules de Caitlin.

— C'est elle qui a renseigné les journalistes.

Amato eut une expression ahurie.

— Pourquoi diable auriez-vous… ?

— Je crois qu'on pourrait avancer qu'elle voulait jouer les appâts, expliqua Mac.

La conscience bourrelée de remords, Caitlin confia au policier l'initiative qu'elle avait prise.

— J'ignorais à ce moment-là que ce maniaque assassinait des personnes qui me ressemblaient. Je voulais juste en finir, une bonne fois pour toutes. J'ai pensé qu'en le provoquant je le pousserais à l'erreur et qu'ensuite nous pourrions le mettre hors d'état de nuire.

Une larme solitaire roula le long de sa joue.

— Je voulais que tout ça s'arrête, reprit-elle. Et au bout du compte, je n'ai fait que rendre la situation pire encore.

— Eh bien, si vous m'aviez demandé mon avis, je vous aurais prévenue que c'était un procédé sacrément dangereux. Cela dit, mademoiselle Bennett, je dois reconnaître que c'était aussi un coup vraiment osé. Dans des circonstances normales, il aurait très bien pu réussir… Hélas, je doute que nous ayons affaire à quelqu'un de normal. Ce type est un foutu pervers. Alors soyez prudente. Très prudente.

— Oui, je serai prudente désormais, inspecteur, mais pour l'instant, tout ce qui compte, c'est Aaron. Il doit s'en sortir.

— Je suis sûr que les médecins font tout leur possible en ce sens.

Caitlin hocha la tête.

— Appelez-nous si vous avez du nouveau dans l'affaire, s'il vous plaît.

— Je n'y manquerai pas, acquiesça Sal avant de se hâter de filer.

Caitlin se retourna vers Mac, s'attendant à lui voir une expression haineuse.

— S'il meurt, j'en serai responsable, déclara-t-elle.

Les yeux de Mac brillèrent de larmes. Ce fut cependant d'une voix ferme qu'il lui répondit :

— Non, tu n'en seras pas responsable, Caitie. Je ne veux plus jamais t'entendre proférer une chose pareille. Je te l'ai déjà dit et je te le redis encore : le seul responsable dans cette affaire est celui qui a commis tous ces crimes.

Elle noua ses bras autour de sa taille et posa sa joue contre son manteau.

— J'aime Aaron, Mac… Il est comme un frère pour moi. Le frère que je n'ai jamais eu.

— Je sais, repartit Mac en esquissant un pâle sourire. Il t'aime aussi.

— Merci, Connor. Rien ne pouvait me faire plus plaisir.

— Allons avertir le personnel soignant de notre présence afin qu'à la sortie du bloc les médecins sachent qu'il a de la famille sur place qui attend de ses nouvelles.

Caitlin guida Mac jusqu'à la salle de garde. Tandis qu'elle s'entretenait avec l'infirmière chargée des soins d'Aaron, elle ne cessait de repenser aux paroles qu'il venait de prononcer. « La famille… » Il l'avait incluse dans sa famille. Voilà si longtemps qu'elle n'en avait plus qu'elle se sentait heureuse d'être de nouveau membre d'une parentèle — même si ses sentiments envers Mac étaient tout sauf fraternels.

Quelques minutes plus tard, ils entraient dans la salle d'attente du service de chirurgie. Caitlin eut un élan de compassion envers tous les gens qui étaient déjà là. Elle n'était pas la seule à avoir des ennuis…

— Il y a une banquette libre le long du mur, lui signala Mac. Mettons-nous à l'aise.

Il l'aida à se défaire de son manteau, puis ôta le sien et posa les deux vêtements sur le dossier du petit sofa.

Caitlin s'assit aussitôt, intimidée par les regards intrigués des autres personnes, et fixa la pointe de ses chaussures, craignant d'être reconnue et d'être ensuite obligée d'expliquer la raison de sa venue à l'hôpital.

Mac glissa son bras sous le sien et la pressa contre son flanc. Elle releva la tête vers lui, le menton frémissant, les yeux gonflés de larmes.

— Oh, Mac.

— Je sais.

— Il faut qu'il s'en sorte.

Un muscle tressauta à la commissure des lèvres de Mac, seul signe visible du combat qu'il était en train de livrer contre ses propres émotions.

Au bout d'un moment, comprenant que les regards braqués sur eux trahissaient seulement la curiosité qu'aurait éveillée l'arrivée de n'importe quels autres nouveaux venus dans la salle, la jeune femme finit par se renfoncer contre le dossier de la banquette et observa son environnement. Quinze personnes patientaient avec eux, et ce fut le seul enfant de l'assistance qui retint son attention.

Il s'agissait d'une fillette qui ne devait pas avoir plus de cinq ou six ans et qui, assise par terre, se concentrait en silence sur un album à colorier. Alors que tout un éventail de crayons aux teintes vives était disposé sur la table basse devant elle, elle n'avait pris que le rouge, dont elle barrait l'image devant elle de coups vifs et rageurs.

Caitlin la dévisagea durant plusieurs longues minutes, s'attardant sur le galbe délicat de son cou, les boucles de ses longs cheveux qui retombaient sur son petit pull rose et la hargne avec laquelle elle empoignait son crayon pour raturer la page de l'album. Jusqu'à ce que la fillette croise son regard.

Caitlin voulut lui sourire mais quelque chose dans l'expression de la fillette l'en dissuada. Elles se dévisagèrent ainsi un certain temps. Puis la fillette prit un crayon devant elle et le tendit à la jeune femme.

L'invitation était claire et, aux yeux de Caitlin, impossible à décliner. Elle s'accroupit donc non loin de l'enfant tout en interrogeant du regard l'homme aux pieds duquel cette dernière était assise. Le geste de la fillette paraissait l'étonner ; il adressa néanmoins un hochement de tête à la jeune femme pour lui permettre de venir plus près encore.

Caitlin eut envie de serrer dans ses bras ce petit bout de chou à l'air perdu. Elle se contenta cependant de prendre le crayon qu'elle lui tendait et la regarda tourner la page de l'album pour lui présenter une nouvelle image.

Le crayon était noir. Si Caitlin trouvait ce choix révélateur, elle l'accepta sans protester et entreprit de colorier la crinière et les sabots du poney représenté sur la page. Quand elle eut terminé, elle reposa le crayon.

L'enfant leva les yeux vers elle, manifestement surprise par le geste de Caitlin. Elle s'empara de nouveau du crayon noir pour le tendre à la jeune femme.

Caitlin secoua alors la tête et désigna un crayon turquoise vif. La petite fille se renfrogna mais Caitlin ne céda pas. Elle croisa les bras et s'assit en tailleur, attendant la suite.

La fillette lui reproposa le crayon noir tout en montrant l'album.

Derechef, Caitlin secoua la tête et indiqua le crayon turquoise. C'était l'impasse.

L'enfant laissa tomber le crayon noir par terre et entreprit de colorier en rouge la page opposée en enfonçant le papier comme si elle voulait le perforer à coups de couteau.

Une telle rage chez un être si jeune était effrayante. Caitlin ne put en supporter davantage. Comme elle se levait, toutefois, la fillette se saisit brusquement du crayon turquoise et le jeta presque sur les cuisses de la jeune femme.

Réprimant un sourire, Caitlin ramassa tranquillement le crayon et s'en servit pour colorier la petite selle attachée sur le dos du poney. Quand elle eut fini, elle reposa le crayon sur la table et se rassit.

La petite fille la considéra avec une expression encore plus renfrognée qu'auparavant. Elle désigna ensuite l'image et intima du geste à Caitlin l'ordre de continuer son ouvrage. Celle-ci tendit alors le doigt vers le crayon jaune. La fureur qu'afficha en retour la fillette était presque comique, mais Caitlin doutait fort que les raisons de sa réticence le soient.

L'enfant secoua la tête.

Caitlin désigna de nouveau le crayon jaune.

L'enfant scruta le visage de Caitlin pour voir si elle montrait la même résolution que la fois d'avant. Ce qu'elle lut sur le visage de la jeune femme la convainquit apparemment de lui présenter le crayon jaune.

Et ce petit manège se répéta à chaque couleur. Caitlin continua ainsi à colorier l'image en utilisant toute une série de teintes différentes. Puis, soudain, elle se recula, lâcha le dernier crayon et joignit les mains avec une expression ravie.

La fillette regarda alternativement Caitlin et la page de l'album, avant de se mettre à comparer celle-ci à celle qu'elle avait elle-même coloriée. Enfin, elle baissa les yeux sur le moignon de crayon rouge qu'elle tenait encore à la main et, tout en voûtant les épaules, reposa lentement celui-ci.

Caitlin sentait qu'un revirement majeur avait lieu en elle, mais elle avait peur d'ébaucher le moindre geste et craignait tout autant de deviner ce qui pouvait se passer dans l'esprit de la petite fille. Quand enfin celle-ci tendit le doigt vers la pile de crayons, Caitlin comprit subitement.

Retenant son souffle, elle choisit un crayon bleu et le déposa dans la main tendue de l'enfant avant de tourner la page de l'album.

La fillette soupira et contempla l'image devant elle comme si elle ne l'avait jamais vue, le crayon tremblant dans sa main. Puis, avec une lenteur circonspecte, elle se pencha vers la table et commença à colorier la page — prudemment, d'abord, comme si elle redoutait les conséquences de son geste.

Peu à peu, ses coups de crayon se firent plus assurés et, au bout d'un moment, elle ne marquait plus aucune hésitation.

Caitlin l'aurait volontiers applaudie. Elle réfréna cependant son enthousiasme et, ayant choisi un second crayon, attendit patiemment. Quelques secondes plus tard, l'enfant reposa le crayon bleu et tendit la main sans même relever les yeux de l'image. Caitlin lui présenta un crayon vert et se recula avec un soupir.

« A toi de jouer, maintenant, ma chérie. »

Elle sentit alors une pression sur son épaule, et elle se tourna à demi. C'était Mac. L'expression qu'il affichait fit bondir son cœur.

« Mon Dieu… Oh, mon Dieu… est-ce bien ce que je crois ? S'il vous plaît, Seigneur, faites que ce soit de l'amour… »

Elle déglutit nerveusement, regrettant de n'être seule avec Mac pour pouvoir l'entendre dire tout haut ce qu'exprimaient ses yeux.

— Mademoiselle ?

C'était le père.

— Oui ?

— Merci.

Elle sourit.

— De rien.

— Vous ne comprenez pas, reprit l'homme. Voilà trois semaines qu'elle ne parle plus… Et ce coloriage… Ça n'a pas arrêté depuis le jour où sa mère…

Sa voix s'étrangla.

— Je suis désolée, dit Caitlin. Est-elle souffrante ?

— Ma femme… a été victime de voleurs de voiture. Ils lui ont tiré une balle dans la tête et l'ont poussée sur la route avec ma fille. Elle a tout vu.

— Doux Jésus, murmura Caitlin en reportant son attention sur la fillette.

Cette colère, ces coups de crayon rouge… Tout s'expliquait, maintenant. Elle imaginait ce que cette enfant avait pu éprouver en voyant sa mère couverte de sang — la terreur qui avait dû être la sienne. Faute de pouvoir en comprendre la raison, elle s'était enfermée en un monde où plus rien ne pouvait l'atteindre. Malheureusement, elle s'était aussi coupée par là même des seules personnes capables de l'aider.

— Et votre femme ? s'enquit Mac à mi-voix.

L'homme secoua la tête.

— Elle est en état de mort cérébrale. On lui a retiré l'assistance respiratoire ce matin. Nous attendons que son cœur s'arrête.

— Vous n'avez aucune famille ? Personne qui pourrait s'occuper de votre fille pendant que vous seriez auprès de votre femme ?

— J'ai des parents en Floride mais ils n'ont pas les moyens de se payer le voyage, et avec toutes les dépenses qu'a déjà entraînées cette… cette…

Il frémit, puis posa la main sur la tête de sa fille et esquissa un pauvre sourire.

— Enfin, vous savez ce que c'est.

Non, justement, pensa Caitlin. Elle ne le savait pas. Pas un seul instant de son existence elle n'avait connu des soucis financiers. Elle en avait déjà conçu de la honte, mais jamais comme maintenant.

Elle leva la tête vers Mac et comprit qu'il avait deviné ses pensées. Elle se retourna vers l'homme.

— Monsieur ? Je ne connais pas votre nom.

— Hank Bridges.

— Que faites-vous dans la vie, monsieur Bridges ?

— Je travaille au ministère de l'Environnement. Je ne sais pas combien de temps encore mes supérieurs vont pouvoir me couvrir… J'ai dû m'absenter beaucoup depuis…

Caitlin se hâta de changer de sujet.

— Comment s'appelle votre fille ?

Il sourit.

— Katie. Elle a cinq ans.

Entendant son prénom, la fillette leva les yeux.

Caitlin s'efforça de sourire, mais une douleur sourde ne cessait de lui étreindre le cœur.

— Voyez-vous ça ? Moi aussi, je m'appelle Caitie.

Katie écarquilla les yeux et fixa Caitlin avec un regain d'intérêt. Puis elle opina silencieusement et passa un doigt dans une des boucles qui encadraient le visage de la jeune femme. Celle-ci retint son souffle…

Tout à coup, elle se sentit flancher. Le stress qu'elle n'avait cessé de subir, le fait d'avoir frôlé la mort, le poids du remords qui la taraudait, l'incertitude dans laquelle elle se trouvait quant à l'état de santé d'Aaron — si tout cela lui paraissait certes bénin en comparaison de ce que cette enfant avait enduré, elle ne pouvait plus réprimer le flot d'émotions qui la submergeait.

Se saisissant de la main que Mac avait posée sur son épaule, elle tenta désespérément de recouvrer le contrôle d'elle-même. Mais la pitié qu'elle ressentait pour Katie était la goutte d'eau qui faisait déborder le vase et elle se couvrit finalement le visage pour cacher ses larmes.

Katie Bridges passa de la perplexité à l'ébahissement. Elle lâcha le crayon dont elle était en train de se servir pour dévisager ouvertement Caitlin.

Mac en eut le cœur serré. Il comprenait qu'après toutes ces épreuves, cette défaillance de Caitlin était inévitable. Le problème, c'était qu'il avait lui aussi envie de pleurer. Il y avait franchement trop de malheurs en ce bas monde…

Sans crier gare, la fillette grimpa sur les genoux de Caitlin et se mit à lui tapoter la figure.

— Ne pleure pas, murmura-t-elle. Ne pleure pas. Ton papa va tout arranger avec un bisou.

— Je n'ai pas de…, commença Caitlin.

Elle était sur le point de dire qu'elle n'avait plus de papa quand elle prit conscience que la fillette parlait en fait de Mac. Au lieu de la détromper, elle s'empara de ses mains et, les portant à ses lèvres, en embrassa doucement la paume.

— Et toi, as-tu demandé à ton papa de tout arranger avec un bisou ?

L'enfant se rembrunit et baissa les yeux.

— Est-ce que tu le lui as demandé ? insista Caitlin.

Katie secoua la tête.

— Pourquoi ?

Il y eut un nouveau silence, puis la petite fille se pencha vers la jeune femme.

— Parce que, lui chuchota-t-elle à l'oreille.

— Parce que quoi ?

— Parce qu'il n'était pas là quand je suis tombée.

Caitlin entendit l'homme lâcher un hoquet de stupeur et comprit fort bien sa réaction. Voilà quelle était la raison du silence de sa fille depuis l'horrible agression dont elle avait été victime avec sa mère : sa colère. Une colère dont elle ne pouvait se décharger que sur une seule personne — lui.

— Seigneur Dieu, s'exclama-t-il avant de soulever Katie des genoux de Caitlin pour la prendre dans ses bras. Katie… mon bébé… Papa regrette terriblement ce qui vous est arrivé, à toi et à maman, mais ce n'était pas sa faute. Papa était au travail, tu te rappelles ? Si j'avais été là, je vous aurais fait un câlin à toutes les deux et j'aurais tout arrangé, tu ne crois pas ?

Le petit visage de Katie se chiffonna.

— Je vous aurais fait plein de bisous et je vous aurais dit que j'étais désolé que vous soyez tombées de la voiture.

— Et tu aurais aussi chassé le méchant monsieur, hein, papa ?

La question de la petite fille, proférée sur un ton si poignant, arracha une larme à toutes les personnes présentes dans la salle d'attente.

— Oui, ma chérie. Papa aurait chassé le vilain monsieur.

L'enfant se mit à pleurer, doucement d'abord, puis à gros sanglots convulsifs.

— Merci, mon Dieu, marmonna l'homme en berçant sa fille contre sa poitrine. Mademoiselle, je ne connais pas votre nom, mais je sais qui vous êtes. Vous êtes un ange. Je vous serai éternellement reconnaissant d'avoir croisé notre chemin, à Katie et à moi.

Caitlin se redressa.

— Heureuse d'avoir pu vous aider, repartit-elle.

Sa voix tremblait et elle pressentait qu'à moins de s'éloigner au plus vite, elle allait se couvrir de ridicule.

— Mac, je vais aux toilettes. Je reviens dans un instant.

— Attends, dit-il. Je t'accompagne.

Elle secoua la tête et désigna la porte qui, dans le fond de la salle, était marquée des pictogrammes des toilettes et du Taxiphone.

— Tu peux me voir d'ici entrer et sortir, d'accord ?

Il hocha la tête à contrecœur, sachant qu'il n'avait pas le choix.

— Est-ce votre épouse ? s'enquit M. Bridges quand elle fut partie.

Mac sentit son cœur manquer un battement.

— Pas encore, répondit-il. Un jour, peut-être.

— Quelle coïncidence qu'elle s'appelle aussi Katie, n'est-ce pas ?

— En fait, son prénom est Caitlin, mais ses proches la surnomment tous Caitie.

Le jeune homme fronça légèrement les sourcils.

— Maintenant que j'y repense, je dois avouer que son visage me dit quelque chose…

Mac estima inutile de continuer à lui cacher plus longtemps la vérité.

— Ça ne m'étonne pas. C'est Caitlin Bennett, l'auteur de romans policiers.

— Oh, bon sang. L'écrivain qui est harcelé par un maniaque ?

— Ouais, acquiesça Mac, mais j'aimerais bien que vous vous absteniez de toute allusion à ce propos lorsqu'elle reviendra.

— Monsieur, après ce qu'elle a fait pour moi, une telle demande est superflue.

Avant que Mac puisse repartir quoi que ce soit, une infirmière apparut sur le seuil de la salle. Tous les regards se tournèrent vers elle, certains emplis de crainte, d'autres chargés d'espoir. Celui de l'infirmière finit par s'arrêter sur Hank et sa fille.

— Monsieur Bidges, il faut que vous veniez, maintenant.

Hank regarda Mac puis baissa les yeux sur sa fille, le visage empreint d'une résignation déchirante.

— Je crois que ça y est… Remerciez encore Mlle Bennett de ma part, voulez-vous ?

— Entendu, articula Mac. Et croyez-bien que je compatis, monsieur Bridges.

Il les suivit ensuite des yeux tandis qu'ils traversaient la salle pour rejoindre l'infirmière. Une page de leur vie se tournait…

Il n'osait imaginer ce qu'on pouvait éprouver quand, après avoir aimé une femme au point de l'épouser et de lui faire un enfant, on devait la rendre à Dieu et achever son existence sans elle. Le cœur lourd de chagrin et d'anxiété, Mac se renfonça contre le dossier de la banquette et courba la nuque. Il ne pouvait que prier pour que tout se passe bien à la fois pour Aaron et pour Caitlin.

Peu de temps après, Caitlin revint dans la salle d'attente. A l'expression de Mac, elle comprit que l'attente de Hank Bridges avait pris fin.

Cependant, quoiqu'elle fût toujours malade d'inquiétude pour Aaron, elle ressentait une sérénité qu'elle n'avait pas connue depuis des mois. M. Bridges l'ignorait encore, mais il ne devait plus un sou à l'hôpital pour les soins dispensés à sa femme. Par ailleurs, dix mille dollars venaient d'être portés au crédit de son compte en banque. L'argent ne pouvait certes pas guérir les peines, songea-t-elle, mais il les rendait parfois plus supportables…

— Rien de nouveau ?

— Non, dit Mac.

Elle se rassit à côté de lui, les yeux fixés sur la porte de la salle d'attente.

— Caitie ?

— Quoi ?

— Qu'as-tu fait à cette enfant ?

Caitlin haussa les épaules, préférant ne pas croiser son regard.

— J'ai seulement joué un peu avec elle. Ne m'accorde pas de mérites que je n'ai pas.

— Tu me rends dingue, tu sais ?

Pour le coup, elle tourna la tête vers lui.

— Comment ça ?

— Jusqu'à il y a peu, je croyais ne pas t'aimer. Tu t'en doutais, n'est-ce pas ?

Elle le gratifia d'une moue comique.

— Oui, admit-elle, je m'en doutais. Mais moi, je *savais* que je ne t'aimais pas. Ce qui fait toujours un point d'avance pour moi, n'est-ce pas ?

Il secoua la tête, un sourire crispé aux lèvres.

— Tu ne renonces jamais, hein ? maugréa-t-il.

Puis il soupira.

— Tu dois également savoir que je suis largué, n'est-ce pas ? Je ne sais plus quoi faire.

— Au sujet d'Aaron ? Il n'y a rien d'autre à faire que patienter.

— Non, je ne parlais pas d'Aaron. C'est de toi que je parlais. Je suis en train de tomber amoureux de toi, Caitie, et je ne vois pas comment l'empêcher.

Si c'était bien le dernier aveu auquel elle s'attende de sa part, elle ne l'appréciait pas moins.

— Oh, Mac. Pourquoi voudrais-tu l'empêcher ?

— Honnêtement, tu crois que ça marcherait entre toi et moi ?

— Bien sûr. Pourquoi pas ?

— Tu es sacrément trop riche.

Caitlin se trouva plus insultée par cette remarque qu'elle ne l'eût été par une gifle.

— Mon argent me rend donc détestable ?

Il prit son visage entre ses mains.

— Non, ma douce : inaccessible. Je n'ai absolument pas les moyens de rivaliser avec la fortune des Bennett.

Elle avait conscience d'avoir un air hébété mais, sa vie même en eût-elle dépendu, elle n'aurait pas pu se donner une meilleure contenance.

— Bon, dit-elle, les yeux remplis de larmes, je suppose que ce n'est pas plus mal, vu que je ne t'aime toujours pas. Cela nous épargne bien des soucis à tous les deux.

— Caitlin, je t'en prie, arrête.

— Oh, ferme-la, McKee, veux-tu ? Je souffre déjà assez comme ça sans qu'en plus tu m'arraches le cœur pour me le tendre ensuite sur un plateau.

Elle se levait brusquement pour aller s'asseoir ailleurs que près de cet individu révoltant quand un médecin apparut.

— La famille de M. Workman ? demanda-t-il à la cantonade.

— Par ici, répondit Mac tout en essayant de deviner à l'expression du médecin s'il avait de bonnes ou de mauvaises nouvelles à leur annoncer.

— M. Workman a bien supporté l'opération, les informa-t-il. Il souffre d'une fracture du nez, d'une commotion cérébrale et de quelques côtes cassées. Sa blessure la plus grave est aux yeux.

Caitlin s'effondra sur le siège le plus proche.

— Je pense qu'ils guériront avec le temps, poursuivit le médecin. Mais ils sont totalement bandés et le demeureront pendant au moins une semaine, voire plus. A moins de complications imprévues, je pronostique un rétablissement complet de toutes ses facultés, mais la prudence m'impose de vous avertir qu'il gardera au visage des cicatrices de ses brûlures et qu'un recours à la chirurgie esthétique n'est peut-être pas exclu.

— Merci, docteur, repartit Mac. Merci d'avoir sauvé la vie de mon frère. Quand pourrons-nous le voir ?

— Il est toujours en réanimation. Et nous avons par ailleurs l'intention de le garder sous sédatifs pendant au moins vingt-quatre heures. Je vous conseille donc fortement de rentrer chez vous. Ce sera à sa sortie qu'il aura besoin d'aide.

Mac n'était pas près de se laisser congédier ainsi.

— Il faut d'abord que je le voie. Même s'il ne peut pas m'entendre, il faut que je le voie. C'est important pour moi, docteur.

Le médecin sourit.

— Bon… je suppose que ça ne peut pas lui faire de mal. Suivez-moi.

Mac se retourna.

— Caitlin ?

— Vas-y. Embrasse-le de ma part.

— Je ne crois pas qu'il soit très avisé de…

— Je ne bougerai pas de cette chaise avant ton retour, lui assura-t-elle.

Mac fronça les sourcils, partagé entre le besoin de voir Aaron et la crainte de laisser la jeune femme seule.

— N'aie pas peur, reprit-elle. Tout ira bien.

— Désolé, intervint le médecin. Si votre femme est souffrante, je peux la…

— C'est Caitlin Bennett, le coupa Mac. Et je suis son garde du corps, pas son mari.

Le médecin comprit aussitôt le problème.

— J'appelle les vigiles, dit-il. Ils pourront rester auprès de Mlle Bennett jusqu'à votre retour.

— Mac, vraiment…, protesta Caitlin.

Mais Mac ne l'entendait plus.

— Ce sera parfait, répondit-il au médecin.

— Dans ce cas, je cours les appeler et je reviens tout de suite pour vous emmener voir votre frère.

Il repartit, laissant Mac et Caitlin seuls. Celle-ci détourna le regard.

— Caitie, je n'avais pas l'intention de te blesser.

Elle releva la tête, le menton tremblant.

— Eh bien, tu m'as blessée quand même. Il est assez choquant de se rendre compte qu'on n'est jugé que sur le montant de son compte en banque. Et dire que pendant tout ce temps j'ai cru…

— Tu déformes mes propos.

— Et toi, tu me brises le cœur. Tiens, revoilà le médecin. Va donc voir Aaron. Je m'occuperai pendant ton absence en comptant mon fric.

Mac s'éloigna sans rien ajouter, en colère contre lui-même et consterné par tout ce gâchis.

15.

Caitlin entra dans son appartement sans attendre Mac, lui laissant le soin de désactiver le système de sécurité et de refermer la porte derrière elle. Savoir qu'Aaron allait s'en sortir la soulageait terriblement, mais… Oui, Mac lui avait bel et bien brisé le cœur. Son père l'avait souvent prévenue, dans sa jeunesse, que bien des hommes prétendraient l'aimer dans le seul but de mettre la main sur sa fortune. Elle s'était elle-même préparée à ce genre de déconvenue depuis sa puberté. Toutefois elle n'avait absolument pas prévu qu'elle tomberait amoureuse d'un homme dont la fierté serait plus forte que l'amour qu'il aurait pour elle. Elle avait envie de hurler et de maudire le destin qui s'acharnait ainsi contre elle.

Au lieu de laisser libre cours à son dépit, elle se rendit dans sa chambre, en claqua la porte et commença à se déshabiller. Que Connor McKee aille au diable ! Il lui avait donné l'impression d'être sale et honteuse. Devait-elle se sentir coupable d'être née dans une famille riche ?

— Imbécile, gros plouc, macho de pacotille, cow-boy à la noix…

Elle ôta ses chaussures d'un coup de pied et se débarrassa de son manteau.

— Ane bâté, coincé de première…

Son pantalon et son pull volèrent à travers la pièce.

— Tête de mule, constipé, psycho-rigide, gros plouc… Non, ça, je l'ai déjà dit.

A court d'invectives et d'insultes, elle jeta ses sous-vêtements dans le panier à linge sale en entrant dans la salle de bains, puis ouvrit les robinets de la douche et laissa l'eau chauffer tout en nouant ses cheveux en chignon pour dégager sa nuque. Une fois sortie une serviette propre du placard, elle pénétra dans la cabine et en claqua également la porte — rien que parce qu'elle en avait la possibilité.

Elle accueillit avec plaisir la chaleur de l'eau et sentit avec volupté le jet masser sa peau tel un millier de petits doigts minuscules. Emettant un grognement d'extase, elle présenta son dos à l'eau et ferma les paupières…

Elle demeura ainsi durant ce qui lui parut une éternité avant de lever son visage sous le pommeau. Contrairement à son attente, hélas, elle n'éprouvait pas le sentiment de purification que la douche lui apportait en temps ordinaire. Sa mémoire était encore hantée par les visages des victimes du maniaque, par les plaies horribles qui les défiguraient, par les ecchymoses qui marbraient leurs corps gisant sur la neige.

Elle inspira profondément puis expira avec lenteur, tenta de se concentrer sur l'évocation d'images heureuses. Peine perdue : elle voyait maintenant Aaron étendu, en sang, au milieu de flammes et de bris de vitre…

Sa lèvre inférieure frémit quand elle imagina le bureau en train d'exploser et des éclats de verre acérés être projetés au-dehors — des échardes translucides et meurtrières qui avaient mis fin à la vie d'un homme ayant commis la seule faute de sortir trop tôt de son taxi, sept étages plus bas.

La douleur l'envahit par vagues successives, tel le ressac d'une marée amère. La sentir monter ainsi en elle sans pouvoir la juguler ne fit qu'accroître le remords et le désarroi qui la torturaient déjà.

Elle rouvrit les yeux. La cabine était remplie de vapeur, et la salle de bains semblait avoir été envahie par le brouillard. Mieux valait qu'elle se lave et sorte de là au plus vite. Si elle continuait à tirer de l'eau chaude, la peinture allait finir par se décoller des murs.

Comme elle tendait la main vers la serviette, elle avisa une tache de couleur sous ses ongles, lesquels n'étaient pas vernis.

— Qu'est-ce que… ?

Elle extirpa la cause de la tache et la roula entre ses doigts.

Du crayon.

Un léger sourire se dessina sur ses lèvres, se haussa jusqu'au sourire — et s'acheva en un sanglot.

« Pauvre Katie… »

Qu'une enfant si jeune ait été forcée de vivre une horreur pareille était abominable. Elle avait dû pour sa part attendre sa vingt-neuvième année avant de connaître les coups bas que la vie pouvait infliger à tout un chacun — même quand on était déjà à terre. Katie Bridges, elle, avait été forcée d'apprendre cette dure leçon avant même d'être en âge d'aller à l'école.

Le sol se mit à osciller sous les pieds de la jeune femme. Elle s'appuya contre le mur, mais la pièce persistait à tournoyer autour d'elle. Elle se laissa alors glisser jusqu'au fond du bac à douche et, courbant la tête, ramena ses jambes contre son torse. Elle avait l'impression que tout son être se délitait.

Les premières larmes coulèrent avec lenteur, lui brûlant les yeux et les joues, et furent aussitôt emportées par le jet de la douche. Puis vinrent les sanglots rauques et hoquetants qui lui déchirèrent la gorge et résonnèrent dans la cabine telle la plainte d'un animal blessé.

Ayant rangé son portable, il se débarrassa de ses chaussures et entreprit de se changer. Il pouvait au moins se mettre à l'aise dans son survêtement préféré… En ressortant de sa chambre, il jeta un coup d'œil à la porte de Caitlin. Elle était toujours fermée, symbole du mur qu'il venait de dresser entre eux.

Il s'arrêta néanmoins pour poser une main sur le bois du battant, comme s'il ne lui restait plus que cette seule forme de contact avec la jeune femme. Il entendit alors un curieux cri de douleur qui le fit sursauter. Etait-elle tombée ? Etait-elle malade ? Le maniaque s'était-il caché dans sa chambre pour guetter son retour ?

— Caitie ? Caitie ? Ça va ?

Personne ne lui répondit.

Il frappa à la porte et réitéra ses appels, sans plus de succès, et se rua à l'intérieur de la pièce. Caitlin n'était nulle part en vue. La porte de son dressing était fermée et ses vêtements jetés à terre.

S'étonnant de cette négligence qu'il attribua à un moment d'égarement temporaire, il reporta son attention sur la porte de la salle de bains. Oserait-il y pénétrer ? Puis il entendit de nouveau la même plainte. Un frisson glacé lui étreignit la nuque. Sans plus craindre la réaction de Caitlin, il se précipita dans la salle de bains.

— Ma chérie… ne pleure pas. Seigneur, non. Ne pleure pas comme ça, Caitie. Je suis désolé… vraiment désolé.

La tendresse qu'exprimait sa voix eut raison des dernières forces de la jeune femme. Au lieu de la réconforter, la sollicitude de Mac ne fit qu'accroître sa détresse. Voilà ce qui lui manquait depuis si longtemps, se dit-elle. Un homme prêt à la défendre contre le monde entier, et prêt aussi à l'aimer telle qu'elle était.

Mac sentit son cœur se fendre en l'entendant sangloter de plus belle. La reposant par terre après s'être hissé hors de la cabine, il se mit à l'essuyer comme si elle n'était qu'une enfant. Elle ne cessa pas de pleurer durant tout ce temps.

— Caitie… Doux Jésus… calme-toi, la supplia-t-il avant d'ôter ses vêtements mouillés.

Elle eut une inspiration hoquetante et s'écroula.

Mac la rattrapa avant qu'elle ne heurte le carrelage. Son expression hagarde était effrayante, presque aussi effrayante que ses larmes de désespoir. Il la transporta dans la chambre et l'étendit sur le lit.

— Caitie, je ne voulais pas te blesser. Je t'en prie, arrête de pleurer.

— Plus jamais, bredouilla-t-elle avant de se recroqueviller en position fœtale et de fermer les yeux.

Mac tira les couvertures qui étaient coincées sous ses jambes puis, s'étant allongé près d'elle, la serra contre lui avant de les ramener sur eux. Il avait peur de la quitter un seul instant. Il aurait bien voulu savoir ce qu'elle entendait par « plus jamais » mais il craignait de lui poser la question. En temps normal, Caitlin Bennett n'était pas le genre de femme à attenter à sa propre vie, mais tout son univers avait sombré dans la folie et il était désormais incapable de prévoir ses réactions…

Il pensa à Aaron, qui gisait inconscient dans le service de réanimation de l'hôpital, à la femme dans ses bras qui était à la merci d'un tueur encore anonyme, aux trois familles qui pleuraient leurs filles sauvagement agressées, à l'homme qui était mort pour être simplement sorti d'un taxi au mauvais endroit et au mauvais moment, à la fillette qui avait assisté au meurtre de sa mère. Cela aurait suffi à rendre fou n'importe qui. Aussi tenait-il la jeune femme étroitement serrée contre lui. C'était tout ce qu'il pouvait faire pour elle en cet instant.

Une heure s'écoula. Caitlin avait fini par se calmer. De temps à autre, cependant, un sourd frémissement la traversait, tel un rappel des épreuves qu'elle venait de subir.

Pensant qu'elle s'était endormie, Mac se haussa sur un coude. Elle contemplait fixement le mur en face d'elle.

— Caitie ?

Elle ne répondit pas.

Il lui embrassa la joue, puis le cou et la serra de nouveau contre lui.

— Ça va passer, lui murmura-t-il. On retrouvera cet enfoiré et on l'enfermera dans un endroit où il ne pourra plus jamais t'atteindre, ni toi ni personne.

Elle tressaillit, comme si cette simple allusion à l'existence de son tourmenteur était déjà plus qu'elle n'était capable d'en supporter.

L'estomac de Mac se noua.

— Parle-moi, Caitlin. Insulte-moi si tu veux. Traite-moi de lourdaud, d'abruti, mais parle-moi, je t'en prie.

Elle ramena ses genoux contre sa poitrine, se roulant en boule, et dans ce mouvement s'écarta de lui.

La voir ainsi s'effondrer sur elle-même, aussi bien mentalement que physiquement, le crucifiait. Mac soupira. Il lui était déjà arrivé plusieurs fois dans sa vie de se tromper et de le regretter par la suite, mais aucune de ses erreurs passées n'était comparable à la punition qu'il s'était infligée à lui-même aujourd'hui. Perdre Caitlin était impensable. Seigneur, il lui aurait suffi de ravaler un peu sa fierté… Quelle mouche l'avait donc piqué ?

Il se redressa de nouveau sur le flanc et vint poser sa joue sur celle de la jeune femme.

— Je t'aime, Caitlin. Tu peux croire ce que tu veux de moi, mais sois sûre que je t'aime. Et puis je t'ai menti quand je t'ai dit que je ne pouvais pas rester avec toi à cause de ton argent. En vérité, c'est parce que tu ronfles.

Il la sentit se raidir et retint sa respiration. Peu après, elle se retourna sur le dos et riva ses yeux aux siens.

— Répète-moi ça.

— Quoi ? Que je t'aime ? D'accord… Je t'aime. Passionnément. A la folie.

La vie revint en force dans les yeux de la jeune femme qui se mit à le fusiller du regard.

— Je ne ronfle pas, articula-t-elle.

« Merci, mon Dieu, pensa Mac. J'ai réussi à la mettre en colère. »

— Tu peux le nier. Il n'en reste pas moins que tu ronfles comme une pétrolette, renchérit-il.

Caitlin s'assit sur le lit, aussi nue que le jour de sa naissance. Ses cheveux pendaient en lourdes boucles humides, ses paupières étaient tuméfiées et ses lèvres gonflées d'avoir tant pleuré.

— Est-ce ta méthode de macho à la manque pour essayer de te réconcilier avec moi ?

Mac s'assit à son tour pour marquer quelque distance entre eux deux au cas où elle déciderait de passer à l'attaque. Puis il hocha lentement la tête.

— Eh bien, c'est une mauvaise pioche, décréta-t-elle. Cesse ce petit jeu avec moi, Connor McKee. Tu me fais l'amour, et ensuite tu m'insultes. Tu veilles sur moi comme si j'étais la prunelle de tes yeux, et ensuite tu prétends que notre liaison n'a aucun avenir sous prétexte que je pue le fric. Et voilà maintenant que tu me dis *à la fois* que tu m'aimes et que je ronfle.

Elle abattit ses poings sur le matelas.

— Ça suffit, tu m'entends ? Je ne tolérerai plus cette comédie une seule seconde !

— Est-ce que ça te consolerait de savoir que vivre sans toi me paraît désormais relever de la science-fiction ?

Toute fureur quitta aussitôt Caitlin. Mac prit ses poings entre ses mains et entreprit de desserrer ses doigts pour les nouer aux siens.

— Me pardonnerais-tu si je t'avouais que j'ai tellement peur de te perdre que je n'en dors plus la nuit ?

— Bon sang, Mac, tu ne te bats pas à la loyale…

De nouvelles larmes lui montaient aux yeux.

— Ne pleure pas, gronda Mac. Je t'interdis de verser une seule larme de plus… pour aujourd'hui, en tout cas. Mon cœur ne pourrait pas le supporter.

Elle libéra ses mains et les plaqua contre sa poitrine, craignant que ce moment de tendresse et de sincérité n'entraîne de nouveau chez lui un accès de brusquerie.

— Enfin, maugréa-t-elle, toi au moins, tu as encore un cœur. Le mien — ou ce qu'il en reste — doit être resté collé sous tes semelles.

Mac voûta les épaules. Il s'était réjoui trop vite. Et si cette fois-ci elle ne lui pardonnait pas ? Après tout, il lui avait tenu des propos assez définitifs.

— Je te répète que je suis désolé.

Caitlin le toisa avec hauteur.

— Facile à dire. Si ça ne te dérange pas, je vais attendre de voir si ce n'est pas une parole en l'air.

Mac opina.

— Je comprends.

Lui saisissant soudain le poignet, il la renversa sur le lit et la plaqua sous lui.

— D'ici là, je crois que je te ferais bien l'amour.

— Tu le « crois » ? Mais, mon cher, si c'est tout ce dont vous êtes capable, je crains fort d'avoir misé sur le mauvais cheval…

Il sourit de toutes ses dents.

— Tu m'aimes encore, hein ?

Les yeux de Caitlin se remplirent de larmes.

— Oui, mais il ne faut pas que ça te monte à la tête.

Il enfouit son visage contre son cou, puis se haussa sur les coudes pour la dévisager.

— Ce n'est pas ma tête qui est en manque, mais mon cœur. A quel point m'aimes-tu au juste ?

— Assez pour te donner encore une chance.

— Je n'en demande pas plus, répliqua-t-il dans un murmure avant de lui ravir ses lèvres.

—

Il ferma les yeux et plaqua les mains sur ses oreilles pour étouffer la rumeur qui lui vrillait les tympans. C'était insensé ! Il agissait exactement comme il le fallait, et il avait malgré tout de plus en plus de mal à trouver le sommeil. Où donc était le problème ?

Il bondit tout à coup sur ses pieds et se rua dans sa chambre dont il alluma le plafonnier. Elle était partout, ici. Parfois, il avait même l'impression de sentir son parfum — une fragrance chère et rare, comme la femme qui le portait… Tu parles ! Il savait, lui, qui elle était en réalité. Où était sa vraie place.

Elle lui avait tout volé, et il voulait tout récupérer.

— Ce n'est pas juste, chuchota-t-il d'une voix tremblante de tout petit enfant.

Son regard se fixa sur l'agrandissement de son visage accroché au-dessus du lit. Malgré les multiples entailles dont il l'avait défiguré, on pouvait encore en distinguer le contour.

— Tu ne vois donc pas ? Tu ne comprends donc rien ? Tout ce que tu possèdes devrait être à moi.

Elle se contentait de sourire, comme toujours. Dans un sursaut de rage, il lui lança le premier objet qui lui tomba sous la main. Puis il recula, atterré, et contempla avec incrédulité les morceaux du réveille-matin qui jonchaient le couvre-lit.

— Regarde ce que tu as fait ! C'est ta faute. Tout est ta faute.

Il pivota sur lui-même pour se procurer un nouveau projectile et avisa le matériel de surveillance. Voilà ce qu'il lui fallait ! Ça le distrairait. Cela faisait des jours qu'il n'avait pas écouté les bandes. Il s'assit devant la table et alluma le magnétophone avant de chercher dans les cassettes celle qui portait la date la plus récente. Ah, se dit-il, la voici. Bien qu'il n'eût disposé de micro que dans une seule pièce, il avait deviné, aux propos échangés entre Caitlin et son garde du corps, que tous les deux couchaient maintenant ensemble. La salope ! Lui souffrait et elle, elle se tapait son employé. Cherchez l'erreur…

Il inséra la cassette dans la machine et se renfonça contre le dossier de son siège. Une heure passa, puis deux, puis trois. Buddy s'arrêta un instant pour se confectionner un sandwich et reprit son écoute tout en dévorant son en-cas, notant de temps à autre les failles de la vie de Caitlin Bennett qu'il n'avait pas encore sondées.

Un peu plus tard, il entendit quelque chose qui le fit sourire. MacKee s'adressait à Caitlin et lui posait une question sur une femme nommée Delarosa. Buddy savait que les flics recherchaient cette dernière pour l'interroger sur le passé de Devlin Bennett, mais cela ne leur serait possible que s'ils disposaient d'un médium. Ou de toute autre personne capable d'entrer en contact avec les morts.

Rasséréné, Buddy éteignit le magnétophone et s'étira avec lassitude tout en se dirigeant vers la salle de bains pour se préparer à se coucher. Juanita Delarosa avait montré une vigueur étonnante pour une femme de son âge, pensa-t-il. Il lui avait fallu beaucoup plus de temps pour mourir qu'il ne l'aurait imaginé.

Il consulta sa montre tout en ôtant l'une de ses chaussures avec l'autre main. Il était plus de 1 heure du matin et il était censé être au travail à 9 heures. Il voulait être reposé et prêt à affronter sa journée quand il entrerait dans son bureau. C'était la meilleure manière d'éloigner les voix.

— Aaron, c'est moi, Mac. Il faut que tu restes tranquille.

— Où… ?

Mac lui toucha l'épaule, lui donnant ainsi un repère physique pour concentrer son attention.

— Tu es à l'hôpital. Tu te souviens pourquoi ?

Aaron, sans répondre, porta une main à son visage.

— Non, ne touche pas, murmura Mac. Ton visage est bandé. Mais le médecin dit que tout va bien se passer. Ça va juste prendre un peu de temps.

— Je ne vois plus, marmonna Aaron.

Mac marqua une légère hésitation avant de répondre.

— Ouais, je sais. Tu as aussi un bandage sur les yeux. C'est seulement en attendant que les brûlures cicatrisent. Elles ne sont pas trop graves. Repose-toi, maintenant. Je n'ai pas le droit de rester trop longtemps avec toi tant que tu ne seras pas sorti de réanimation. Mais je viendrai te voir le plus souvent possible, d'accord ?

Aaron était perdu. Des brûlures ? La réanimation ?

Et soudain il se rappela tout, en une série d'images désordonnées. Son pouls s'accéléra, déclenchant une salve de bips irréguliers dans l'une des machines auxquelles il était relié.

Mac commença à paniquer quand il lui saisit le bras.

— Caitie…

— Elle va bien, Aaron. Elle se fait juste du souci pour toi.

— La lettre…

Mac lui tapota le bras et poussa un soupir de soulagement en entendant les battements cardiaques de son frère reprendre un rythme normal.

— Oui, la police est déjà au courant. Ecoute, il faut vraiment que je sorte d'ici si je ne veux pas que les vigiles me jettent dehors. Veux-tu que je t'apporte quelque chose ? Ou que j'appelle quelqu'un pour toi ?

Aaron imagina David apprenant la vérité par la bande. Ç'aurait été trop cruel.

Devinant les hésitations de son frère, Mac se pencha vers lui.

— Te bile pas, mon gars. On a réglé cette question depuis longtemps, toi et moi. Alors, tu veux que je prévienne qui ?

Aaron soupira. Il avait de plus en plus de mal à garder les idées claires.

— David… Caitlin a ses coordonnées.

— Entendu, je lui en parlerai, promit Mac.

Aaron se sentait sombrer rapidement dans l'inconscience, mais il avait besoin de dire ce qu'il avait sur le cœur.

— Je… t'aime, dit-il avant de perdre connaissance.

Mac refoula les larmes qui lui montaient à la gorge.

— Moi aussi, je t'aime…

Repartir fut plus pénible qu'il l'avait craint. Il s'arrêta par trois fois sur le chemin de la sortie pour jeter un coup d'œil par-dessus son épaule et s'assurer qu'Aaron reposait toujours tranquillement sur son lit, que les machines autour de lui fonctionnaient sans problème. Comme il franchissait les portes de la salle, Caitlin l'aperçut et se leva.

— Comment va-t-il ?

— Bien, je crois. J'ai pu lui parler un peu.

Un grand sourire illumina le visage de la jeune femme.

— Oh, Mac, c'est bon signe, n'est-ce pas ? Je veux dire : ça signifie qu'il revient à lui.

— Ouais, c'est bon signe.

Caitlin comprit cependant que Mac ne lui avait pas tout dit.

— Qu'est-ce qu'il y a ?

— Tu connais quelqu'un qui s'appelle David ?

Caitlin sursauta.

— Oh, bon sang ! Oui, bien sûr ! Pauvre David ! Je parie qu'il doit être mort d'inquiétude, à l'heure qu'il est.

— Pourquoi tu le connais, toi, et pas moi ?

— Je ne sais pas. Peut-être parce que Aaron est mon meilleur ami.

— Je croyais que c'était *moi*, ton meilleur ami.

Elle le considéra d'un air pensif.

— J'ignore ce que nous sommes au juste l'un pour l'autre, répliqua-t-elle. Et puis je me permets de te rappeler qu'Aaron, lui, ne m'a pas vouée aux gémonies durant la majeure partie de ces dernières années. Ce n'est quand même pas d'apprendre qu'il y a un homme dans la vie de ton frère qui te trouble à ce point-là ?

— Non, bien sûr que non. Je me demande seulement de quel genre d'homme il s'agit au juste. Aaron n'a pas besoin de travailler, tu sais. Il a reçu à la mort de sa mère de quoi vivre à sa guise. Je n'aimerais pas qu'on profite de…

Caitlin leva une main pour l'interrompre, un léger sourire aux lèvres.

— Jamais entendu parler de F & S Securities ?

— L'agence de courtage ?

— Elle-même. David est le F, initiale de Freeh, et son beau-frère Sugarman le S. Financièrement, il n'a rien à craindre non plus. Crois-moi.

Mac opina.

— C'est tout ce que je voulais savoir. Puisque tu connais ce monsieur, peut-être vaudrait-il mieux que ce soit toi qui lui téléphones.

— Non, je ne pense pas. Aaron est ton frère. David appréciera ce geste de ta part.

— Bien, bien… Ça te dérange si je l'appelle d'ici ?

— Pas du tout. Passe-lui le bonjour de ma part.

Mac sourit.

— Je n'y manquerai pas. Et merci.

Merci de quoi ?

Il haussa les épaules.

— Je ne sais pas… D'être ici, c'est tout.

— Je serai toujours là pour toi, repartit Caitlin à mi-voix. Il suffit de me le demander.

Avant qu'il puisse rien ajouter, elle s'éloigna pour le laisser téléphoner.

16.

Aaron fut transféré dans une chambre privée le surlendemain de son opération. Afin de calmer ses propres craintes, Caitlin avait engagé deux vigiles pour garder sa porte, au cas où le tueur aurait le projet d'achever son travail, et pris soin de garnir la pièce de jacinthes, ses fleurs favorites. S'il ne pouvait pas les voir, elles dégageaient un parfum suave et, jusqu'à plus ample informé, son sens de l'odorat fonctionnait parfaitement bien.

David Freeh assurait une présence régulière auprès de son amant, profondément soulagé de le savoir vivant et on ne peut plus disposé à assumer le rôle de garde-malade jusqu'à ce que les yeux d'Aaron soient libérés de leurs bandages. Quoique Mac eût préféré que son frère vienne loger avec lui chez Caitlin après sa sortie de l'hôpital, il fut convenu qu'il serait plus en sûreté ailleurs. De fait, s'il était impossible de deviner ce que le meurtrier savait au juste des amis de Caitlin et de leurs habitudes, il aurait été malavisé d'exposer Aaron à un danger que, par ailleurs, il ne pouvait voir venir.

Caitlin combattait l'anxiété en s'abrutissant de travail. Elle s'acharnait sur le clavier de son ordinateur jusqu'à ce que sa vue se brouille, puis éteignait la machine et se traînait jusqu'à son lit pour y sombrer dans un sommeil sans rêves. Elle se rendait bien compte que passer ainsi d'une forme d'isolement volontaire à une autre n'était pas sain, mais elle n'avait de force pour rien d'autre. Mac la soutenait quand elle avait peur et la secouait quand elle flanchait et, curieusement, le fait même de craquer l'obligeait à se détacher de ses peurs. Parfois elle avait l'impression de se trouver à un carrefour de son existence — avec pour alternative, être écrasée par un train ou par un car — mais il arrivait aussi que la colère que suscitait en elle cet enfermement forcé émerge à la surface de sa conscience. Elle ressentait alors de l'espoir et pouvait envisager une vie au-delà de l'horreur de l'instant présent. Dans ces moments-là elle était également presque capable de croire qu'elle avait un avenir avec Connor McKee.

— Qui était-ce ?

— Aaron. Il sort demain. Je lui ai dit que tu le rappellerais plus tard.

— Bien.

Mac dénoua la serviette pour prendre un pantalon de survêtement. Caitlin croisa les bras sous la nuque et s'adossa contre le chevet du lit.

— Joli…

Mac se retourna vers elle et lui sourit.

— On admire le spectacle ?

— Non. Ton survêtement. J'adore cette couleur.

— Il est gris, et tu mens.

— A demi.

— M'encouragerais-tu à abuser de toi ?

— Encore faut-il que tu sois à la hauteur.

Il haussa un sourcil. Il était à la *hauteur* de la manière la plus visible qui soit…

— A toi d'en juger.

Il laissa retomber le pantalon de survêtement sur la serviette et se glissa dans le lit à côté d'elle. Caitlin le prit entre ses doigts et sourit de satisfaction en l'entendant râler.

— Tu es à point, pas de doute…

— Et toi, tu vas passer à la casserole.

Elle soupira en sentant sa langue lui taquiner le nombril.

— Tu es vulgaire…

— Peut-être, mais je suis bon.

Elle le tira vers elle et le força à la regarder.

— Bon, ça ne me suffit pas. Je veux que tu sois grand.

— Je suis le plus grand.

— Ça, c'est une réplique à la Mohammed Ali. Trouve autre chose.

Il se haussa sur les coudes et la dévisagea avec avidité. Il l'aimait tellement, et elle le rendait tellement dingue.

— Mettons alors que je suis l'homme de la situation.

Elle fit semblant de réfléchir.

— Je ne sais pas… Ça sonne un peu trop comme une publicité pour une entreprise de dépannage rapide.

Il plaqua un baiser âpre et fiévreux sur ses lèvres et ne la laissa reprendre sa respiration que lorsqu'il l'entendit gémir.

— Alors, enfin convaincue ?

— Convaincue, oui… mais toujours pas satisfaite…

Deux heures plus tard, ils étaient encore au lit. Caitlin sommeillait dans les bras de Mac, et ce dernier observait le jeu de la lumière matinale sur son visage. La cicatrice au-dessus de l'œil de la jeune femme était encore d'un rose profond qui tranchait vivement sur la pâleur de sa peau. Ses autres hématomes, en revanche, s'étaient depuis longtemps résorbés. Si seulement le cauchemar qu'ils étaient en train de vivre pouvait se dissiper aussi facilement, songea-t-il.

Il consulta le réveil et s'extirpa du lit avec une lenteur prudente pour ne pas réveiller sa compagne. Prenant ses vêtements, il alla s'habiller dans le couloir puis se rendit dans la cuisine. Il lui fallait méditer et, pour cela, ses neurones avaient besoin d'être dopés par une bonne dose de caféine…

Une fois la cafetière mise en route, Mac gagna le séjour, alluma le chauffage et vint se camper devant la fenêtre qui surplombait la rue en contrebas.

Des flocons de neige tourbillonnaient entre les immeubles et s'accumulaient en couche épaisse sur les trottoirs. Mac se renfrogna. Le ciel s'éclaircirait-il jamais ?

Il ferma les yeux et laissa les souvenirs de la nuit remonter à sa mémoire. Faire l'amour avec Caitlin avait été pour lui une expérience quasi mystique. L'haleine de la jeune femme était un souffle tiède et léger sur ses joues et les larmes qui perlaient à ses yeux des larmes de joie. Elle s'était offerte à lui sans hésitation et, quand elle avait noué ses jambes autour de sa taille pour l'enfoncer profondément en sa moiteur satinée, ils s'étaient tous deux égarés dans un océan de volupté. Mais la réalité avait repris ses droits avec le lever du soleil, et maintenant il avait peur. Atrocement peur de perdre Caitlin comme il avait perdu Sarah.

L'arôme du café frais s'étant répandu dans l'air, Mac alla s'en verser une tasse. Il y avait tant d'obstacles qui se dressaient encore entre eux ! Elle vivait à New York et lui habitait Atlanta. Elle était riche à milliards et lui n'avait pas encore gagné son premier million. Quelqu'un essayait de la tuer et lui savait à peine quelle mesure prendre pour la protéger. Ils étaient aussi butés l'un que l'autre… Il ne se rappelait pas avoir jamais été si attiré par une femme de toute sa vie. Même le souvenir de Sarah ne soulevait pas autant d'émotion en lui que l'image de Caitlin.

Il avala une longue gorgée de café tout en s'efforçant de chasser la terreur qui embrumait son esprit. Il devait impérativement conserver son sang-froid. Quelque part dehors, dans la ville enneigée, un maniaque préparait la prochaine attaque qu'il mènerait contre Caitlin et il lui fallait être prêt à la parer.

Il but encore un peu de café et chipa un cookie dans le pot à biscuits avant de revenir dans le séjour. Ayant fait passer les restes du gâteau avec le fond de sa tasse, il décrocha le téléphone. Leur visite au commissariat remontait à la semaine précédente et il était curieux de savoir où en était l'enquête. Il chercha la carte d'Amato, composa son numéro et attendit que le policier prenne l'appel.

— Inspecteur Amato.

— Bonjour, inspecteur. Ici Connor McKee. On n'a pas eu l'occasion de se parler depuis que mon frère a été admis à l'hôpital. Comment avance l'enquête ?

— On a eu un pépin hier soir, répondit Amato.

— Comment ça ?

— Neil et Kowalski sont allés voir Mme Delarosa.

— Et elle n'a pas pu vous aider ?

— Elle était morte.

— Ah, c'est regrettable. Caitlin devait l'ignorer bien que, si ma mémoire est bonne, elle nous ait prévenus que c'était une personne âgée.

— Ce n'est pas de vieillesse qu'elle est morte.

Quelque chose dans le ton du policier donna à Mac la chair de poule.

— Que voulez-vous dire ?

— Elle a été assassinée et, d'après les premières conclusions du légiste, cela remonterait à l'avant-veille de la visite de Neil et Kowalski. Sa maison était une vraie chambre froide, et vu la température qu'il fait actuellement, il est plutôt délicat d'estimer avec précision l'heure de son décès. On en saura plus après l'autopsie.

— Seriez-vous en train de suggérer que le tueur lui a mis la main dessus avant vous ?

— Ça y ressemble fort.

— Et son visage… est-il… ?

— Non. Mais il lui a coupé la langue et, selon le coroner, rien que cette blessure aurait suffi à la vider de son sang.

« Les démons sont parmi nous », songea Mac avec épouvante.

Le téléphone toujours collé à l'oreille, il revint près de la fenêtre. Devant lui s'étendait un paysage d'hiver des plus banal : des toits poudrés de neige, des passants revêtus de manteaux et d'écharpes multicolores. Sous la blancheur virginale de la neige, cependant, rôdait une indéniable abomination.

— McKee ? Vous êtes toujours là ?

— Il a donc voulu la faire taire.

— Ouais… C'est aussi mon opinion.

L'effroi de Mac se mua en colère.

— Bon sang, Amato, c'est insensé ! Il n'y avait que vous, moi et les trois autres inspecteurs quand Caitlin a évoqué le nom de cette femme. Comment diable le tueur a-t-il pu savoir… ?

— Seriez-vous en train d'insinuer qu'il y a des fuites dans ma brigade ? grommela Amato.

— Je n'*insinue* rien. Je constate, c'est tout.

— Bon, soit, mes hommes étaient au courant, mais c'était aussi votre cas et celui de Mlle Bennett. Et *vous*, à combien d'autres personnes en avez-vous parlé ?

Lorsque Mac reprit la parole, ce fut d'une voix basse et mesurée mais frémissante de colère.

— Les seules fois où le nom de cette pauvre vieille dame a été prononcé, c'est en présence de vos cracks et dans l'intimité de cet appartement. Même mon propre frère ignorait tout de votre enquête. Regardez un peu où cela nous a menés.

— Ecoutez, McKee, je comprends votre inquiétude mais, croyez-moi, mes subordonnés sont fiables à cent pour cent. Ce sont des professionnels. Jamais ils n'iraient prendre le moindre risque de compromettre une enquête de cette importance. Quand j'en saurai plus, je vous rappellerai.

— Bien.

Mac raccrocha. Maintenant, il allait devoir annoncer cette affreuse nouvelle à Caitlin…

Il se laissa choir sur le siège le plus proche et contempla la pièce avec incrédulité tout en essayant de se rappeler si quelqu'un était avec eux au moment où Caitlin et lui avaient discuté de l'ancienne secrétaire particulière de Devlin Bennett. A sa connaissance, nul n'avait pénétré dans cet appartement depuis son arrivée, à part Aaron, les inspecteurs et quelques livreurs de pizzas. Or il était absolument certain que ni Caitlin ni lui n'avaient proféré le nom de Juanita Delarosa devant l'un d'entre eux.

C'était ahurissant et monstrueux de se rendre compte que le tueur progressait ainsi vers sa proie — à savoir Caitlin en personne — sans qu'il ait la moindre idée pour l'en empêcher.

Il se passa la main dans les cheveux et, basculant au fond du fauteuil, posa ses pieds sur la table basse. Non, tout cela n'avait aucun sens. Il avait été flic. Il savait comment pensaient les criminels. Alors, bon sang, puisqu'il était si perspicace, pourquoi diable n'arrivait-il pas à élucider ce mystère ?

— Mon Dieu, aidez-moi, murmura-t-il tout en promenant un regard absent sur les murs d'un vert pâle et les lambris sculptés.

Les yeux dans le vague, il passa en revue toutes les hypothèses envisageables. Plus le temps passait, cependant, moins il réfléchissait à ce que lui avait appris Amato et plus il observait la pièce autour de lui.

Au bout d'un moment, il bondit sur ses pieds et décrocha le téléphone. Mike Mazurka, le gardien du hall de l'immeuble, répondit presque aussitôt.

— Mike à l'appareil. A votre service, mademoiselle Bennett.

— Mike, c'est moi, Mac, et j'aurais effectivement un service à vous demander.

— Je vous écoute.

— J'ai besoin d'un escabeau suffisamment haut pour me permettre d'atteindre le plafond.

— Je vous apporte ça, lui assura Mike.

Une soudaine bouffée d'adrénaline fouettait les nerfs de Mac. Oui, c'était la seule explication… A supposer toutefois qu'un mouchard ait bien été posé chez Caitlin, c'était sa faute s'il n'avait pas été découvert. Il était un expert en sécurité, après tout ! Quand il avait installé le système d'alarme de cet appartement, il aurait dû en profiter pour passer les lieux au peigne fin avec un détecteur de micros. Il ne l'avait pas fait, et cette omission avait peut-être coûté la vie à une innocente vieille dame !

Dix minutes plus tard, il disposait de l'escabeau réclamé et pouvait examiner chaque endroit où un micro était susceptible d'être dissimulé. En attendant l'arrivée de Mike, il avait déjà regardé dans tous les recoins à sa portée — sauf dans la chambre où Caitlin dormait encore. Il s'était traité de lâche pour hésiter ainsi à la réveiller, mais il savait devoir la chagriner encore et il préférait différer ce moment le plus possible.

— Bon, marmonna-t-il, si j'étais un sale petit mouchard, où est-ce que je me planquerais ?

Les gaines du chauffage et de la climatisation étant des candidates de choix, il décida de les inspecter en premier. Il avait traîné l'escabeau sous la plus proche d'entre elles et s'apprêtait à y grimper quand il s'avisa qu'il lui manquait un tournevis pour démonter les grilles. Il étouffa un juron et se maudit de n'avoir pas songé à prier Mike de lui en apporter avec l'escabeau.

Il se dirigeait vers la cuisine dans l'espoir d'y dénicher un outil de remplacement quand Caitlin émergea de sa chambre. Il s'immobilisa, puis attendit qu'elle s'aperçoive qu'il était en train de la regarder tout en se demandant pourquoi il lui avait fallu si longtemps pour admettre qu'il était éperdument amoureux d'elle. Elle remarqua alors sa présence et sourit. Ce beau sourire, hélas, s'éteindrait bientôt…

— Bonjour, toi. Tu m'as l'air bien sérieux. Aurais-tu perdu quelque chose ?

— Non, je cherche un tournevis.

Caitlin fronça les sourcils.

— Tu en trouveras dans le tiroir à droite de l'évier.

— Sacré bon sang, grommela-t-il avant de se ruer dans la cuisine.

Caitlin lui emboîta le pas, intriguée.

— Et pourquoi as-tu besoin de cet outil ?

Il s'empara d'un tournevis à lame plate ainsi que d'un cruciforme.

— J'ai des mauvaises nouvelles à t'annoncer.

Il la vit pâlir et se retenir au dossier d'une chaise.

— Aaron ! Il n'est pas… ?

— Non, non, Aaron va bien. Je lui ai parlé juste après que tu t'es couchée.

— Dans ce cas, de quoi s'agit-il ?

Mac soupira. Il serait impossible de la ménager.

— La police a retrouvé l'ancienne secrétaire de ton père.

— Juanita ? Et elle n'a pas pu les aider ?

Mac traversa la pièce, posa les tournevis sur la table et serra brièvement la jeune femme par les épaules.

— Malheureusement non. Elle était morte.

Caitlin eut la même pensée que Mac, à savoir que la vieille dame avait succombé à la vieillesse.

— Oh, Seigneur. Je suis vraiment navrée de ne pas l'avoir appris plus tôt. Je serais allée à ses funérailles.

— Tu le peux encore, je crois. Elle n'est pas décédée de mort naturelle. Elle a été assassinée… Et, d'après Amato, moins de quarante-huit heures avant que ses hommes n'aillent la voir. C'est le maniaque qui l'a tuée.

Caitlin tressaillit mais soutint son regard sans ciller. Elle s'était comme habituée à l'innommable…

— Comment le sais-tu ? L'a-t-il défigurée comme… ?

— Non, ma chérie.

— Dieu merci… Mais alors, qu'est-ce qui te fait croire que c'est le même homme qui l'a assassinée ? Nous vivons une époque horrible, Mac. Peut-être a-t-elle eu le malheur de surprendre un voleur qui a préféré la…

— Non.

— Comment, alors ? répéta-t-elle d'une voix blanche. Comment le sais-tu ?

— Il lui a tranché la langue.

Caitlin, devenue blême, s'affala sur une chaise. Des tremblements violents la secouaient.

— Pour l'empêcher de parler, dit-elle.

— C'est ce que pense la police, et je partage aussi cette opinion.

Caitlin plissa les paupières et Mac comprit qu'elle en était venue à la même conclusion que lui.

— Qui a parlé ? Il y a forcément eu une fuite au commissariat.

— J'en ai déjà touché deux mots à Amato, qui m'a juré que ça ne venait pas de chez eux. Du coup j'ai gambergé, et c'est pour ça qu'il y a un escabeau dans ton séjour et que j'ai besoin d'un tournevis.

— Je ne te suis plus, murmura la jeune femme avant de se redresser brusquement. Il y a un escabeau dans mon séjour ?

— C'est dans cette pièce que nous avons discuté d'elle tous les deux… de Juanita Delarosa, tu te rappelles ?

— Oui, mais il n'y avait personne d'autre avec nous à ce moment-là.

— Il se peut quand même que quelqu'un ait surpris notre conversation.

— Je ne…, commença à articuler Caitlin.

Elle s'interrompit brusquement, les joues rouges et les yeux brillants de colère.

— Tu crois qu'on a posé un micro chez moi ?

— Ce n'est qu'une hypothèse…

— Oh, mon Dieu, bredouilla Caitlin.

Puis elle se saisit d'un des deux tournevis.

— Montre-moi ! ordonna-t-elle à Mac.

Ce dernier fut soulagé par sa réaction. Exprimer ainsi sa fureur était sain, et il avait rarement connu personne plus douée que Caitie en la matière.

— Après toi, repartit-il en lui désignant le séjour. Je vais commencer par les gaines de chauffage et de climatisation. Pendant qu'on y jettera un coup d'œil, parle de tout et de n'importe quoi — de la neige, par exemple, ou de ton livre — mais surtout pas de ce que nous sommes en train de faire.

Mac le déposa dans la paume de Caitlin et porta un doigt à ses lèvres. Elle hocha la tête et redescendit de l'escabeau en prenant soin de ne pas renverser le micro miniaturisé.

« C'est tout ? » articula-t-elle silencieusement.

Il haussa les épaules, puis lui prit le mouchard et le plongea dans sa tasse de café froid.

— Tu crois qu'il y en a d'autres ? chuchota-t-elle.

— On va bientôt en avoir le cœur net, répliqua-t-il sur le même ton avant de traîner l'escabeau jusqu'à la pièce suivante.

Après deux heures supplémentaires d'une fouille minutieuse, Mac fut enfin persuadé que l'appartement ne cachait plus aucun système d'écoute.

— On dirait bien que c'était le seul micro. Appelle donc Mike pour l'avertir que je vais laisser l'escabeau dans l'entrée et qu'il peut venir le reprendre quand il voudra.

Caitlin obtempéra, heureuse d'avoir quelque chose à faire. A son retour, Mac était en train de converser avec Amato sur son portable.

— Oui, je vous dois des excuses, reconnut-il.

— Où l'avez-vous trouvé, déjà ? demanda Amato.

— Dans le lustre du séjour. C'était le seul.

— Mais il a suffi, hein ? Merci de nous avoir mis au courant.

— Amato… j'ai conscience de tirer un peu sur la corde, mais accepteriez-vous de me rendre un service ?

— Ça dépend. Qu'avez-vous en tête ?

— J'aimerais que, pour l'instant, vous ne parliez à personne de la découverte de ce mouchard. Que cela reste entre nous.

— Franchement, vous…

— Juste pour un jour ou deux. On ne sait pas encore où cette piste peut nous mener, et plus le nœud est serré, moins il risque de se défaire.

Il entendit Amato soupirer à l'autre bout de la ligne.

— Bon, d'accord. A propos, avez-vous lu les journaux du soir ?

— Non.

— Vous risquez d'avoir un choc : tout le monde ne parle que de la lettre piégée qui a blessé votre frère et, comme de bien entendu, les journalistes n'ont pas manqué de relier cette affaire avec celle de Mlle Bennett.

— Je m'étonne de ne pas avoir encore les oreilles cassées par la sonnerie du téléphone, répliqua Mac. Merci de nous avoir prévenus.

— Je vous en prie. Et surveillez vos arrières.

Sur ce, Amato raccrocha, laissant encore une fois à Mac le soin de rapporter la nouvelle à Caitlin.

— Quoi encore ? s'enquit celle-ci.

— Les journaux du soir... Ils ont établi le lien entre l'explosion au bureau d'Aaron et le harcèlement dont tu es victime.

— Oh, super, grommela Caitlin. Je ferais mieux de passer un coup de fil à Kenny.

Elle disparut dans son bureau, abandonnant dans le séjour un Mac de plus en plus soucieux. Ce jeu du chat et de la souris ne pouvait plus durer. A la fin, le meurtrier se lasserait des victimes de substitution et s'en prendrait directement à la jeune femme...

Il jeta un coup d'œil à la porte. Quoique certain de l'avoir verrouillée après avoir déposé l'escabeau dans l'entrée, il voulut quand même s'en assurer. O.K., elle était fermée à double tour et le système d'alarme était enclenché. Ses épaules s'affaissèrent. Ça n'allait vraiment plus. Voilà qu'il se méfiait de lui-même. Pourtant, avec Mike en bas pour garder le hall de l'immeuble et la limitation des voies d'accès à l'appartement au seul ascenseur privé, Caitlin aurait pu être considérée comme étant suffisamment en sécurité chez elle. Mais il savait que ce n'était qu'une impression. Il avait déjà commis l'erreur de s'y fier auparavant et cela avait coûté la vie d'une vieille dame.

Une autre crainte se mit à le tarauder. Avaient-ils parlé ensemble de l'installation d'Aaron chez David ? Il n'arrivait pas à s'en souvenir...

Caitlin revint à ce moment-là, l'arrachant à ses pensées.

— Kenny a la situation en main. C'est grâce à lui que les journalistes ne nous ont pas harcelés. Il a centralisé toutes les questions et les demandes d'entretiens et n'a laissé filtrer que ce qui était déjà de notoriété publique.

— Un bon point pour lui, dit Mac avant d'ouvrir les bras à la jeune femme. Je ne sais pas ce qu'il en est pour toi, mais moi, j'aurais bien envie d'un petit câlin…

— Pour ça, je suis toujours disponible, répondit-elle en se blottissant contre lui. Mac ?

— Hmm ?

— Merci.

— De quoi, ma chérie ?

— D'être là. Tu n'y étais pas obligé et pourtant tu es venu quand même.

— Aaron n'est pas un homme auquel il est facile de refuser un service, repartit-il en lui caressant la tête du menton.

— C'est donc uniquement pour lui que tu as accepté de me protéger ?

— C'est ce que je me suis dit au départ, mais nous savons toi et moi que ce n'est pas la vérité. Dès l'instant où il m'a appris que tu avais été renversée par un camion, je n'ai pas cessé de me souvenir de la dernière fois où je t'avais vue — quand tu avais ri à une blague d'Aaron avant de me bouder.

— Je ne t'ai pas boudé.

Il sourit.

— Oh, si, tu m'as bel et bien boudé. On se trouvait tous les trois sur le balcon d'Aaron. Tu te rappelles ? C'était au dernier 4 juillet et nous étions en train de regarder les feux d'artifice qui étaient tirés du fleuve.

— Je me souviens bien de cette soirée mais *pas* de t'avoir boudé. Qu'est-ce que tu m'avais fait ?

Il s'esclaffa.

— Parce que c'était ma faute ?

— N'est-ce pas toujours le cas ?

— Hum… Peut-être. Enfin, maintenant que j'y repense, je me dis que je devais avoir l'air d'un petit garçon de six ans amoureux pour la première fois de sa vie et ne sachant trop comment gérer toutes ses émotions sinon en froissant l'élue de son cœur.

— Tu es pardonné.

— Merci, ma chérie.

Il y eut un moment de silence, puis Caitlin leva les yeux vers lui.

— C'est vrai, Mac ? Je suis l'élue de ton cœur ?

— Oui.

Il prit son visage entre ses mains.

— Et moi, Caitie ? Suis-je l'élu de ton cœur ?

Des larmes frémirent au bord des paupières de la jeune femme. Elle les refoula bien vite.

— Oui, Connor McKee, tu es l'élu de mon cœur. Même si mon argent te répugne. Même si quelqu'un veut ma mort.

Mac eut un haut-le-corps en imaginant le portrait de Caitlin épinglé sur le mur du bureau d'Amato, à côté des photographies des autres victimes du maniaque. Il ne pourrait supporter de la perdre. Une évidence le frappa alors : s'il ne changeait pas de comportement, il allait la perdre de toute façon — quand cette histoire serait terminée. Sa fierté avait-elle donc plus de prix à ses yeux que l'amour qu'ils partageaient ?

Honte à lui ! Il n'aurait même pas dû se poser la question.

— Rien ne me répugne chez toi. Les propos que j'ai tenus sur ta fortune étaient indignes. Me pardonnes-tu pour cela aussi ?

Caitlin sentit son cœur bondir dans sa poitrine.

— Cela veut-il dire ce que je crois ?

— Que je refuse de vivre sans toi ? La réponse est oui.

Caitlin sourit, cependant que Mac éprouvait une frayeur croissante. « Mon Dieu, par pitié, pria-t-il, aidez-moi à la protéger… »

— Mac ?

— Quoi, ma chérie ?

— Je commence à avoir vraiment faim et nous n'avons plus beaucoup de provisions. Veux-tu qu'on commande des plats chez un traiteur ou qu'on aille au restaurant ?

— Je crois que je préférerais rester ici, si du moins ça ne te dérange pas.

— Pas du tout. C'est toi qui téléphones ou moi ?

— Moi. J'aurai un autre coup de fil à passer, après. Il m'est venu à l'esprit que nous avions pu parler ensemble du projet d'installer Aaron chez David pour sa convalescence. Il faut que je les prévienne de la découverte du micro afin qu'ils prennent leurs précautions. Je ne veux pas mettre en danger la vie de mon frère, ni celle de son ami par la même occasion.

— Tu as raison, approuva Caitlin. Va vite les appeler ! C'est aujourd'hui qu'Aaron sort de l'hôpital, tu te souviens ? Dis à David de garder les vigiles avec lui. Je continuerai à les payer jusqu'à… jusqu'à ce que l'affaire soit close.

— Entendu. Pour en revenir au repas, que désires-tu manger ?

— A toi de choisir, dit-elle en souriant. Surprends-moi.

Il lui adressa un clin d'œil.

— N'est-ce pas toujours le cas ?

Elle s'esclaffa.

— Bon, reprit-elle, je vais sortir un *cheesecake* du congélateur. Ça nous fera le dessert.

— Ma biche, c'est toi le dessert. Mais, je t'en prie, va donc décongeler ta pâtisserie. Mieux vaut que tu prennes des forces d'ici là.

Il l'entendait encore rire lorsqu'il referma la porte du bureau.

— Qu'as-tu trouvé ?

Il releva les yeux tout en se demandant pourquoi les femmes se teignaient les cheveux. Ceux-ci n'étaient pas simplement roux mais cuivrés.

— Pas grand-chose. Je dois d'abord répondre à ces appels, et ensuite j'aurai un service à te demander.

Elle hocha la tête.

— Bien, d'accord.

Il se mit à éplucher les messages, se forçant à se concentrer sur leur contenu. Ces derniers jours, son esprit avait plus tendance à battre la campagne que d'habitude… Il décrocha le combiné et passa son premier appel. Il y eut une sonnerie à l'autre bout de la ligne, puis une deuxième et enfin une annonce enregistrée. Il laissa son nom sur le répondeur, mit le message de côté et s'occupa du suivant. Il sourit alors brusquement, sans plus songer à son travail. L'heure était venue de cesser de jouer au chat et à la souris, se dit-il. Une fois Caitlin Bennett six pieds sous terre, il aurait tenu ses promesses. Cela ne réparerait pas les torts subis, mais c'était la seule forme de justice à sa portée.

« Encore un peu de patience, mère. Elle sera bientôt châtiée. »

— Mac ! Je viens juste de me souvenir de quelque chose !

— Tu comptes finir ça ? s'enquit-il en désignant les restes dans son assiette.

— Oui, répondit-elle en écartant sa main d'une tape. Il y en a encore dans la boîte, pour l'amour du ciel. Laisse ma part tranquille.

— Je posais juste la question, marmonna-t-il avant de se servir pour la quatrième fois. Alors… Que viens-tu de te rappeler de si épatant que ça ?

— Charles Abernathy, l'avocat de papa. Il doit en savoir encore plus que n'en savait cette pauvre Juanita.

— Mais la police a déjà enquêté sur ta société. Sans résultat.

Caitlin trépignait sur place.

— Oui, mais Abernathy ne travaille plus pour nous. Lui, c'était avant.

Mac avala la bouchée qu'il était en train de mâcher et déposa la part de pizza sur son assiette.

— Avant quoi ?

— Bernstein et Stella ne défendent nos intérêts que depuis une dizaine d'années, lui expliqua-t-elle. Avant eux, c'était M. Abernathy qui s'en chargeait. Oh, Mac, et s'il n'était plus de ce monde ? Voilà des années que je ne lui ai pas parlé. Il doit avoir dans les quatre-vingt-cinq ans, au bas mot.

— Sais-tu où il habite ?

— Oui, j'ai son adresse quelque part… mais où ? Si, je vois ! Je suis sûre de la retrouver dans un des vieux calepins de papa. Je crois qu'ils sont tous rangés dans un des placards du bureau.

— Finis ta pizza avant qu'elle refroidisse, lui conseilla Mac. On regardera ça tout à l'heure.

— J'aime la pizza froide, rétorqua-t-elle en se levant.

— Toi peut-être, pas moi, maugréa Mac en considérant sa propre part avec regret.

Après en avoir pris une dernière bouchée, il suivit la jeune femme dans le couloir. Si elle avait raison, pensa-t-il, et si le vieil avocat avait encore toutes ses facultés, alors ils tenaient peut-être enfin une piste sérieuse.

17.

Caitlin se pencha vers le chauffeur et lui tapota l'épaule.

— Oncle John, vous êtes sûr que nous sommes sur le bon chemin ?

— Oh, oui. Je connais bien la route. Ma sœur a été dans la même maison de retraite.

— Ah, très bien, dit Caitlin avant de se renfoncer en souriant dans la banquette. C'est quand même une drôle de coïncidence que votre sœur se soit retrouvée dans l'institution de M. Abernathy.

Elle regarda Mac et sourit de plus belle comme il lui faisait un clin d'œil et lui prenait la main.

— Oh, ce n'est pas du tout une coïncidence, mam'zelle. C'est moi qui emmenais jadis votre père rendre visite à M. Abernathy. Plus tard, quand il a fallu trouver un foyer pour Sylvia, nous avons naturellement pensé à Glen Ellen Village. Mais voilà longtemps qu'elle n'est plus de ce monde, la pauvre.

— Mon père est déjà venu à Glen Ellen Village ?

— Oh, oui. Je l'y conduisais chaque mois. C'était réglé comme du papier à musique.

— Je me demande bien pourquoi je ne l'ai jamais su.

— Votre père… était un homme très discret.

— Et encore plus que je ne le croyais, apparemment.

— C'est là, intervint Mac en désignant le grand porche marquant l'entrée et les bâtiments qui se dressaient au-delà. Le trajet n'était pas si long que ça, finalement.

— Nous sommes ici au pied des Catskills, vous savez, dit John. Vous devriez voir ce paysage à l'automne, quand toutes les feuilles rougissent. C'est splendide.

La voiture s'arrêta et le vieux domestique en descendit pour ouvrir la portière à Mac avant que celui-ci puisse esquisser le moindre geste.

— Mac, lui chuchota Caitlin, laisse-le faire. Il aime se sentir indispensable.

— Comme nous tous, répliqua Mac en émergeant du véhicule.

Il se retourna ensuite vers la jeune femme pour l'aider à sortir à son tour de la limousine. Ils se retrouvèrent tous trois sur l'allée principale, laquelle était comme encadrée d'un rempart de neige pailletée de brindilles, amassée sur les côtés à coups de pelle.

— Transmettez mes salutations à M. Abernathy, mam'zelle.

— Je n'y manquerai pas, oncle John. Nous n'en aurons pas pour longtemps.

— Ne vous pressez pas. La journée est belle pour la saison, et je suis content de m'aérer un peu.

Mac saisit la main de la jeune femme.

— O.K., ma chérie. Allons consulter le vieux sage.

— J'espère qu'il aura des choses à nous raconter !

— Nous le saurons bientôt.

— Tu as raison. Dépêchons-nous. J'ai la désagréable impression d'être surveillée.

Ils gagnèrent la porte d'entrée. Caitlin marqua une pause pour arranger ses cheveux.

— De quoi ai-je l'air ? s'enquit-elle.

— D'une ravissante célibataire, répondit Mac tout en ramenant une boucle derrière son oreille gauche.

Quelques minutes plus tard, ils étaient conduits à la chambre que Charles Abernathy appelait maintenant son foyer.

— Monsieur Abernathy, vous avez de la visite, annonça l'infirmière avant d'inviter le couple à entrer. Il est un peu dur d'oreille, ajouta-t-elle à leur intention, mais il a tout son esprit.

Mac eut un regard pour Caitlin, comme pour lui signifier : « Je te l'avais bien dit. » Puis il la suivit à l'intérieur de la pièce.

Caitlin avait gardé de l'ancien avocat de son père une image qui ne correspondait pas du tout au vieux gentleman décati qu'elle avait sous les yeux. Dans son souvenir, Charles Abernathy était un géant ventripotent de plus d'un mètre quatre-vingts. Or l'homme assis devant elle était maigre comme un clou et tout ratatiné. En fait, on aurait dit que son corps s'était effondré sur lui-même, ne laissant dans le fauteuil roulant qu'une enveloppe desséchée… Elle le rejoignit devant la fenêtre et disposa une chaise devant lui afin qu'il n'ait pas à lever la tête vers elle durant leur conversation.

— Monsieur Abernathy, je suis Caitlin, la fille de Devlin Bennett, dit-elle d'une voix claire et sonnante. Vous souvenez-vous de moi ?

Le vieil homme plissa les paupières et dévisagea un long moment la jeune femme. Puis il se mit brusquement à sourire et Caitlin reconnut aussitôt l'homme qu'il avait été.

— Et comment, Caitlin. Bien sûr que je me souviens de toi. J'ai été tellement navré d'apprendre la disparition de ton père. Je n'ai pas pu assister à ses funérailles, vois-tu. J'espère que tu ne m'en as pas trop voulu.

Caitlin prit ses mains entre les siennes et sentit sous sa peau la tiédeur fugace du sang qui battait encore dans ses veines.

— Absolument pas, répondit-elle. C'est plutôt moi qui devrais vous présenter mes excuses pour ne pas être venue vous voir plus tôt. Vous étiez l'un des amis de mon père en qui il avait le plus confiance.

— Il est malavisé de mélanger travail et plaisir, sais-tu, mais l'amitié qui nous unissait, Devlin et moi, allait au-delà de la simple relation entre un avoué et son client. Ses visites me manquent. On aimait bien parler du bon vieux temps ensemble.

Son sourire vacilla, son regard se voila.

— Il n'y a plus personne pour se rappeler encore cette époque-là…

— Je suis désolée.

Abernathy haussa les épaules, comme pour chasser un mauvais rêve.

— La nostalgie me rend impoli. Vous, là… jeune homme. Je ne crois pas connaître votre nom.

— Je suis Connor McKee, monsieur. Avez-vous besoin de quelque chose ?

— Oui, d'une seconde chaise. Pour vous. Prenez donc celle du bureau et venez vous asseoir à côté de nous.

— Merci, monsieur.

Caitlin se mordit la lèvre. Comment amener le vieil homme à leur parler du passé de son père ? Leur temps était compté… Et à en juger par les cernes bleus autour de la bouche de

Charles, c'était aussi le cas de ce dernier. Fort heureusement, avant même qu'elle ne trouve un biais pour aborder le sujet, ce fut l'ancien avocat qui le lui fournit.

Une fois Mac assis, Charles rajusta la couverture qui lui recouvrait les jambes et regarda Caitlin droit dans les yeux.

— Vous n'êtes pas venus uniquement pour me saluer, n'est-ce pas ? En quoi puis-je vous être utile ?

Mac réprima un sourire et songea qu'en son temps, Abernathy devait être un adversaire redouté dans les enceintes des tribunaux.

— Effectivement, admit Caitlin, j'ai un grave problème.

— Je ne fréquente plus les prétoires, tu sais. Je suis trop vieux pour ça. C'est une pitié quand le corps flanche ainsi avant l'esprit. Je suis encore capable de me servir de ma tête, mais mes jambes ne suivent plus.

— Je n'ai pas besoin d'un avocat. Ce dont j'ai besoin, c'est vous et vos souvenirs.

Le vieil homme se frappa la jambe en souriant.

— Alors tu as sonné à la bonne porte. Que désires-tu savoir ?

Elle interrogea Mac du regard. Ce dernier se contenta de hocher la tête, comme pour lui signifier qu'il lui laissait la direction des opérations.

— Eh bien… Avant que je vous demande quoi que ce soit, il faut que je vous dise pourquoi nous sommes ici. Vous savez que je suis écrivain, n'est-ce pas ?

— Oh, oui. J'écoute souvent tes livres sur cassette. J'ai surtout aimé *Déviation*.

Caitlin eut du mal à cacher sa surprise.

— Eh bien, mais… c'est merveilleux. Merci. Au cours des six derniers mois, reprit-elle, j'ai reçu des lettres assez perturbantes que j'ai d'abord cru émanées d'un lecteur mécontent. Il y a peu, nous avons appris qu'il n'était pas seulement mécontent, mais aussi dangereux. Mortellement dangereux. Il a déjà essayé de me tuer une fois et a échoué. Par frustration sans doute, il s'est mis à assassiner des femmes qui me ressemblaient.

— Oh, Seigneur ! s'exclama Abernathy avant de dévisager plus attentivement Mac. Seriez-vous un officier de police, jeune homme ?

— Plus maintenant, monsieur. Mais je l'ai été. Je suis aujourd'hui le propriétaire et gérant de ma propre entreprise, dans le secteur de la sécurité. Et je sers actuellement de garde du corps à Mlle Bennett.

— Je vois, dit Charles en prenant la main de Caitlin. Ton père aurait engagé plus d'un garde du corps, ma petite, tu sais.

Caitlin sourit.

— Je n'ai pas engagé Mac, monsieur Abernathy. S'il me protège, c'est parce qu'il l'a décidé.

— Ah... je vois encore mieux, articula le vieil homme en reportant son attention sur Mac.

— Ecoutez, monsieur Abernathy, poursuivit Caitlin, si je suis ici c'est parce que vous êtes notre dernière chance. Nous ne disposons d'aucun indice susceptible de nous indiquer l'identité du meurtrier mais nous avons des raisons de supposer que ses mobiles pourraient être liés au passé de mon père plutôt qu'au contenu de mes livres.

Le vieil homme se raidit subitement.

— Il est exclu que je divulgue quoi que ce soit de la vie privée de ton père, répliqua-t-il d'une voix bourrue.

Caitlin courba la nuque avec abattement. Mac, cependant, n'avait pas dit son dernier mot.

— Je vous en prie, monsieur Abernathy, intervint-il. Vous ne comprenez pas. Cet homme ne se contente pas de tuer ses victimes. Il les massacre.

— Il a assassiné Juanita Delarosa pour l'empêcher de nous parler, ajouta Caitlin. Nul n'est au courant de notre visite ici. Nous n'avons mentionné votre existence à personne, pas même à la police.

Charles écarta ces protestations d'un revers de main.

— Ce n'est pas ma sécurité qui est en jeu ici. Voilà longtemps que j'aurais dû être mort, de toute façon.

Il secoua la tête avec incrédulité.

— Pauvre Juanita. Je me souviens très bien d'elle…

Puis il fixa Mac d'un regard d'une acuité saisissante dans un visage aussi marqué par les années.

— A-t-elle souffert ?

— Oui.

Il se rencogna dans son fauteuil roulant et ferma les paupières. Dans le silence qui s'ensuivit, une larme solitaire roula le long de sa joue. Quand il rouvrit les yeux, toutefois, ceux-ci brillaient d'un éclat féroce.

— Que voulez-vous savoir ?

— Papa avait-il des ennemis capables de commettre des horreurs pareilles ?

Charles répondit sans aucune hésitation.

— Pas à ma connaissance. Ses seuls ennemis étaient ses concurrents.

Mac posa une main sur le bras de Caitlin pour s'excuser à l'avance de la question qu'il allait poser.

— Avait-il des secrets ? Vous avait-il fait… certaines confidences ?

Caitlin eut l'air scandalisée et voulut répliquer que son père n'était pas comme ça, mais elle se ravisa en songeant qu'il lui avait déjà caché ses visites à Glen Ellen et qu'en conséquence il y avait peut-être d'autres aspects de sa vie qu'elle ignorait — des événements importants dont la connaissance pourrait éventuellement lui sauver la vie.

— Je suis désolé, mais cette question m'a pris de court, repartit Abernathy en fronçant les sourcils. Voilà si longtemps que je respecte le secret professionnel…

Il s'interrompit et releva soudain la tête, écarquillant les yeux sous l'afflux des souvenirs.

— Il y a bien une chose que j'ai toujours trouvée étrange. Je ne vois cependant pas quel lien elle pourrait avoir avec ces meurtres…

— Dites-la toujours, l'encouragea Mac. J'ai été flic assez longtemps pour savoir que les rebuts des uns sont les trésors des autres.

— Eh bien… aussi loin que je me rappelle, Devlin a toujours envoyé en début de mois deux mille dollars à une femme qui habitait à Toledo, dans l'Ohio. Son testament comportait même une clause prorogeant ces versements après sa mort. Je l'ai respectée jusqu'à ma retraite, et je me souviens avoir informé en personne Julius Bernstein de cette disposition quand il a pris ma succession dans la défense des intérêts de la société.

Caitlin était ébahie.

— Deux mille dollars par mois ? répéta-t-elle.

Il opina.

— Et cela a duré pendant combien de temps ?

— Près de trente ans, dirais-je.

Mac regarda Caitlin.

— Vois-tu une raison à ce geste ?

— Non, pas la moindre. En fait, je suis sidérée… Monsieur Abernathy, vous rappelez-vous le nom de la bénéficiaire de cette pension ?

Le vieillard sourit.

— Absolument. Comme je vous l'ai dit tout à l'heure, c'est mon corps qui me lâche, pas mon esprit. Cette dame s'appelait Georgia. Georgia Calhoun.

— Non, je ne crois pas… C'est que M. Bennett ne se confiait jamais à moi. Je n'étais que son chauffeur, vous comprenez.

— Ce n'est pas grave, oncle John, le rassura Caitlin. Je me confie assez à vous pour deux, n'est-ce pas ?

John gloussa tout en freinant à un feu rouge et en ignorant superbement les coups de Klaxon du taxi qui le suivait ainsi que les jurons sonores de son chauffeur.

— Ça, c'est sûr, mam'zelle. Et tous vos secrets sont bien gardés avec moi, hein ?

Caitlin sourit.

— J'ai déjà eu l'occasion de m'en apercevoir. Papa n'a jamais su, par exemple, que c'était moi qui avais cassé le phare de sa MG de collection. Il croyait que c'était lui. Il a tempêté des semaines durant contre sa propre maladresse !

John s'esclaffa.

— Et il lui a fallu six mois pour trouver un phare de rechange, vous vous souvenez ?

— Ça m'a dissuadée à jamais de reprendre le volant…

Mac la dévisagea avec stupeur.

— Tu ne sais pas conduire ?

Caitlin croisa le regard de John dans le rétroviseur et éclata de rire.

— Mettons qu'il serait préférable pour tout le monde que je ne m'y remette pas.

— Vous avez seulement besoin d'un peu de pratique, repartit John, et cette ville n'est pas le lieu idéal pour apprendre à conduire.

Le feu passa au vert et la limousine se remit en branle. Mac prit la main de Caitlin et noua tendrement ses doigts aux siens.

— Viens à Atlanta. Moi, je t'apprendrai à conduire.

Caitlin se tourna vers lui.

— Tu es sérieux ?

Il hocha la tête.

— Quand je rentrerai à la maison, accompagne-moi.

— Pour combien de temps ?

— C'est un contrat à durée indéterminée.

— Connor McKee, reprit-elle à voix basse, que me proposez-vous là exactement ?

— Nous y sommes, mam'zelle, annonça John.

— Ne descendez pas, lui dit Mac. Vous êtes du côté de la rue. Je vais aider Caitlin à sortir moi-même. Merci de nous avoir transportés.

John se retourna vers la banquette arrière et sourit au couple de toutes ses dents.

— Entendu, monsieur, à votre service. Prenez soin de vous, mam'zelle. Et… si j'étais vous, je réfléchirais sérieusement à cette invitation à Atlanta.

Caitlin rougit tandis que Mac lui ouvrait la portière, puis salua le chauffeur qui s'éloignait.

— Pourquoi diable ai-je l'impression d'avoir été surprise dans une situation compromettante ?

Mac eut une moue comique.

— Peut-être parce que tes hormones te travaillent ?

Elle lui donna pour rire une tape sur le bras.

— Rentrons, Mac. Il faut que je sache comment se porte Aaron.

— Et moi, que je me branche sur Internet pour voir ce que je peux trouver sur Georgia Calhoun.

— Ouais, tout va bien de notre côté. Et toi, petit frère ?

— Je crains fort de gagner une bonne vingtaine de kilos. David ressemble beaucoup à maman. Elle insistait toujours pour qu'on mange, qu'on soit blessé, malade ou triste — tu te rappelles ?

Mac rit.

— Et comment ! J'ai encore à la bouche le goût des cookies à la noix de coco qu'elle aimait nous préparer.

— Caitlin en fait des presque aussi bons, lui signala Aaron.

Mac ne put dissimuler son étonnement.

— Caitlin cuisine ?

Aaron éclata de rire avant de pousser un gémissement sourd.

— Oh, ça fait mal… Ne me fais plus rire, par pitié.

— Désolé. C'est que je n'ai pas encore eu l'occasion de voir Caitlin à l'œuvre dans sa cuisine. Ou plutôt, si, je l'ai bien vue ouvrir des boîtes, réchauffer des surgelés, confectionner des sandwichs aux pickles et au beurre de cacahouète et décrocher le téléphone pour appeler le livreur de pizzas, mais jamais s'attaquer à une vraie recette.

— Parce que son livre l'accapare trop. Crois-moi, quand elle ne travaille pas à un bouquin, c'est un vrai cordon-bleu.

— Eh bien, j'ai hâte de vérifier ça.

— Parce que tu comptes rester chez elle jusque-là ? le taquina Aaron.

— Du calme, petit frère. Ce n'était qu'une façon de parler.

— A propos, merci d'avoir appelé David pour moi.

— Pas de problème. Dis, il a l'esprit plutôt affûté, ce garçon. Je suis sûr qu'il te donnerait de bons conseils pour tes investissements.

L'éditeur pouffa.

— Toujours à tirer des plans sur la comète, hein, Mac ? Quand donc apprendras-tu à profiter de l'instant présent avant qu'il soit trop tard ?

— Bah, assez parlé de moi. J'ai du boulot qui m'attend sur l'ordinateur…

— Je te plains. Enfin, voilà peut-être une corvée qui me sera épargnée à l'avenir — à moins, bien sûr, qu'on n'invente des écrans en Braille.

Mac perçut la peur qui altérait la voix de son frère et s'en émut.

— Tu te fais des idées. Le médecin te l'a dit, tu vas guérir. Tu dois juste montrer un peu de patience.

— Hélas, je n'en ai pas beaucoup… Ah, il faut que je te laisse. David m'annonce que le déjeuner est servi et d'après ce qu'il m'a dit, je n'ai vraiment pas à me plaindre : steak, pommes au four et salade César.

— Réjouis-toi plutôt d'être encore là pour manger tout ça. Allez, porte-toi bien et n'oublie pas ce que je t'ai dit : reste en dehors de toute cette histoire tant qu'elle ne sera pas terminée.

— Un premier avertissement m'a suffi. Je te rappelle plus tard.

Mac raccrocha et se tourna aussitôt vers l'ordinateur de Caitlin. Du temps où il portait l'insigne des forces de l'ordre, il avait acquis une compétence certaine pour retrouver les personnes recherchées par la police. Il avait même su localiser deux inculpés en cavale rien qu'à partir de vieux registres du travail. Or cette fois-ci, il avait un nom, une ville et un Etat. Il espérait seulement qu'il n'avait pas perdu la main…

Il démarra le moteur et le laissa chauffer un peu en attendant. Une minute plus tard, il vit son coéquipier lui faire signe depuis le seuil du poste de police. Il baissa la vitre de sa portière.

— Qu'est-ce qu'il y a ?

— La cassette est revenue de Quantico.

Sal s'empressa de couper le moteur et de ressortir du véhicule puis, non sans déraper à deux reprises sur la neige du parking, se hâta de rejoindre Paulie.

— Déjà ?

— On ne va pas s'en plaindre. Grouille un peu. Le lieutenant veut nous montrer quelque chose.

Ils montèrent l'escalier quatre à quatre et arrivèrent essoufflés au deuxième étage.

— Neil et Kowalski ont été prévenus ? s'enquit Sal.

— Je ne sais pas. Franconi m'a juste ordonné d'aller te chercher.

— Résidence Bennett.

— Bonjour, mademoiselle Bennett. Inspecteur Neil à l'appareil.

Elle jeta le torchon sur le comptoir et s'adossa contre le mur.

— Bonjour, inspecteur, répondit-elle tout en se représentant le visage de son interlocuteur. Vous avez du nouveau ?

— Eh bien, nous n'en sommes pas encore sûrs, dit-il. Ma coéquipière et moi-même avons visionné les cassettes enregistrées par les caméras de sécurité de votre immeuble le jour où le colis vous a été livré.

— Le colis ? Vous faites allusion, je suppose, à celui qui contenait le tartare de rat ?

Il y eut un silence à l'autre bout de la ligne. Puis Caitlin crut entendre le policier glousser.

— Exactement. Si je vous appelle, c'est qu'il y a plusieurs personnes sur cette bande que nous ne parvenons pas à identifier et… cela vous dérangerait-il de venir au poste ?

— Non, je serais heureuse de vous aider. Je préviens Mac et je saute dans un taxi.

— Oh, pas besoin de vous donner cette peine. Je vous téléphone de ma voiture et il se trouve que je suis dans votre quartier. Je peux passer vous prendre, si vous voulez.

— Eh bien, volontiers. Vous arrivez dans combien de temps ?

— Cinq minutes tout au plus. Je monterai vous chercher à votre appartement, comme ça vous n'aurez pas à attendre dans le hall où vous risqueriez… Enfin, ça sera plus pratique.

— Merci pour cette délicate attention.

— Parfait. A tout de suite, alors.

Caitlin raccrocha, puis contempla en soupirant le repas qu'elle avait préparé pour Mac et elle. Bah, elle mangerait plus tard…

Elle se mit à la recherche d'un rouleau de film plastique pour envelopper son déjeuner. Mac entra à cet instant dans la cuisine.

— Qui était-ce ? Pourquoi ranges-tu ces tartines ? On n'a pas encore mangé.

Elle lui tendit une moitié de bagel tartinée de crème de fromage et garnie d'une tranche de bacon.

— L'inspecteur Neil. Il souhaite que je passe au commissariat pour visionner des cassettes.

— Quelles cassettes ?

— Celles prises par les caméras de sécurité de l'immeuble le jour où j'ai reçu le rat en pièces détachées.

— Hum, bonne idée. Je viens juste de commencer une recherche sur Georgia Calhoun mais je pourrai la reprendre plus tard.

Puis il quitta la pièce tout en entamant sa tartine.

— Hé ! s'exclama-t-il. C'est bon.

Caitlin sourit.

— Tu en doutais ?

Avant que Mac puisse se défendre, la sonnerie de la porte d'entrée retentit.

— Mazette ! Quelle rapidité, déclara la jeune femme avant de baisser les yeux vers ses pieds.

Elle portait ses chaussons en forme de chiots.

— Je ne peux pas sortir avec ça !

— Je vais ouvrir, lui proposa Mac.

Elle se rua dans sa chambre pour enfiler des chaussures.

— Entrez, inspecteur. Prenez un siège. Caitlin est presque prête et je n'ai moi-même qu'à éteindre l'ordinateur.

— Attends, Mac, dit Caitlin en revenant dans la pièce. Pourquoi ne resterais-tu pas ici pour finir ce que tu as commencé ? On ira beaucoup plus vite si on se met à deux sur cette affaire.

— Pas question, répliqua Mac. Je ne te perds pas de vue.

Caitlin s'esclaffa et désigna Neil.

— Mais, Mac, je serai sous escorte policière. L'inspecteur Neil m'a offert de me conduire jusqu'au poste et j'ai tout lieu d'espérer qu'en cas de bonne conduite de ma part, il sera disposé à me ramener ici ensuite.

Neil sourit.

— Vous pouvez y compter, confirma-t-il. McKee, je prendrai bien soin d'elle, n'ayez crainte.

Caitlin lança à Mac un regard suppliant.

Celui-ci soupira. Il n'aimait pas ça. Surtout, il n'aimait pas les regards dont Neil couvait Caitlin… Enfin ! Il ne se sentait pas capable de lui dire non. Il se demanda ce qu'allait devenir sa vie s'il épousait une femme à laquelle il ne savait rien refuser…

— Ouais, je vois ça, repartit-il en toisant le policier avec humeur. Bon, soit.

Neil lui tendit la main.

— Je vous promets que je ne la quitterai pas un seul instant des yeux.

Mac serra la main du bonhomme avec réticence, puis aida Caitlin à enfiler son manteau.

— Jusqu'en haut, murmura-t-il tout en attachant le dernier bouton qu'elle laissait libre d'ordinaire. Je ne veux pas que tu attrapes froid.

Ce ne fut pas ces paroles en elles-mêmes mais le ton sur lequel il les prononça qui indiqua à Caitlin combien il tenait à elle.

— Il ne fait pas aussi froid à Atlanta, n'est-ce pas ?

Il écarquilla les yeux. C'était la première fois qu'elle laissait entendre qu'elle pourrait accepter son invitation. Un lent sourire se dessina sur ses lèvres.

— Non, répondit-il à mi-voix. Les températures y sont nettement plus douces.

— J'ai hâte d'être là-bas…

Puis, ayant complètement oublié la présence du policier à côté d'elle, elle gratifia Mac d'un baiser sonore.

Neil toussota et feignit de s'abîmer dans la contemplation d'une toile accrochée au mur.

Au bout d'un moment, Caitlin lui tapa sur l'épaule.

— Je suis prête.

Il pivota sur lui-même, adressa un hochement de tête à Mac et présenta son bras à la jeune femme.

— Etes-vous déjà montée dans une voiture de police ?

— Eh bien, oui, en fait, répondit-elle en le précédant dans l'entrée. C'était dans le cadre de mes recherches pour mon troisième… non, pour mon quatrième roman. Seulement, ce n'était pas à New York mais à L. A.

— Comme c'est intéressant…, dit Neil.

Ce fut les derniers mots que Mac les entendit prononcer. Pressé de reprendre ses recherches sur la Toile, il revint sans tarder dans le bureau. Le temps jouait contre eux, et il ne voulait pas que Georgia Calhoun connaisse le même sort que Juanita Delarosa.

A côté de lui, Hahn transpirait comme un damné en enfer. Il ne cessait lui aussi de contempler le photogramme, l'estomac soulevé de nausées.

— Ce n'est pas possible, bredouilla-t-il. C'est un sosie ou je ne sais quoi... non, ce n'est pas possible.

— Ça lui ressemble trop pour qu'on l'ignore, trancha le lieutenant Franconi. Je veux que vous fouilliez tous les deux dans son passé. Débrouillez-vous pour savoir si ce qu'on sait de lui colle avec les faits, et magnez-vous le train.

— Bon Dieu, lieutenant, dit Sal, si c'est bien lui alors nous sommes dans un foutu pétrin.

La mâchoire de Franconi se durcit impitoyablement.

— Non, Amato. C'est lui qui est dans le pétrin.

18.

Les doigts de Mac volaient au-dessus du clavier tandis que défilaient devant ses yeux des pages d'annuaire et des dossiers de sécurité sociale. Pour les obtenir, il avait dû s'introduire dans des archives auxquelles il n'était pas censé avoir accès…

La fin justifiait les moyens.

D'après les données inscrites sur son écran, il existait trois Georgia Calhoun dans l'Ohio, dont deux à Toledo et une dans une bourgade située à l'autre bout de l'Etat. Il enregistra ces informations sur son disque dur, quitta l'application et, le cœur battant, décrocha le téléphone. Ça serait quand même quelque chose, pensa-t-il, s'il parvenait à localiser cette femme avant que Caitlin revienne du commissariat…

Le premier numéro qu'il composa n'était plus attribué. Ses espoirs baissèrent d'un cran. Il composa le deuxième numéro en se répétant que ce n'était que le premier essai. Cette fois-ci, une sonnerie retentit à l'autre bout de la ligne. Une fois, deux fois, trois fois. S'attendant à tomber sur un répondeur, il tressaillit de joie en entendant une voix féminine lui répondre.

— Allô ?

— J'aimerais parler à Georgia Calhoun, dit-il.

Sa correspondante garda le silence un instant.

— C'est elle-même, déclara-t-elle enfin. Qui êtes-vous, je vous prie ?

— Mademoiselle Calhoun, je fais partie d'une organisation spécialisée dans la recherche des personnes disparues et je travaille actuellement pour une famille qui voudrait retrouver une certaine Georgia Calhoun.

— Sans blague ? Comme dans l'émission *Perdu de vue* ?

— Plus ou moins. Mais il faut d'abord que je vous pose quelques questions pour être sûr que je m'adresse à la bonne personne. Seriez-vous prête à m'aider ?

— Ah ben, oui, alors ! Qu'est-ce que vous voulez savoir ?

— En premier lieu, quel âge avez-vous ?

— Vingt-trois ans.

Mac s'affala dans son fauteuil. Cette femme ne pouvait être la bénéficiaire des largesses de Devlin Bennett. D'après Charles Abernathy, il avait envoyé de l'argent à cette dernière pendant près de trente ans. Son interlocutrice était trop jeune pour ça.

— Ah, ça ne correspond pas à nos indications, mademoiselle. La dame dont je vous parle serait âgée d'au moins une cinquantaine d'années aujourd'hui.

— J'ai reçu mon nom de ma tante Georgia. Peut-être est-ce elle que vous cherchez ?

L'espoir de Mac regrimpa en flèche.

— Ce n'est pas impossible. Vous avez ses coordonnées ?

— Je suis désolée, mais ma tante Georgia est morte depuis longtemps.

« Bon sang. Encore une impasse. »

— Je vois. Est-ce que par hasard vous auriez entendu parler d'un certain Devlin Bennett ?

— Non, je ne crois pas. C'est ce monsieur qui veut retrouver Georgia Calhoun ?

— En quelque sorte. Pouvez-vous me fournir d'autres renseignements à son sujet ? Son lieu de naissance, par exemple ? Avait-elle par ailleurs des parents susceptibles d'en savoir plus sur elle ?

— Eh bien, si, ma mère. Un instant, je vais vous la passer.

— Merci.

Peu après, il entendit des bruits de pas qui se rapprochaient du téléphone et espéra que la mère serait aussi serviable que la fille.

— Grace Calhoun à l'appareil. Il paraît que vous cherchez Georgia ?

— En fait, madame, je cherche une *certaine* Georgia et j'ignore encore si c'est votre parente.

— Je vois. Que voulez-vous savoir ? Ça fait plusieurs années qu'elle est morte, quand même.

— Oui, madame, c'est ce que votre fille m'a appris. Je vais vous poser la même question qu'à elle : avez-vous jamais entendu parler d'un homme appelé Devlin Bennett ?

— Je mentirais si je vous disais oui. Ah, c'est dommage que mon mari ne soit plus de ce monde. Il aurait pu vous en dire plus que moi sur Georgia.

— Ce n'était pas votre sœur ?

— Oh, non, elle était de la famille de mon mari. En fait, c'était une demi-sœur à lui par sa mère, mais la plupart du temps elle se faisait appeler Calhoun aussi. Vous devriez plutôt en parler à Joseph, sauf que je ne sais plus du tout où il est à l'heure actuelle, celui-là.

— Qui est ce Joseph ?

— Son fils. Mais il est parti après sa mort.

— Je vois. Ecoutez, madame Calhoun, c'est un sujet délicat et je tiens à vous assurer que je ne suis motivé par aucune curiosité déplacée, mais si la demi-sœur de votre mari a eu un fils et a gardé malgré tout le nom de Calhoun, dois-je en déduire qu'elle a divorcé et repris son nom de jeune fille ?

— Oh, non, Georgia ne s'est jamais mariée. Ça a d'ailleurs fait scandale, à l'époque. C'était en... Attendez voir. Ça remonte aux années 60, si je ne m'abuse. Et en ce temps-là, vous pouvez me croire, aucune femme, je dis bien aucune ne serait allée crier sur les toits qu'elle avait eu un bébé en dehors des liens sacrés du mariage.

— Certes, mais c'est bien ce qu'elle a fait ?

— Eh, oui. Enfin, toujours est-il que cette pauvre Georgia n'a jamais eu beaucoup d'argent et que son bébé faisait peine à voir tellement il était maigrichon. Heureusement, Joseph est devenu un bel homme depuis. Comme quoi...

— Et son père ? la coupa Mac, à bout de patience. Vous ne savez rien sur lui ?

Grace marqua une pause avant de lâcher d'une voix sourde :

— Rien de rien, non. On n'a jamais appris qui c'était. Elle ne voulait pas le dire. Et, c'est un fait, elle ne l'a jamais dit. Paraîtrait qu'elle l'aurait avoué au gamin juste avant de rendre l'âme, mais comme il est parti tout de suite après, je suppose qu'il s'en fichait.

Mac était à court de questions comme d'idées. Rien de tout cela ne collait. Si c'était bien cette Georgia qui recevait deux mille dollars par mois de Devlin Bennett, alors elle aurait dû avoir de l'argent. Pas beaucoup, certes, mais un peu quand même. Elle ne pouvait en tout cas être aussi démunie que le prétendait Grace Calhoun. Bref, ce n'était toujours pas la bonne personne.

— Ouais, sans doute, dit distraitement Mac.

Ayant baissé les yeux sur ses notes, il se rappela alors une question qu'il s'était apprêté à poser à sa correspondante avant que celle-ci ne change de sujet.

— Puis-je vous demander autre chose, madame Calhoun ?

— Allez-y.

— Georgia était la demi-sœur de votre mari, c'est cela ?

— Absolument. Leurs parents se sont mariés quand Georgia avait six ans et mon mari deux.

— Est-ce que par hasard vous connaîtriez le nom de jeune fille de Georgia ?

— Attendez un peu… Je suis certaine que Frank me l'a dit un jour. Frank, c'était mon mari, voyez-vous.

— Oui, madame.

— Son fils, déjà, s'appelait Joseph Raymond — ça, c'est sûr. Georgia avait choisi ses prénoms parce que c'étaient ceux de Joseph Cotton et de Raymond Chandler — des vedettes de cinéma qui étaient très célèbres, jadis, bien avant que vous soyez né, mon gars.

Mac ne put s'empêcher de sourire.

— Comment pouvez-vous savoir mon âge ?

Grace Calhoun gloussa.

— Vous avez une voix jeune, c'est tout. Je me trompe ?

— J'ai trente-cinq ans.

— Ouais, j'aurais dit dans ces eaux-là. Quant au nom de jeune fille de Georgia… ah, fichue mémoire…

Elle poussa soudain un hoquet de saisissement.

— La bible ! Ça doit être dans la bible familiale. Voulez-vous que j'aille y jeter un œil ?

— Oui, s'il vous plaît.

Mac doutait que ce renseignement lui soit vraiment utile, mais puisqu'il avait patienté jusque-là, il pouvait aussi bien écouter Grace Calhoun jusqu'au bout. Il attendit donc que celle-ci cherche sa « bible », comme elle disait. Il l'entendit vaguement échanger des propos excités avec sa fille, puis elle revint.

— Voyons voir… Ça devrait plutôt être proche du début… Beaucoup de naissances et de morts ont été consignées dans ce livre depuis qu'on l'a commencé. Ah, voilà : Neil. Elle s'appelait au départ Georgia Faye Neil.

Mac nota rapidement le nom — Joseph Raymond Neal. Puis il eut une hésitation.

— Pourriez-vous m'épeler, s'il vous plaît ?

— Bien sûr. N-E-I-L.

Mac se corrigea sans réfléchir. Ce ne fut qu'après avoir reposé son stylo qu'il eut le déclic. Aussitôt ses doigts devinrent gourds et une sorte de voile cotonneux obscurcit son esprit.

— Monsieur ? Vous êtes toujours là ?

Il tressaillit et rassembla ses esprits.

— Pourriez-vous m'épeler encore une fois le nom de famille ?

— N-E-I-L. C'est Dieu pas compliqué.

— Et… quel nom de famille a pris Joseph, Neil ou Calhoun ?

— Eh bien, maintenant que vous me posez la question, il me semble que c'était Neil. Après tout, c'était son nom devant la loi, vu que sa mère ne s'était pas mariée et qu'il n'avait pas été adopté par la famille de Frank.

— Euh, merci pour votre aide, la coupa Mac. Bonne journée.

— Tout le plaisir était p…

Mac avait raccroché. Il essaya de se lever du fauteuil ; ses jambes refusèrent de lui obéir. S'il ignorait toujours pourquoi Caitlin était ainsi menacée, il savait désormais par qui. Restait maintenant à trouver un moyen de l'alerter sans éveiller la méfiance de cet enfant de salaud.

Amato. Amato saurait l'aider.

Il se saisit du combiné et composa le numéro de l'inspecteur. Ce dernier répondit dès la première sonnerie.

— Amato.

— Inspecteur, c'est Connor McKee. Il faut que vous demandiez à Caitlin de venir tout de suite au téléphone, s'il vous plaît.

— Mlle Bennett ? Elle n'est pas ici, MacKee.

— Et Kowalski ? Où est Kowalski ?

— Dehors, en mission. Pourquoi ?

— Caitlin n'est pas actuellement chez vous en train de visionner les bandes des caméras de sécurité de son immeuble ?

— Non. Les bandes en question ne montraient rien d'intéressant. Voilà des jours qu'on les a rangées je ne sais plus où. Que diable se passe-t-il, McKee ?

« Oh, Seigneur… »

— Neil est passé la chercher il y a environ deux heures en prétendant que sa coéquipière et lui voulaient lui montrer les bandes. Il m'a assuré qu'il la reconduirait ici sitôt qu'ils en auraient terminé.

Amato sentit son estomac se contracter. Après ce qu'ils venaient de voir, cette dernière nouvelle n'augurait vraiment rien de bon.

— Ecoutez, McKee, je ne sais pas comment vous dire ça, mais Quantico vient de nous retourner la cassette vidéo de l'épicerie et…

— Ne gaspillez pas votre salive. Le visage dans la vitrine, c'était celui de Neil, n'est-ce pas ?

— Comment le savez-vous ?

— Parce que j'ai eu à l'instant une conversation téléphonique avec une habitante de Toledo, dans l'Ohio, qui m'a donné des renseignements très troublants. Caitlin et moi avons appris aujourd'hui que Devlin Bennett a envoyé chaque mois deux mille dollars à une certaine Georgia Calhoun, et ce jusqu'à sa mort. Bon, je ne suis pas au courant de toute l'histoire, mais je sais que cette femme a eu un fils prénommé Joseph Raymond. Et qu'à sa majorité, celui-ci a choisi de prendre le nom de jeune fille de sa mère, laquelle se trouvait être une Neil.

— Oh, bon Dieu, marmonna Amato. On est vraiment dedans.

— Jusqu'au cou, inspecteur. Caitlin est quelque part en ville en compagnie d'un homme qui veut la tuer. J'ignore pourquoi il la hait à ce point-là, mais nous savons tous deux de quoi il est capable. J'arrive au commissariat. Joignez Kowalski et dites-lui de me retrouver là-bas.

— Je vous envoie une voiture de patrouille, proposa Amato. Vous irez plus vite.

— Attendez, j'ai une meilleure idée. Retrouvons-nous plutôt chez Neil. Je doute qu'il l'ait emmenée là-bas, mais c'est quand même le premier endroit où il nous faut regarder.

— Exact, approuva le policier. Je vais donner votre adresse au patrouilleur.

*
* *

— Prenez garde, l'avertit J. R. en lui prenant le bras et en courbant la tête. Le trottoir est glissant. Je n'aimerais pas que vous fassiez une mauvaise chute.

— Merci, répondit la jeune femme tout en se glissant dans la voiture du policier.

Celui-ci contourna le véhicule pour aller prendre place derrière le volant.

— Mettez votre ceinture, lui dit-il tout en démarrant le moteur.

Il verrouilla les portières. Caitlin sursauta au bruit des loquets. Il lui sourit.

— La sécurité d'abord !

— Naturellement.

Puis il déboîta et s'engagea habilement dans la circulation. Caitlin se renfonça dans son siège en soupirant et contempla les rues enneigées qui défilaient derrière la vitre.

— J'ai parfois l'impression que cet hiver ne finira jamais. Je sais bien qu'il faut profiter de l'instant présent, mais j'ai tellement hâte d'être au printemps…

— Le printemps, répéta-t-il en lui lançant un rapide coup d'œil.

— Oui, c'est ma saison préférée. Quand j'étais petite, nous partions tous dans le Sud, au printemps. Nous avions la plus merveilleuse des vieilles maisons sur la côte de Caroline du Nord. Mère nous préparait des cookies et papa imitait l'ours en grondant qu'il allait tous nous manger.

Elle soupira.

— C'était tellement rigolo. Plus tard, quand ses affaires ont vraiment démarré, il n'a plus eu le temps de partir avec nous. Mais il m'en reste de bons souvenirs.

Un muscle tressauta au coin de l'œil de l'inspecteur alors qu'il s'arrêtait à un autre feu rouge.

— Les souvenirs, murmura-t-il. Oui, nous avons tous des souvenirs.

Caitlin aimait à répéter, non sans fierté, qu'elle était un écrivain populaire, travaillant humblement à honorer un genre populaire entre tous, le polar, et que les écrivains populaires se distinguaient de leurs confrères plus élitistes en cela qu'ils s'intéressaient — presque maladivement — plus à la vie des autres qu'à la leur… C'était à la fois une déformation professionnelle — le goût du petit détail vrai, toujours bon à caser dans un roman — et, elle l'espérait, le signe d'un amour de l'humanité… Elle regarda donc le policier, curieuse de mieux le connaître.

— Et vous ? s'enquit-elle. Quels sont vos souvenirs d'enfance préférés ?

— Voyons un peu… Un jour, ma mère a été virée par son patron parce que celui-ci avait découvert qu'elle était tombée enceinte sans être mariée.

Caitlin émit un hoquet de stupeur.

— Je suis navrée. Je ne voulais pas…

J. R. l'interrompit pour laisser libre cours au ruisseau empoisonné de ses souvenirs d'enfance.

— Oh, oui, poursuivit-il sur un ton lourd de sarcasme, je n'oublierai jamais les grands dîners de famille auxquels nous assistions chez mon oncle Frank — tous ces gens assis autour de la table qui chuchotaient en me regardant et en se demandant qui pouvait être le bougre de salopard qui avait culbuté ma mère avant de l'abandonner comme une malpropre.

Il regarda Caitlin et se réjouit de son expression atterrée.

— J'étais un enfant plutôt malingre. Difficile à croire aujourd'hui, hein ?

Caitlin était sidérée par son amertume. C'était le problème, quand on amenait les gens à se confier : on ouvrait parfois les vannes d'un torrent de rancœurs, de petites tragédies. Elle trouvait toutefois que l'inspecteur se glissait un peu trop vite dans la brèche. Il était dépressif, ou quoi ?

— Inspecteur, je n'avais aucunement l'intention de réveiller en vous ces tristes souvenirs. Peut-être devrions-nous changer de sujet.

Il s'esclaffa sans crier gare — d'un rire sourd, lent et profond qui donna le frisson à la jeune femme.

— Tu ne piges toujours pas, Caitlin. Le sujet… c'est toi.

Il bascula un interrupteur. La sirène s'enclencha et le gyrophare sur le tableau de bord se mit à lancer des éclairs rouges. Puis il accéléra et franchit en trombe un carrefour sous le regard incrédule de Caitlin.

— Mais que faites-vous ?

Il s'engagea en dérapant dans la première rue à droite.

— L'heure du châtiment a sonné. Reste tranquille et profite de la balade.

— Vous ? C'est vous qui m'avez envoyé toutes ces lettres ?

Il sourit.

— Tu veux dire : ces messages d'« adolescent dérangé » ? Oui, c'est moi.

— Et toutes ces femmes ? C'est vous aussi qui les avez tuées ?

Il haussa les épaules.

— De simples pis-aller. Des mannequins d'entraînement. Des exutoires. Appelle ça comme tu voudras.

« Ne réagis pas, ne crie pas, s'exhorta Caitlin. Quoi qu'il te fasse, ne pleure pas devant lui. »

Elle s'accrocha à la poignée de la portière et prit une profonde inspiration pour chasser la panique qui montait en elle. Tant qu'il conduisait, se raisonna-t-elle, il ne pouvait rien lui faire.

Neil eut un gloussement étouffé.

— Tu ne pourras pas ouvrir la porte tant que je ne l'aurai pas déverrouillée, alors ne te donne pas cette peine.

— Vous vous trompez, dit-elle d'une voix égale alors qu'elle avait envie de hurler. Je ne voulais pas sauter en marche. Contrairement à vous, je n'ai pas de tendance suicidaire.

Il la gifla d'un revers de main.

— La ferme, salope ! Tu ne sais rien de moi.

Des larmes de douleur montèrent aux yeux de la jeune femme et brouillèrent sa vision. Elle porta une main à sa joue et la retira ensanglantée.

« Seigneur Dieu… »

Elle songea à Mac qui était encore chez elle et qui n'avait absolument pas conscience de la situation périlleuse dans laquelle elle se trouvait. A cette pensée, elle faillit perdre la tête. Ce n'était pas juste ! Dieu ne lui aurait quand même pas donné un homme à aimer pour la laisser mourir ensuite, avant qu'ils aient eu le temps de profiter de la vie tous les deux !

Les immeubles qu'ils dépassaient se fondaient en une grisaille quasi indistincte. Les automobilistes klaxonnaient sur leur passage, les passants leur criaient dessus, certains accueillant même avec des jurons le slalom du policier entre les voitures. Cependant le gyrophare sur le tableau de bord leur donnait la priorité. C'était aux autres de s'écarter de leur chemin.

Caitlin se mit à réfléchir à toute allure. Elle était censée avoir de l'imagination, non ? Comment diable une de ses héroïnes réagirait-elle dans de telles circonstances ?

— Vous avez raison, J. R. Je ne sais rien de vous. Je suis désolée. Je n'aurais pas dû vous juger ainsi.

Surpris par ce brusque revirement, Neil hésita un instant.

— Je préfère ça, lâcha-t-il finalement. C'est moi qui commande, salope, et tout l'argent du monde ne changera rien à ça.

L'argent ? se répéta Caitlin. C'était donc ça, le fin mot de l'histoire ?

— Pouvez-vous me dire pourquoi, s'il vous plaît ?

— Et si tu te contentais de la fermer ?

— Je crois que j'ai quand même le droit de savoir pourquoi vous me haïssez, vous ne croyez pas ?

Quand il reprit la parole, ce fut d'une voix dure et lourde de menace.

— Ouvre seulement la bouche pour appeler à l'aide et tu es morte. Compris ?

Elle opina, la gorge serrée.

Il secoua la tête tel un chien s'ébrouant et cilla. Caitlin eut l'impression saisissante qu'un autre homme venait d'apparaître derrière le volant.

— Tu ne sais pas qui je suis, hein ?

Elle lui fit signe que non, incapable de parler.

— Mon père était Devlin Bennett. Je suis le bâtard qu'il a abandonné sur le bord du chemin quand il a commencé à connaître la réussite.

Ces mots percutèrent Caitlin avec la violence d'un boulet de canon. Son père… ? La vie avait plus d'imagination qu'elle !

— Vous êtes mon frère ? Vous êtes mon frère et vous voulez me tuer ?

Il accéléra dans un rire sardonique.

— Tu ne sais rien de rien ! vociféra-t-il. C'est moi l'aîné… celui qui aurait dû hériter de toute cette fortune. Mais non. Il ne m'a même pas reconnu à sa mort !

Caitlin étouffa un gémissement.

— Mais je vous en aurais donné la moitié ! Vous n'aviez qu'à me le demander.

Un muscle tressaillit à la commissure des lèvres de J. R. S'il était surpris par la bonne volonté de la jeune femme, il n'en montra rien. Quelques instants plus tard, il tourna dans une ruelle latérale. Un demi-pâté de maisons plus loin, il s'immobilisait au terme d'une ultime glissade. Il se tourna alors vers Caitlin et la considéra avec incrédulité.

— Et si je te l'avais demandé, tu aurais réclamé une preuve. Et cette preuve, où veux-tu que je te la trouve, hein ? Ce sale fils de garce qui a tringlé ma mère s'est bien assuré que je ne puisse jamais justifier mes prétentions.

Caitlin tremblait maintenant de tous ses membres. Qu'ils se soient arrêtés devant ce qui ressemblait à un entrepôt abandonné oblitérait le peu de sang-froid qui lui restait. Elle se força néanmoins à rester concentrée sur leur discussion, se rendant parfaitement compte qu'une fois qu'ils seraient sortis de ce véhicule, ses chances de survie se réduiraient pratiquement à néant.

— Allons, ça n'a pas de sens, rétorqua-t-elle. Il vous suffisait de réclamer une expertise génétique pour que votre filiation soit établie.

Il la saisit à la gorge et amena son visage si près du sien qu'elle sentit la tiédeur de son haleine sur sa peau.

— Non, articula-t-il lentement comme s'il faisait la leçon à une enfant. Papa a demandé à être incinéré, n'est-ce pas ?

Et ses cendres ont été entièrement dispersées au-dessus de l'Atlantique. Il ne restait donc rien de lui pour servir d'élément de comparaison. Toute recherche en paternité était impossible à effectuer !

Des larmes perlèrent aux paupières de la jeune femme qui s'efforçait de respirer malgré la main qui lui serrait fortement le cou.

— Mais je suis là, moi, énonça-t-elle péniblement. On aurait pu… prendre mon sang pour témoin.

Dans un rire éraillé, il la relâcha et la repoussa en arrière. Sa tête heurta la vitre avec un choc sourd.

— Tu ne saisis toujours pas ! Ton sang n'aurait servi à rien ! A rien, tu entends ? Tu as été adoptée ! Même *moi* je savais ça.

Caitlin sentit le sang rugir à ses oreilles tandis que J. R. la tirait de la voiture. Elle chancela et trébucha. Comme il la poussait vers le bâtiment, elle tenta de lui résister. Le combat fut de courte durée. Il la frappa une seule fois et le monde autour d'elle sombra dans les ténèbres.

— Appartement 505, monsieur, dit le policier en uniforme à Mac qui avançait la main vers la portière. Ça doit être les inspecteurs Amato et Kowalski qui viennent d'arriver.

Mac descendit rapidement et commença à courir vers l'immeuble.

— Attendez ! hurla Amato. Le concierge doit nous ouvrir.

En un instant, les inspecteurs rejoignirent Mac au pied de l'escalier et une femme entre deux âges apparut sur le seuil de la loge.

Amato lui brandit son insigne sous le nez.

— Il nous faut la clé du 505, madame.

Elle la lui tendit.

— Mon mari n'est pas là et moi, à cause de mes jambes, je ne peux pas vous accompagner jusque-là haut. N'oubliez pas de me la ramener quand vous aurez fini.

Mac prit la clé dans les mains d'Amato et s'élança dans l'escalier. Trudy Kowalski le suivait et ne cessait de protester.

— Vous vous trompez ! s'exclamait-elle. Tous autant que vous êtes. J. R. est mon coéquipier. Il est impossible qu'il soit mêlé à une histoire pareille.

Mac atteignit le quatrième étage à peine essoufflé et continua sa course jusqu'à la porte de l'appartement. Puis il sortit la clé de sa poche, l'inséra dans la serrure et déverrouilla cette dernière.

Durant tout le trajet, il avait prié le ciel que Neil fût chez lui en compagnie de Caitlin, même s'il savait dans le fond de son cœur qu'ils n'auraient sans doute pas cette chance. Neil n'allait pas se laisser attraper aussi facilement. Du moins pas avant d'avoir mis son sinistre projet à exécution.

Il attendit que les autres le rattrapent et laissa Trudy appeler Neil à travers le battant. Le policier aurait moins de soupçons en entendant la voix de sa coéquipière…

N'obtenant aucune réponse, ils ouvrirent la porte.

— Il n'est pas là, claironna Trudy triomphalement.

— Ça ne m'étonne pas vraiment, répliqua Amato qui venait de pénétrer à son tour dans l'appartement en soufflant et en ahanant.

— Où est votre coéquipier ? s'enquit Mac en constatant soudain l'absence de l'inspecteur Hahn.

— Il est parti chercher un mandat de perquisition, répondit Amato.

Trudy se tourna vers lui, les poings sur les hanches, et le toisa avec aigreur.

— Un peu tard pour ça, non ?

Mac regarda autour de lui et, avisant une porte close à l'autre bout du couloir, se dirigea aussitôt vers elle.

— Une minute ! s'écria Trudy. Je jure devant Dieu que je témoignerai contre vous tous si…

Mac poussa la porte et actionna l'interrupteur. Il émit alors un grognement comme s'il avait reçu un coup de poing à l'estomac.

— Venez voir ça.

Trudy le dépassa d'une démarche furieuse et s'arrêta net sur le seuil.

— Oh, mon Dieu…

Des dizaines, peut-être des centaines de photos de Caitlin. Un grand portrait lacéré. La chambre d'un fou. Un fou doublé d'un assassin.

— Et je l'ai laissée partir avec lui. Je l'ai confiée à ce salopard comme un cadeau. Ah, il a bien dû se foutre de ma gueule.

— Il s'est foutu de notre gueule à nous tous, corrigea Amato. Et dire que je lui avais demandé d'enquêter sur les meurtres qu'il avait lui-même commis ! Seigneur… Ah, ça, il pouvait briller ensuite devant le lieutenant. Il nous a complètement bernés.

Mac s'approcha d'une table disposée près de la porte et fouilla dans les papiers qui y étaient empilés.

— Il doit bien y avoir quelque part un indice qui nous dira où il l'a emmenée, déclara-t-il.

Il se figea soudain et, après avoir écarté une liasse de feuilles, ramassa deux cassettes. Elles étaient numérotées, datées et portaient une étiquette où se lisait : « Chez la salope ». Mac avait la nausée. La haine confinée dans cette pièce était presque palpable. L'odeur mortifère de la haine… Il se retourna vers les policiers.

— Bougez-vous, bon Dieu ! Aidez-moi à retrouver Caitlin avant qu'il soit trop tard.

Trudy semblait tétanisée sur place.

— Toutes ces femmes, balbutia-t-elle. Toutes ces pauvres femmes sans défense. Violées, battues, massacrées…

Elle se mit à pleurer.

— Je suppose que je dois remercier le ciel d'être petite et rouquine plutôt que grande et brune. Autrement, j'aurais pu faire partie des victimes.

— Ça y est, je l'ai ! Hé, où est-ce que vous êtes ?

A ce cri, tous se tournèrent vers la porte. Paulie Hahn arrivait en brandissant le mandat de perquisition tant attendu.

— Par ici ! Tu en as mis du temps ! lui cria sèchement Amato.

Paulie les rejoignit dans la chambre en râlant.

— Eh ! Je ne pouvais pas aller plus vite que la mu…

La vision des photographies dont étaient tapissés les murs de la pièce le fit taire instantanément.

— Oh, bon Dieu, Sal, tu avais raison.

— Allez-vous enfin me donner un coup de main ! hurla Mac. Il faut trouver un moyen d'empêcher ce dingue de tuer Caitlin !

Amato prit la direction des opérations.

— Kowalski, tu t'occupes du séjour. Tu sais quoi chercher. Il y a plus de pièces à conviction ici que je n'aurais jamais pu l'imaginer. On commence par cette chambre. Et on met les bouchées doubles. La vie d'une femme dépend de nous.

Mac continua à fouiller dans les documents rangés sur la table tandis qu'Amato et Hahn se chargeaient d'examiner tout ce qui était fixé au mur. Il ne cessait de se représenter les femmes étranglées et violées par Neil, leurs visages ouverts comme le ventre de poissons éviscérés. A chaque papier qu'il écartait, son espoir s'amenuisait. Et chaque minute qui passait était peut-être la dernière de la vie de Caitlin… Il leur fallait faire vite, très vite !

Ce fut Trudy qui les libéra de cette tension en revenant en courant du séjour.

— J'ai trouvé quelque chose, annonça-t-elle en tendant une feuille à Amato.

— Qu'est-ce que c'est ? s'enquit Mac.

— On dirait une quittance de loyer, marmonna l'inspecteur.

— Oui, mais regardez l'adresse, argua Trudy. Pourquoi aurait-il une deuxième location, à votre avis ?

Mac s'empara du papier.

— C'est loin d'ici ?

Amato se rembrunit.

— Vingt bonnes minutes.

— Pas si on se dépêche, dit Mac avant de se ruer hors de la pièce, les policiers sur ses talons.

19.

Caitlin gémit. Comme elle avait mal au crâne ! Ce ne fut que lorsqu'elle voulut porter la main à sa tempe et s'aperçut qu'elle ne pouvait pas bouger qu'elle se souvint de J. R. Neil. Elle ouvrit alors les yeux et fixa avec horreur les liens qui lui serraient les poignets… et les chevilles.

Dieu du ciel, il l'avait attachée à des anneaux scellés dans le sol !

— Ding-dong, c'est l'heure !

L'effroi la transperça. Le gloussement guttural du maniaque semblait tout droit sorti d'un cauchemar.

— Neil…

— Pour toi ce sera « très cher frère », salope.

— Relâchez-moi.

Il la contempla un instant, puis rejeta la tête en arrière et éclata de rire.

— Te relâcher ? dit-il en sautillant autour de son corps écartelé, tel un papillon de nuit flirtant avec la flamme d'une lampe. Tu es encore plus cinglée que moi si tu y crois !

Caitlin inspira lentement pour essayer de refouler la nausée qui lui montait à la gorge. Elle se doutait qu'il adorerait la voir vomir… Oh, oui, il prendrait sûrement son pied à la regarder rendre ses tripes de souffrance et de terreur. A cette pensée, la colère effaça bientôt sa douleur.

« Maudit soit-il, songea-t-elle. Que son âme rôtisse en enfer. Jamais je ne lui donnerai la satisfaction de jouir de ma peur. »

Elle décida de rentrer dans son jeu. Il avait besoin de s'expliquer, il s'en régalait à l'avance, et elle sentait que cette jubilation faisait partie de toute cette mise en scène. Comme un môme ayant marqué un but, il lui fallait aller s'exhiber devant les gradins pour recueillir les acclamations du public ? Eh bien, tant mieux. Tant qu'il pérorait, il n'était pas en train de la tuer.

— Ainsi donc, vous êtes réellement cinglé ? demanda-t-elle.

Il s'arrêta net, puis se retourna vers elle en la menaçant d'un couteau à longue lame.

— Tu ne le serais pas, à ma place ? répliqua-t-il tout en s'approchant d'elle lentement avant de la dominer de toute sa taille, sachant très bien que l'intimidation créait la peur plus efficacement que la douleur.

— Je ne crois pas, répondit-elle. C'est trop dégoûtant.

Il lui donna un violent coup de pied dans les côtes.

— Je ne suis pas fou ! hurla-t-il. Je prends ma revanche, c'est tout. Ton père m'a baisé. Alors je vais te baiser aussi !

Caitlin eut tout à coup un puissant goût de cuivre dans la bouche et comprit qu'elle venait de se mordre la langue pour s'empêcher de pleurer.

— Ça aussi, c'est dégoûtant, articula-t-elle en fronçant les sourcils, comme si elle réfléchissait à une bizarrerie. Baiser ? Tu sais quoi, mon frère ? C'est vraiment un mot vulgaire. Papa l'aurait désapprouvé.

Neil la considérait avec perplexité. Pourquoi ne pleurait-elle pas ? Pourquoi ne le suppliait-elle pas de l'épargner, comme les autres ? Il resserra sa prise sur le manche du couteau tout en se répétant que c'était lui qui commandait ici.

— Papa ? J'emmerde papa ! cria-t-il avant d'insérer la pointe du couteau sous le pull de la jeune femme et de tirer la lame vers le haut.

Le vêtement s'ouvrit de l'ourlet jusqu'au col, dénudant d'un seul coup la poitrine et l'abdomen de Caitlin.

Rentrant instinctivement le ventre — ce fut sa seule réaction visible à l'agression du tueur — celle-ci prit une brève inspiration

— C'est vraiment dommage. J'aimais beaucoup ce pull. Je l'aurais enlevé moi-même si vous me l'aviez demandé.

J. R. se gratta la tête. A quel jeu jouait-elle donc ? Enlever le pull ? Elle aurait enlevé elle-même son pull ? Il ne voulait pas d'une victime consentante. Ce qu'il voulait, c'était qu'elle gémisse et le supplie de lui laisser la vie sauve pendant qu'il lui arracherait les boyaux.

Il réussit à émettre un ricanement plus ou moins convaincant et se recula de quelques pas pour se passer la pointe du couteau sur l'entrejambe, le bassin tendu vers la jeune femme.

— Tu vas pleurer quand tu la sentiras, celle-là, lui assura-t-il à mi-voix.

— Non, je ne pleurerai pas. Vous pouvez me blesser, vous pouvez même me tuer, mais vous ne réussirez jamais à me faire pleurer. Vous n'êtes qu'un lâche.

— La ferme.

— Et dire que vous avez violé et tué toutes ces pauvres femmes innocentes uniquement parce que vous n'aviez pas le cran de venir me voir. Il vous suffisait juste de m'informer de votre identité. Il vous aurait été facile de la prouver. Je sais que papa a envoyé deux mille dollars par mois à votre mère pendant plus de trente ans.

Le visage de Neil se décomposa.

— Quoi ? s'exclama-t-il.

— C'est la pure vérité, soutint Caitlin. J'ai eu l'occasion de parler à l'ancien avocat de papa. C'est lui qui m'a appris l'existence de ces versements, lesquels se sont poursuivis jusqu'à la mort de votre mère. Vous n'aviez qu'un mot à me dire. Mais non, vous m'avez tourné autour comme un chien frustré de son os et avez fini par croire que vous aviez été spolié, alors qu'en fait, vous vous êtes privé vous-même de ce qui vous revenait.

— Tu mens !

Il lui enfonça le couteau sous le pantalon, coupant à la fois la ceinture et l'ourlet.

« Oh, mon Dieu, pensa la jeune femme. Mac, je t'aime. Pardonne-moi de ne pas te l'avoir dit suffisamment avant de mourir. »

— Non, je ne mens pas.

Il se mit à faire les cent pas, crachant ses mots comme s'ils lui brûlaient la bouche.

— Ma mère est morte d'un cancer du cerveau dans une saloperie d'hospice pour indigents. On n'avait pas un sou. Pas un sou, je te dis.

Caitlin avait si peur qu'elle en avait du mal à penser, mais elle avait également conscience que si elle perdait un seul instant le fil de ses propos, elle le paierait aussitôt de sa vie.

— Je n'ai aucune raison de vous mentir. Votre mère s'appelait bien Georgia Calhoun, n'est-ce pas ?

— Comment le sais-tu ?

— Par l'avocat de papa, je vous le répète. Ses successeurs détiennent toujours les registres où étaient portés les montants des versements. Deux mille dollars par mois sur le compte de Georgia Calhoun, à Toledo, dans l'Ohio. Cette pension a cessé de lui être attribuée après sa mort. Peut-être l'a-t-elle investie quelque part, à moins qu'elle n'ait tout simplement déchiré les chèques à mesure qu'ils lui parvenaient. Je l'ignore. Mais je sais qu'ils lui ont été envoyés.

Neil se remit à faire les cent pas, essayant d'assimiler ce qu'elle venait de lui apprendre et de comprendre pourquoi il avait malgré tout grandi dans la misère. Toutes ces années à tirer le diable par la queue, toutes ces fins de mois difficiles... Non seulement il avait été un bâtard, mais un bâtard pauvre... Non, se dit-il, c'était impossible. Sa mère l'aimait trop pour lui avoir ainsi refusé une chance de connaître une enfance sinon heureuse, du moins normale. Elle ne pouvait lui en vouloir à ce point. Elle l'avait aimé comme il l'avait aimée !

Et puis un souvenir lui revint à la mémoire. Un souvenir qu'il avait fini par oublier. Il avait huit ans et fréquentait une bande de sales gamins. Pour se faire admettre dans leurs rangs, il avait essayé de voler à l'étalage d'une épicerie du quartier et s'était fait attraper. L'objet du larcin n'était qu'un simple bonbon, mais quand le commerçant avait appelé sa mère, il avait attendu cette dernière avec anxiété.

Il se rappelait encore son air déçu quand elle l'avait forcé à présenter ses excuses à l'épicier. Touché par son acte de contrition et apitoyé par sa pauvreté, ce dernier lui avait finalement offert le bonbon. S'estimant particulièrement chanceux, Buddy s'apprêtait à prendre la friandise quand sa mère avait retenu sa main.

Il ferma les paupières. Il lui semblait humer son parfum, voir les reflets du soleil qui jouaient dans ses cheveux quand elle s'était agenouillée devant lui.

— Non, Buddy, lui avait-elle dit. Tu ne dois pas accepter ce bonbon. Il est humain de commettre des erreurs, mon fils, mais il faut savoir en tirer des leçons, non des avantages. Remercie le monsieur pour sa générosité et allons-nous-en.

Il rouvrit les yeux et contempla la neige de l'autre côté de la fenêtre.

Oui, songea-t-il, et il avait été lui-même une erreur, son erreur. Il en avait eu tout de suite conscience. Et sa mère avait suivi à son sujet la morale même qu'elle lui avait prêchée ce jour-là à l'épicerie. Bon, et alors ? Elle était morte et il fallait qu'une Bennett paie. Il se retourna vers Caitlin et la dévisagea d'un air absent, presque innocent.

— Peu importe. Tu dois mourir quand même.

— Pourquoi ?

— Parce que je l'ai décidé.

Le ton posé sur lequel il avait prononcé cette sentence convainquit la jeune femme que tout était terminé.

Il se rapprocha d'elle. Elle ferma les yeux pour ne pas voir son propre sang couler.

— Ouvre les yeux, poupée, lui ordonna-t-il comme elle sentait son corps peser sur ses cuisses.

— Non. Je ne veux pas participer à ma mort.

Il se mit à crier et à la frapper à coups de poing tout en lui arrachant ce qui restait de son pantalon.

— Ouvre les yeux, sinon ça ne marchera pas !

— Ainsi soit-il, répliqua-t-elle.

Il joignit les mains autour de son cou. Caitlin crut alors percevoir le gémissement d'une sirène dans le lointain, mais elle n'avait plus aucun espoir. Ce n'était pas ici que la police venait... et quand bien même ce serait le cas, elle arriverait trop tard pour la sauver.

Les doigts de Neil resserraient leur prise à chacune de ses inspirations étouffées.

— Ça aurait dû être à moi. Ça aurait dû être à moi. Ça aurait dû être à moi !

Lorsqu'elle eut perdu connaissance, il se releva. Justice, pensa-t-il. Enfin il avait obtenu justice. C'était tout ce qu'il désirait, et tout ce qu'elle méritait.

Il considéra son corps inanimé avec satisfaction tandis que la conscience du monde extérieur et toute raison se retiraient peu à peu de son esprit.

— C'est la voiture de Neil ! s'exclama Trudy au moment où Amato négociait le tournant.

— Ouais, et si je ne nous envoie pas avant dans le décor, nous allons bientôt coincer cette enflure, repartit l'inspecteur. Paulie, tu prends deux patrouilleurs avec toi et vous passez par l'arrière de l'entrepôt. Kowalski et moi, on entrera par l'avant avant McKee.

— Alors dépêchez-vous, dit Trudy en désignant le véhicule noir et blanc qui les précédait, parce que McKee est déjà près de la porte.

— Et zut, marmonna Amato en mettant le levier de vitesse en position parking.

Le moteur toussa puis s'éteignit. Le policier se propulsa hors de la voiture.

Ses collègues descendirent à leur tour du véhicule. Hahn signifia du geste aux deux patrouilleurs qui approchaient de le suivre à l'arrière de l'entrepôt cependant qu'Amato et Kowalski couraient vers la porte du bâtiment tout en dégainant leur arme de service.

Momentanément aveuglés par l'obscurité régnant à l'intérieur de l'entrepôt, ils marquèrent une pause près du seuil pour laisser à leurs yeux le temps de s'accoutumer à la pénombre.

— Là-bas, chuchota Kowalski avant de se diriger vers un escalier en fer qui se dressait à l'autre bout du baraquement. Je viens de voir McKee monter par là.

Mac pénétra en trombe dans l'entrepôt, suivi par le patrouilleur qui conduisait la voiture pie. Le rez-de-chaussée était vide, immense espace que jalonnaient deux douzaines de poutres en acier faisant partie de la structure même de l'édifice.

Du coin de l'œil, Mac aperçut une tache rouge et pivota dans cette direction. Caitlin portait une écharpe de cette couleur quand elle était partie de l'appartement. Il atteignit bientôt l'escalier ; l'écharpe y pendait tel un foulard de boy-scout dans un jeu de piste.

Le patrouilleur et lui dégainèrent leur arme, sachant qu'à tout moment des coups de feu pouvaient être tirés sur eux depuis l'étage. Puis ils s'engouffrèrent dans l'escalier qu'ils montèrent quatre à quatre. L'écho de leur cavalcade résonna d'un bout à l'autre du bâtiment, et pourtant Mac ne ralentit pas un instant, préférant périr après Caitlin plutôt que d'hésiter en chemin et de la trouver morte à son arrivée.

Ayant franchi le palier, ils débouchèrent dans un couloir desservant ce qui semblait être des bureaux. Un rapide coup d'œil à la poussière accumulée sur le plancher leur apprit qu'aucun d'entre eux n'avait servi depuis longtemps — à l'exception du dernier sur la gauche. Mac distinguait nettement à ses pieds une trace continue qui y menait, comme si on y avait traîné quelque chose, ou quelqu'un. La porte de la pièce était légèrement entrouverte.

— Vous me couvrez, articula-t-il silencieusement à l'intention du patrouilleur avant de se ruer vers la porte et de l'ouvrir d'un coup de pied, son arme tenue à deux mains et braquée devant lui.

Ensuite, tout parut se dérouler au ralenti.

Mac sentit son esprit se disloquer et ne perçut plus que des bribes du spectacle qu'il avait sous les yeux.

Caitlin étendue par terre, immobile.

Neil penché sur elle, un couteau au poing.

Du sang sur le visage de l'une.

Du sang sur les mains de l'autre.

Mac fit feu.

Une fleur pourpre s'épanouit sur la chemise de Neil.

Pan.

Pan.

Pan.

Mac vidait son chargeur dans la poitrine de J. R. Neil, et malgré tout celui-ci restait debout, telle une marionnette soutenue par des fils invisibles.

— Il est mort ? s'enquit le patrouilleur.

La réponse lui fut donnée quand Neil oscilla puis s'effondra, percutant le plancher avec fracas.

Mac courut aussitôt s'agenouiller près de Caitlin pour lui tâter le pouls. Il ne sentit rien. Récupérant le couteau que Neil avait lâché, il trancha les cordes qui entravaient les poignets et les chevilles de la jeune femme, puis les écarta, à la recherche d'éventuelles blessures.

— Oh, mon Dieu, non, supplia-t-il.

Il glissa une main sous la tête de Caitlin et, lui ployant la nuque pour dégager la trachée, entreprit de lui pratiquer la respiration artificielle.

Peu après Amato et Trudy pénétraient à leur tour dans la pièce. Aussitôt cette dernière s'accroupit près de Caitlin et, sans prononcer un mot, se mit à appuyer en rythme sur sa cage thoracique. Ils œuvrèrent ainsi durant une longue minute, Mac insufflant de l'air dans les poumons de Caitlin, Trudy stimulant son cœur.

— Les secours ont été prévenus, leur annonça Amato. Une ambulance arrive.

Caitlin ne respirait toujours pas. Mac, cependant, n'était pas près de renoncer. La vie de son aimée était en jeu.

Une autre minute s'écoula.

Une minute sombre, désespérée.

Puis, subitement, un grand râle s'échappa des lèvres de Caitlin.

— Elle respire ! s'écria Trudy en se reculant.

— Merci, mon Dieu, murmura Mac en plaçant Caitlin en position latérale de sécurité avant de lui tapoter le dos pour l'aider à reprendre son souffle. Caitie, mon amour… C'est moi, Mac.

Elle lui saisit le poignet, lui enfonçant ses ongles dans la peau. Tout en luttant pour inspirer — sa gorge écrasée lui brûlait —, elle voulut se blottir contre lui.

— Merci, mon Dieu, répéta Mac dans un soupir.

Il serra la jeune femme contre lui et ne put retenir ses pleurs.

Trudy se redressa, enjamba Neil sans lui accorder un seul regard, comme s'il n'était qu'un détritus encombrant son chemin, et sortit de la pièce.

Comme elle passait devant Paulie, ce dernier tendit la main vers elle.

— Kowalski, je…

Amato le retint.

— Laisse-la. Il faut qu'elle gère ça toute seule.

Ils se tournèrent ensuite vers l'homme et la femme qui s'étreignaient au milieu de la pièce. Paulie ôta son manteau et le tendit à Mac.

— Elle, au moins, on peut l'aider, grommela-t-il.

Mac prit le vêtement et l'étendit sur Caitlin qui se serrait contre lui en frémissant de tout son corps.

— Tout va s'arranger, lui disait-il. Ne t'inquiète pas, mon bébé, c'est fini.

Épilogue

Une semaine plus tard

Caitlin ouvrit la porte du four pour vérifier la cuisson de la dinde, puis la referma promptement : tout se déroulait comme prévu.

Ayant passé mentalement en revue les tâches qu'il lui restait à effectuer, elle se tourna vers l'évier pour finir de nettoyer les légumes. Comme elle tendait la main vers un couteau, ses doigts se mirent à trembler…

Elle prit une profonde inspiration et se répéta pour la énième fois que le cauchemar était terminé.

Mac entra dans la cuisine alors qu'elle découpait une branche de céleri.

— Tout cela sent délicieusement bon, déclara-t-il en la prenant dans ses bras avant de lui bécoter la nuque. Toi aussi, d'ailleurs.

Elle se retourna vers lui et s'octroya le luxe d'un baiser aussi ardent que bref.

— Merci pour le compliment.

— Merci d'être là…

Ils restèrent enlacés un moment, savourant le silence et la joie d'être serrés ainsi l'un contre l'autre. Puis Caitlin s'écarta de lui. Elle était bien placée pour savoir avec quelle facilité ce genre de situation pouvait échapper à leur contrôle.

— Je n'en ai pas encore terminé avec les légumes. Aaron et David arrivent bientôt.

— Leibowitz doit venir aussi ?

Caitlin fit une moue comique.

— Non, grâce à Dieu, mais je t'avoue que j'ai croisé les doigts après lui avoir posé la question. Il se rend à L. A., avec une nouvelle cliente. Une cliente fort jolie, d'après sa secrétaire.

— Tant mieux. Il était bien trop possessif avec toi.

— Je ne l'y encourageais pourtant pas, je te le jure.

Mac soupira, incapable de trouver les mots pour exprimer tout ce que la présence de la jeune femme avait apporté dans sa vie. Elle n'avait pas besoin de lui répéter qui elle aimait. Elle le lui avait déjà montré à maintes reprises.

Il lui embrassa la joue, rien que parce qu'il en avait le loisir, et aussi parce qu'il avait encore des sueurs froides en se rappelant la frénésie avec laquelle il avait insufflé de l'air dans son corps inanimé.

— Je n'en doute pas, ma chérie. Tu veux que je t'aide ?

— Volontiers.

Elle lui désigna un tablier suspendu à la poignée de la porte du placard.

— Enfile ça et prends-toi un couteau pour éplucher les patates.

— Je n'ai pas besoin de tablier.

Mac s'empara d'un couteau et s'attaqua à sa première pomme de terre. Caitlin s'arrêta pour le regarder. Tout en suivant des yeux la ligne de sa joue, elle laissa les sentiments qu'elle éprouvait pour lui baigner son âme.

— Je t'aime, tu sais.

Mac s'immobilisa, la pomme de terre à demi pelée à la main, et croisa son regard tendre.

— Je t'aime aussi, ma chérie.

— Je sais, répondit-elle d'une voix émue.

— Ça va ?

Elle opina tout en se souvenant du rêve atroce qu'elle avait fait la nuit précédente et de la frayeur qu'elle avait surprise sur le visage de Mac quand elle s'était réveillée en hurlant.

— Aujourd'hui est un bon jour.

— Assez bon pour songer à m'épouser ?

Ellc écarquilla les yeux.

— Pardon ?

— Tu m'as très bien entendu.

— M'aimerais-tu enfin assez pour me pardonner d'être née avec une cuillère en argent dans la bouche ?

Il sourit jusqu'aux oreilles.

— Ouais, on peut voir ça comme ça. Alors, quelle est ta réponse ?

Elle noua ses bras autour de son cou et plaqua un bon gros baiser sur ses lèvres.

— Ma réponse est oui.

Elle posa la tête contre sa poitrine ; une joie sereine la submergea.

— Et viendrais-tu habiter chez moi, à Atlanta ?

Elle releva les yeux et lui sourit.

— Evidemment ! Je peux écrire n'importe où, tant que je suis sûre de te retrouver à la maison chaque soir.

Il la pressa un bref instant contre lui, puis la relâcha.

— Attends, ajouta-t-il en fouillant dans la poche de son jean. J'avais pris ça… juste au cas où.

Il produisit un écrin de bijoutier, dont il sortit une bague.

— Elle appartenait à ma mère. Si elle ne te va pas, on peut la faire adapter à ton doigt.

Caitlin, bouche bée, contemplait le diamant jaune de deux carats qu'il venait de lui passer à l'annulaire.

— Elle est splendide !

— Elle ne doit pas avoir loin de cent cinquante ans, s'il faut en croire les annales des McKee. Mon arrière-arrière-arrière-grand-mère la portait déjà quand elle a échappé à un raid d'Indiens, et elle a été mouillée par les larmes de ma bisaïeule quand celle-ci a enterré son mari et son nouveau-né, emportés tous deux par la fièvre typhoïde. Les femmes ont toujours été très résistantes dans ma famille. C'étaient des dures à cuire, comme toi. J'aurais aimé que tu les connaisses.

— Oh, Mac, dit Caitlin avant de se mettre à pleurer.

— Allons, allons, murmura Mac en la prenant de nouveau dans ses bras. Ce cadeau est censé te rendre heureuse. Tu sais bien que je ne supporte pas de te voir pleurer.

— Mais je suis heureuse. Ce sont des larmes de joie.

La sonnette de la porte d'entrée retentit.

Caitlin eut un petit cri.

— Ça doit être Aaron et David. Je vais leur ouvrir. A ton avis, combien de temps leur faudra-t-il pour remarquer la bague ?

— Désolée, ma biche, mais ils sont déjà au courant. J'ai dû demander à Aaron d'aller la chercher pour moi à la banque.

Caitlin sourit.

— Tant pis. Au moins, il n'a plus les yeux bandés et pourra l'admirer tout à loisir.

Elle se hâta d'aller ouvrir, laissant Mac finir d'éplucher les pommes de terre dans la cuisine. Il entendit son frère saluer Caitlin, puis rire et pousser un vivat étouffé. Il en déduisit qu'elle lui avait montré la bague. Il sourit, tentant de se représenter à quoi allaient ressembler les soixante prochaines années. Elles ne seraient pas ennuyeuses — ça, il en était certain.

Caitlin avait fini par s'accommoder du mensonge dont Devlin Bennett avait entouré toute une partie de sa vie, surtout après les recherches que Mac avait effectuées pour elle. Au lieu d'enquêter sur le passé de Neil, en effet, ils s'étaient penchés sur celui de Devlin.

Et ils avaient trouvé les réponses à leurs questions, enfermées dans de vieux dossiers médicaux, des annales familiales et des journaux intimes qu'ils avaient exhumés d'un coffre dont l'existence leur était jusqu'alors inconnue. Ces documents confidentiels leur avaient révélé la souillure originelle des Bennett : la démence. Une démence transmise de père en fils et de mère en fille pendant quatre générations, jusqu'à la naissance de Devlin, qui s'était acharné à dissimuler ces sordides antécédents.

Après avoir été témoin du suicide de son grand-père, il s'était juré d'être le dernier de la lignée. Avec celle-ci, se promit-il, s'achèverait aussi la folie des Bennett.

Mac pouvait seulement imaginer le sentiment d'horreur qu'il avait dû ressentir en apprenant que sa petite amie, Georgia, était enceinte, et la dispute qui avait suivi quand elle avait refusé d'avorter. Mais il devait rendre justice à Devlin : il ne l'avait pas abandonnée. Sans doute y avait-il été poussé par le remords. En tout cas, il n'avait cessé de l'aider financièrement jusqu'au bout, même après que leur fils fût devenu un adulte. Quant à cet argent reçu par Georgia Calhoun, Caitlin et lui ne sauraient probablement jamais ce qu'il était devenu. Caitlin pensait qu'elle avait dû le donner à une église ou à un foyer d'accueil pour mères célibataires. Mac voulait bien le croire. Cela lui rendait un peu plus supportables les abominations que ce passé avait fini par engendrer.

Ils avaient également reçu confirmation de l'adoption de Caitlin, Devlin n'ayant pu refuser à sa femme adorée le plaisir d'être mère. Ils ignoraient en revanche si celle-ci était au fait de l'histoire secrète des Bennett. Mais Caitlin était déjà heureuse de savoir qu'elle avait été désirée dès le début par le couple. Cela lui suffisait, et elle n'éprouvait nullement le besoin de connaître l'identité de ses parents biologiques. Après ce qu'elle avait vécu avec Neil, elle n'avait que trop conscience des dangers auxquels s'exposait quiconque se risquait à trop fouiller le passé.

— Tu es bien silencieux, grand frère.

Mac se retourna. Aaron lui souriait depuis le seuil.

— Je suis de corvée de patates.

Aaron chipa une des branches de céleri abandonnées par Caitlin dans la passoire et se mit à la grignoter.

— La bague est plutôt jolie à son doigt, non ? s'enquit-il.

Mac opina.

— Presque aussi jolie que celle qui la porte.

— Alors, j'ai bien fait, n'est-ce pas ? demanda Aaron.

Mac fronça les sourcils, ne voyant plus de quoi il parlait.

— Comment ça ?

— Eh bien, j'aurais pu engager un garde du corps professionnel. Caitlin avait les moyens de s'en payer une bonne demi-douzaine, si ça lui chantait.

Mac considéra son frère d'un air amusé.

— Evidemment, reprit ce dernier, jamais je ne lui aurais souhaité de connaître une pareille épreuve, mais comme elle était déjà en fâcheuse situation, j'ai pensé que c'était l'occasion rêvée pour mettre un terme à votre absurde inimitié.

— Tu es sérieux ?

Aaron se remit à sourire avant de croquer une nouvelle bouchée de céleri.

— Aussi sérieux qu'un infarctus. Tu te rappelles, à l'avant-dernier Noël, quand je t'ai dit que Caitlin et toi formeriez un beau couple ?

— Ce n'est donc pas par désespoir que tu m'as appelé à la rescousse ?

— Pas seulement.

Mac lui rendit son sourire.

— Si je comprends bien, je devrais te remercier pour l'enfer que j'ai dû traverser ?

— Et pour Caitlin, repartit Aaron. Surtout pour elle. Dieu seul sait combien de temps il vous aurait fallu à tous deux pour ouvrir les yeux sans mon intervention. Moralité : c'est moi le meilleur.

Et il croisa les bras en imitant la posture de défi qu'ils aimaient adopter dans leur enfance, quand rien ne comptait plus qu'affirmer sa domination sur le monde entier.

Mac s'esclaffa.

— Ouais, mais c'est moi qui ai eu la fille.

Aaron leva les yeux au ciel.

— Comme si j'allais le regretter.

Cette fois-ci, ils éclatèrent de rire tous les deux.

— Qu'y a-t-il de si drôle ? demanda Caitlin, qui avait laissé David dans le séjour après lui avoir montré une édition rare de Conan Doyle — l'amant de son éditeur étant, comme elle, un fan inconditionnel de Sherlock Holmes.

— Rien, répondirent-ils en chœur.

La jeune femme plissa les yeux d'un air soupçonneux. Elle les avait déjà vus dans cet état-là auparavant.

— Dehors, dit-elle en désignant le séjour. Allez donc vous occuper ailleurs.

— A quoi ? s'enquit Mac.

— Je ne sais pas. A jouer aux mâles conquérants, je présume.

— Je vais essayer de faire de mon mieux, repartit Aaron avant d'emboîter le pas à Mac tout en riant de sa propre plaisanterie.

Caitlin ne put s'empêcher de sourire. Elle se remit à la préparation du repas en savourant un sentiment de joie presque sans bornes. Certes, elle avait déjà passé des Noël avec Mac, mais c'était le premier où elle était sa compagne. Elle avait l'impression que tout sentait meilleur, que la nourriture avait meilleur goût, que les cœurs battaient plus fort, que la vie atteignait un point de perfection quasi magique. Et si de sordides réminiscences remontaient encore parfois à la surface de sa mémoire, elle les oubliait bien vite dans la ferveur du moment présent.

Juste au moment où elle s'apprêtait à sortir la dinde du four, on sonna de nouveau à la porte. Laissant aux hommes le soin d'aller ouvrir à sa place, elle poursuivit sa tâche, fière de voir la jolie peau mordorée de la volaille dans son plat de cuisson.

Quelques instants plus tard, Mac se hâtait de la rejoindre.

— Chérie, tu as de la visite.

Elle se renfrogna.

— Oh, Mac, tu ne veux pas t'en occuper ? Le repas est presque prêt et nous allons bientôt passer à table.

Il secoua la tête.

— Crois-moi, tu regretterais d'avoir manqué ça.

Elle ôta son tablier et s'essuya les mains.

— Bon, d'accord, allons voir quelle est cette grosse surprise.

L'homme qui se tenait dans l'entrée lui semblait familier, mais ce fut la petite fille debout à côté de lui qu'elle reconnut immédiatement.

— Hé, Katie ! Comme c'est gentil de venir me voir, s'exclama-t-elle en s'agenouillant devant l'enfant. Alors le Père Noël est venu chez toi cette nuit ?

Katie Bridges hocha la tête avec un air ravi et Caitlin s'aperçut que c'était la première fois qu'elle la voyait sourire.

Elle se redressa pour saluer le père.

— Hank, c'est ça ? Comment allez-vous ?

Les yeux du père de Katie se mouillèrent de larmes.

— Bien mieux que je ne l'aurais cru, et cela grâce à vous.

Caitlin se sentit rougir.

— Pensez-vous, bredouilla-t-elle, gênée d'être remerciée pour un geste qui ne lui avait guère coûté qu'un coup de fil à ses avocats.

Hank Bridges hocha la tête, comprenant sa pudeur.

— Nous ne faisons que passer, reprit-il. Je m'excuse de vous déranger ainsi juste avant le repas de Noël, mais nous devons prendre l'avion et Katie voulait vous offrir quelque chose avant de partir.

— Vous allez dans votre famille pour les vacances ?

— Non, mademoiselle, répondit-il. Nous déménageons à Miami. Maintenant que… puisque… enfin, c'est mieux ainsi.

C'est là-bas que j'ai passé mon enfance, et je pourrai y compter sur mes parents pour m'aider à élever Katie.

Il tapota la tête de sa fille.

— Elle n'est pas trop enchantée à l'idée de quitter New York, ajouta-t-il.

Caitlin s'agenouilla de nouveau devant la petite fille.

— Alors, tu as un cadeau pour moi ?

— Je l'ai fait moi-même, précisa Katie en tendant un petit paquet plat à la jeune femme.

Celle-ci entreprit de défaire l'emballage.

— J'adore les cadeaux, tu sais ?

Katie opina, puis se réfugia contre la jambe de son père, trahissant ainsi le besoin qu'elle éprouvait encore de maintenir un contact physique avec les adultes pour surmonter son traumatisme.

Caitlin s'assit à croupetons, les yeux mouillés de larmes.

— Elle l'avait fini avant-hier, l'informa Hank. Mais je ne savais pas où vous habitiez. J'ai appelé le journal qui m'a donné le numéro de votre attaché de presse. Quand j'ai expliqué à ce monsieur pourquoi je souhaitais avoir votre adresse, il me l'a donnée tout de suite. J'espère que ça ne vous dérange pas.

Caitlin secoua la tête.

— Me déranger ? Au contraire, j'en suis honorée.

Elle reporta son attention sur Katie, la gorge serrée.

— C'est le plus beau dessin que j'aie jamais vu, lui assura-t-elle. Je peux te faire un câlin ? Juste pour te remercier ?

La petite fille hésita, puis elle ouvrit les bras avec un abandon charmant, comme seuls en sont capables les enfants, et se pendit au cou de la jeune femme.

« Oh, mon Dieu, pensa Caitlin, donnez-m'en seulement une douzaine comme elle. »

Elle refoula ses larmes.

— Il paraît que tu déménages ?

Katie se rembrunit et hocha la tête.

— Tu sais quoi ? dit Caitlin. Moi aussi.

La fillette leva les yeux vers Mac.

— Tu pars aussi avec ton papa ?

Caitlin sourit.

— Oui, mon papa m'emmène avec lui à Atlanta, tout comme ton papa à toi t'emmène à Miami. C'est chouette, non ?

Caitlin se redressa en serrant le dessin contre sa poitrine et désigna le Degas accroché au mur près de la porte.

— Mac, pourrais-tu enlever ce tableau, s'il te plaît ? J'ai un beau dessin pour le remplacer.

Hank Bridges rougit.

— Oh, mademoiselle Bennett, ce n'est pas nécessaire.

— Pour moi, si, repartit Caitlin.

Mac était si fier de la jeune femme qu'il avait du mal à garder les idées claires tout en décrochant du mur le chef-d'œuvre inestimable du peintre français pour y substituer avec solennité une page d'album à colorier protégée par un simple sous-verre.

— J'ai toujours adoré ce Barney, déclara Caitlin tout en se reculant pour mieux contempler le dinosaure violet assis au milieu de fleurs multicolores.

— Moi aussi, renchérit Katie.

— Bon, il faut que nous partions, maintenant, intervint Hank. Joyeux Noël à vous tous. Et que Dieu vous bénisse jusqu'à la fin de vos jours, mademoiselle Bennett.

Caitlin hocha la tête avec émotion, Mac debout à côté d'elle. Le poids de son bras sur ses épaules était comme son point d'ancrage dans le monde. Katie jeta un dernier coup d'œil derrière elle au moment de passer la porte. Caitlin la salua de la main.

— Merci, Katie Bridges. Je te souhaite une belle vie.

Puis le père et l'enfant furent partis.

Mac examina le dessin en plissant les yeux d'un air pénétré.

— Tu sais, dit-il lentement, ce violet est… renversant.

Caitlin éclata de rire tandis que Mac la soulevait dans les airs.

La bague qu'elle portait au doigt glissa alors jusqu'à la première jointure. La romancière serra le poing et la retint, tout comme elle avait su retenir son bonheur.

— Alors, cette dinde, elle arrive ? cria Aaron. Moi, je peux attendre, mais David s'impatiente.

Comme ce dernier protestait, Caitlin s'esclaffa de nouveau malgré ses larmes et Mac la redéposa à terre.

— Oui, chef, la dinde est prête, mais c'est vous qui allez venir à elle. Nous mangerons dans la cuisine, comme toute famille digne de ce nom.

Extrait de

Une dangereuse liaison

de Jenna Mills

L'inspecteur Cassidy Blake sortit de l'ascenseur et s'engagea d'un pas vif dans le long corridor. Un raffut infernal lui parvint depuis l'une des chambres, au bout du couloir. Il fallait qu'elle y mette fin ; que l'ordre revienne ici, avant que ces punks déchaînés ne volent la vedette au véritable événement de la soirée.

Le retour de Derek Mansfield.

Après toutes les recherches qui avaient été faites, les études des profilers et le dossier qu'elle avait constitué, elle pensait le connaître parfaitement. Aussi parfaitement qu'une femme peut connaître un homme sans avoir couché avec lui. A présent, elle était impatiente de voir son principal suspect en chair et en os. Pour une seule raison : elle voulait avoir sa peau.

L'homme avait disparu de la circulation depuis six mois. Certains pensaient que l'héritier de l'empire hôtelier de Stirling Manor gisait au fond du lac Michigan. Mais Cass le savait trop malin pour finir pitoyablement en nourriture pour poissons. Intelligent, audacieux, impitoyable… tels étaient les qualificatifs d'ordinaire attribués à Mansfield.

Elle avait assez étudié le sujet pour être certaine qu'ils étaient mérités.

A la seule pensée de son fameux sourire insolent, elle se sentait bouillir d'impatience. Combien il lui tardait de pénétrer les méandres tortueux de l'esprit de cet escroc !... Et de le mettre sous les verrous pour très, très longtemps.

Le bruit assourdissant de la musique rock qui s'échappait de la chambre ajouta à son excitation. Elle glissa une main dans la poche de sa veste noire, et ses doigts caressèrent le métal froid de son arme. En mission d'infiltration sous une fausse identité, elle était censée être la directrice adjointe de l'hôtel et, par conséquent, elle n'userait de son Smith & Wesson qu'en dernier ressort. Mais elle savait où elle mettait les pieds : il était hors de question de prendre le risque de pénétrer sans arme dans un repaire de délinquants. Le service de sécurité de l'hôtel avait promis de la retrouver dans la chambre.

Le corridor, recouvert d'un long tapis persan, semblait interminable. Le grand-père de Mansfield avait consacré un soin scrupuleux à la décoration de ce majestueux hôtel. Ce simple couloir évoquait à lui seul l'atmosphère d'un manoir ancien. Les murs étaient recouverts de lambris de chêne, les plafonds richement ornés de moulures. Surtout, de grandes toiles s'alignaient, imposantes, et achevaient de planter le décor : des centaines de portraits agrémentaient tous les couloirs de l'établissement, sur dix-huit étages. Dieu seul savait qui étaient tous ces gens aux visages sévères. Sir Maximillian lui-même l'ignorait probablement. Son personnel avait dévalisé les salles des ventes de toute l'Europe et dépensé des millions de dollars pour acquérir cette impressionnante collection, qui rassemblait désormais les illustres membres de dynasties issues de diverses époques et de tous pays. Etrange mélange, songea Cass. Ces familles avaient vu leur arbre généalogique pillé, désacralisé. Mal à l'aise, elle sentit soudain les yeux de tous ces inconnus la suivre, dans le hall.

La musique devenait de plus en plus forte, à mesure qu'elle approchait de la porte. Cass inspira longuement, se préparant à l'affrontement, et revit le groupe de jeunes gens qui était monté dans la chambre le soir même. Des étudiants sortis de prestigieuses universités. L'argent, l'oisiveté, l'insolence. Ils s'étaient fait remarquer dès la réception, et le dénommé Chet avait exigé d'être escorté jusqu'à la chambre qu'ils avaient réservée.

Cass tenta d'ignorer le flux d'adrénaline qui faisait battre ses veines lorsqu'elle frappa à la porte. Elle attendit. Le bruit ne faiblit pas et la porte demeura fermée. Bon sang, elle n'avait pas besoin de ça, se dit-elle. Pas ce soir. Elle frappa de nouveau, plus fort cette fois, et cria :

— Ouvrez ! C'est la direction de l'hôtel.

Alors qu'elle ne s'y attendait plus, la porte s'ouvrit à toute volée, et un bras apparut. Avec effroi, elle se sentit agrippée par le poignet et attirée à l'intérieur. Une écœurante odeur de bière mêlée à la fumée âcre des cigares la saisit à la gorge. Son sang-froid, garder son sang-froid. Elle se dégagea prestement, mais quelques jeunes garçons, à l'évidence complètement ivres, firent cercle autour d'elle, la repoussant contre le mur.

Chet, celui qui semblait mener le groupe, s'approcha d'elle.

— Nous avons appelé le service des chambres pour qu'on nous envoie des filles, mais je croyais pas qu'ils nous prendraient au mot, railla-t-il d'une voix que l'alcool rendait pâteuse. Mais puisque t'es là…

— Puisque je suis là, vous allez faire moins de bruit. Sinon, nous vous demanderons de vider les lieux. Les autres clients…

— D'accord, on va faire moins de bruit, déclara un des jeunes gens en enlevant son T-shirt d'un geste lascif. Maintenant, c'est toi qui vas en faire, ma chérie.

Il fit quelques pas vers Cass. L'exaspération montait en elle, prenant le pas sur l'appréhension. Elle avait bien envie de leur apprendre les bonnes manières, mais elle ne pouvait risquer de se trahir. Elle se demanda ce que dirait une femme terrifiée dans ce genre de circonstances.

— Vous êtes dégoûtants !

— Ouis, mais pas toi, ma poupée, rétorqua celui qui était torse nu.

Les autres l'applaudirent, et, encouragé par la ferveur du groupe, il se jeta sur elle. D'un geste vif, Cass se déroba et franchit le cercle formé par les autres. Alors qu'elle essayait d'atteindre la porte de la chambre, un autre jeune homme sortit de la salle de bains en chancelant.

— Ça alors ! s'exclama-t-il. Qu'est-ce que je vois ?

Cass s'immobilisa. Chet en profita pour la prendre par l'épaule et l'attirer contre lui. Elle se raidit : personne n'avait le droit de la toucher ! Personne. Ulcérée, elle lui assena un violent coup de coude dans le ventre et l'entendit pousser un grognement de douleur. Mais les quatre autres lui bloquèrent le passage.

— Tu t'en vas déjà ? demanda l'un d'eux, narquois.

Son instinct de flic reprenant le dessus, elle tendit la main vers son arme. Mais avant que ses doigts aient pu se refermer sur la crosse du revolver, Chet surgit derrière elle, lui attrapa les bras et la serra contre lui.

— Enlève immédiatement tes sales pattes, ordonna-t-elle d'un ton glacial.

Mais il l'ignora. Celui qui venait de sortir de la salle de bains examina le badge accroché à sa veste.

— LeBlanc ? C'est ton nom ? Bon sang, Chet, je me suis toujours demandé si ce qu'on disait des Françaises était vrai.

— Eh bien, mon vieux Sauvage, tu vas le savoir.

Tout en maintenant Cass impuissante, les poings dans le dos, Chet défit la barrette qui retenait sa tresse et passa les doigts dans ses longs cheveux bruns.

— Tu veux savoir pourquoi on l'appelle Le Sauvage ? siffla-t-il d'une voix doucereuse.

— Parce qu'il a un tout petit cerveau ? suggéra-t-elle sans hésiter.

Des rires fusèrent. Le Sauvage s'avança vers elle, les yeux luisant de fureur.

— Je vais te montrer comme il est petit ! Si petit que tu n'en auras jamais assez !

Ecœurée, elle retint une réplique acerbe. Il fallait qu'ils continuent de la prendre pour une femme sans défense.

— Vous n'allez pas faire ça, dit-elle, l'air suppliant.

— Je vais me gêner !

Il s'approcha tout en continuant de vociférer. Cass décida qu'elle avait perdu assez de temps avec ces imbéciles. Elle allait leur donner une leçon qu'ils n'oublieraient jamais.

Mais la porte s'ouvrit une nouvelle fois.

— Tu poses une main sur elle et tu es un homme mort.

Les mots résonnèrent dans la tête de Cass. Elle frissonna. La voix venait de la porte, mais Chet l'empêchait de voir ce qui se passait derrière elle. Pourtant, elle savait qui venait d'entrer : la dernière personne au monde censée venir à son secours.

Christiane
Heggan

Intention de tuer

A la tête d'un restaurant prestigieux, Abbie DiAngelo vient de se voir décerner le Bocuse d'Or, quand un homme surgi de son passé menace de transformer sa belle réussite en cauchemar. Ian MacGregor, son demi-frère qui sort tout droit de prison, se présente à sa porte, brandissant la preuve que sa mère est coupable d'un meurtre survenu vingt-cinq ans plus tôt. Une preuve que Ian est prêt à ne pas divulguer… à condition que Abbie paie pour son silence.

La jeune femme cède au chantage, dans le seul but de préserver sa mère vieillissante et son fils de neuf ans. Mais lorsqu'elle va remettre l'argent au maître chanteur, elle ne trouve que… son cadavre.

Craignant de devenir le suspect N° 1 si elle avoue le chantage dont elle a été victime, Abbie cache ce détail d'importance au détective John Ryan, en charge de l'enquête.

Ryan se rend très vite compte que le meurtre de Ian MacGregor est bien plus complexe qu'il n'y paraît. Sans compter quepersonne, pas même Abbie, ne lui dit la vérité. Il décide malgré tout de la protéger, convaincu que quelqu'un agit dans l'ombre, avec l'intention de tuer…

« Avec sa maîtrise habituelle, Heggan lance des pistes en jouant avec les nerfs de ses lecteurs… »

Publishers Weekly

BEST-SELLERS N°214

À PARAÎTRE LE 1ER JANVIER 2005

Helen R. Myers

Suspicion

Bay Butler vient de passer six ans en prison, quand l'intervention de Madeleine Ridgeway, une riche cliente à qui elle a autrefois vendu une de ses sculptures, met fin à son incarcération.

Sitôt libérée, Bay est tourmentée par d'innombrables questions : pourquoi a-t-elle passé six ans derrière les barreaux pour un crime qu'elle n'a pas commis ? Que s'est-il vraiment passé ce fameux soir où son associé et ami a été retrouvé mort, assassiné... et où sa propre vie a basculé ? Quels moyens a employés Madeleine Ridgeway pour obtenir sa libération ? Loin de soutenir sa recherche de la vérité, sa protectrice la gêne par sa présence envahissante et ses incessantes manipulations. Au point que Bay se demande si l'église que gère Madeleine Ridgeway parmi d'autres affaires fructueuses, est aussi vertueuse que le laisse supposer sa vocation...

Bay ne trouve pour allié qu'un homme qu'elle devrait pourtant haïr : Jack Burke, l'inspecteur de police qui l'a arrêtée six ans plus tôt, et qui est prêt à reconsidérer l'affaire Bay Butler...

Peu à peu, Bay et Jack découvrent des vérités insoupçonnées. Des vérités qui pourraient faire trembler la petite ville de Tyler, où le pouvoir se paie parfois au prix du sang...

BEST-SELLERS N°216

À PARAÎTRE LE 1ER JANVIER 2005

Jan Coffey

L'ACCUSÉ

De retour de l'école, deux enfants — un garçon et une fille — découvrent le corps sans vie de leurs parents... Suicide ? Assassinat ?

Vingt ans plus tard, le mystère reste entier, et les enfants, devenus adultes, ont pris chacun son chemin. Alors que Léa a quitté Stonybrook et ses douloureux souvenirs, Ted, lui, a épousé la fille des banquiers de la petite ville et fondé une famille. Mais voilà qu'il a de nouveau rendez-vous avec le drame : sa femme et ses deux filles périssent dans un incendie, et, reconnu coupable, il est condamné à mort. Il n'a aucun soutien à attendre des habitants de Stonybrook : nombre d'entre eux ont des raisons d'avoir supprimé son épouse, dont les secrets d'alcôve ont donné lieu à bien des photos compromettantes...

C'est alors que des lettres anonymes parviennent à Léa, clamant l'innocence de son frère. A contrecœur, elle revient sur les lieux du scandale, et brave l'hostilité d'une ville pressée de se débarrasser de Ted et des secrets qu'il détient. Car, comme elle va le constater, ce dernier est une véritable bombe à retardement, capable d'ébranler les fondations de Stonybrook. Et le compte à rebours a commencé...

Réédition

Nora Roberts

Une femme dans la tourmente

Sentant la lame glacée du couteau sur sa gorge, Miranda laisse son agresseur la dépouiller de son sac et disparaître dans la nuit…

Un peu plus tard, remise du choc, Miranda a oublié l'incident. Brillante historienne d'art, responsable de l'Institut Standford-Jones, elle est convoquée à Florence par sa mère, la redoutable Elisabeth, pour expertiser une statue Renaissance. Hélas, loin d'être la consécration qu'elle attendait, le voyage en Italie tourne au fiasco : le résultat de son expertise est remis en question, sa réputation ébranlée, et sa mère furieuse. A croire que le sort s'acharne contre elle ! Le sort ou… un mystérieux ennemi ? Miranda n'a plus aucun doute lorsque lui arrivent d'inquiétants messages de menaces. Qui peut bien lui en vouloir, et pourquoi ? Le danger se précisant, la jeune femme est contrainte de faire alliance avec Ryan Boldari, un séduisant cambrioleur, seul capable de l'aider à déjouer ce qui ressemble fort à une machination.

Mais Miranda peut-elle réellement se fier à cet homme sans foi ni loi ? La question est d'autant plus cruciale que, mieux qu'aucun autre avant lui, ce dernier sait enflammer ses sens et l'amener à commettre des imprudences…

BEST-SELLERS N°116

À PARAÎTRE LE 1ER JANVIER 2005

Composé et édité par les
éditions Harlequin
Achevé d'imprimer en octobre 2004

BUSSIÈRE
GROUPE CPI

à Saint-Amand-Montrond (Cher)
Dépôt légal : novembre 2004
N° d'imprimeur : 44413 — N° d'éditeur : 10909

Imprimé en France